아
소
까
대
왕

2

정찬주 장편소설

아
소
까
대
왕
2

불광출판사

1장

"나는 잠부디빠를 통일할 것이오.

선왕께서 이루지 못한 깔링가국부터 정복할 것이오."

아소까는 전쟁의 야욕을 숨기지 않았다.

선왕이 이루지 못한 꿈을

자신이 해결하고 싶다는 욕망이었다.

라다굽따는 아소까의 말에 등골이 서늘해짐을 느꼈다.

첫 순행지

아소까는 빈두사라왕에게 보고한 대로 순행을 계획했다. 순행이란 수도를 떠나 지방을 돌면서 지방 주민들을 만나는 일종의 민심탐방 통치였다. 순행할 때는 사전답사의 순서가 있었다. 비서실장 격인 관리와 호위대장이 먼저 현장을 확인한 뒤 지방을 결정했다. 사전에 답사한 여러 지방의 현황을 관리가 보고하면 아소까는 어느 한 지방을 지목해서 순행에 나설 작정이었다. 순행할 지방이 사전에 발설되는 누설을 방지하기 위해 경비대장은 호위대장에게 입단속을 철저하게 시켰다.

순행은 혹서기와 우기를 피했다. 혹서기는 열사병으로 죽을 수 있고, 비가 자주 내리는 우기에는 한 도시에 오래 머물 경우 본의 아니게 민폐를 끼칠 수 있었다. 비가 내리지 않는 옛 아완띠국의 건기는 11월부터 다음 해 2월까지였다. 따라서 순행을 한다면 그 기간 안에 실시해야 했다.

호위하는 군사는 최소화했다. 코끼리부대는 성에 남겨두고 기마부대도 일부만 거느리고 떠날 계획이었다. 선봉대장이 길을 안내하는 향도라면 호위대장은 아소까 부왕이 탄 코끼리 앞뒤에서 기마부대를 지휘할 터였다. 아소까가 탄 코끼리 등에는 커다란 일산이 펴져 있기 때문에 어디서든 부왕의 권위를 드러낼 것이었다.

마침내 건기가 시작되기 전이었다. 비서실장 격인 관리와 호위대장이 답사한 지방들을 아소까에게 보고했다. 아소까는 웃제니에서 가까운 도시부터 먼 곳의 도시 현황을 들었다. 먼 곳이라면 숩빠라까와 말라와, 꾸루라가라 등이었고 가까운 도시라면 웨디사, 웨디사나가라, 산치였다. 아소까가 호위대장에게 말했다.

"대장은 어느 곳부터 가는 것이 좋겠는가?"

"말라와는 순행하시기에 좋습니다. 벌써 선선해지고 있습니다."

"그대는 어디가 좋은가?"

아소까가 비서실장 격인 관리에게도 물었다.

"첫 번째 순행은 먼 지방보다 가까운 산치로 가시는 게 좋을 것 같습니다."

"그대의 의견을 따르겠소. 이번 순행은 하룻밤 정도 머물고 오는 산치로 가겠소."

"산치 부근에 작은 마을 웨디사나가라가 있습니다. 사끼야 족이 살고 있습니다."

그제야 아소까는 웨디사데바의 농원을 떠올렸다. 웨디사데바가 궁중 연회 중에 언제라도 자신의 농원으로 초대하고 싶다고 정중하게 말했던 것이다. 아소까는 먼저 초대를 받았으니 웨디사데바의 농원을 들르는 것은 민폐가 아니라고 생각했다. 농원에서 사냥도 하고 사끼야족을 만나 민심을 듣고 싶었다. 아소까가 선봉대장을 불러 지시했다.

"순행 길에 나설 호위부대는 최소화했소?"

"부왕님 지시대로 이미 작지만 강한 호위부대를 선발해 훈련을 시켜놓았습니다."

"호위대장과 잘 의논해서 군사를 운용하시오."

선봉대장은 빠딸리뿟따에서 온 아소까의 심복이었고 호위대장은 웃제니 출신으로 옛 아완띠국의 지리에 훤한 인물이었다. 아소까에게는 두 사람 모두 필요한 장수들이었다. 그래도 선임은 두말할 것도 없이 선봉대장이었다. 웃제니에 있는 어느 부대장도 선봉대장의 명을 거역할 사람은 없었다. 선봉대장은 아소까의 그림자 같은 분신이었다. 선봉대장이 말했다.

"경비대장은 웃제니에 남아 성을 지키기로 했습니다."

"당연히 그래야 하오. 경비대장까지 모두 나서서 성을 비울 수는 없소."

"그런데 부왕님, 건의가 하나 있습니다."

"무엇이오?"

"소장이 부왕님께서 순행하실 지방을 정찰하고 돌아오겠습니다."

"호위대장이 먼저 다녀왔지만 안 될 것도 없소."

"순행도 군사적인 전략이 필요하기에 드린 말씀입니다."

아소까는 선봉대장이 평소의 용맹함에다 이제 치밀함까지 갖추었다고 생각했다. 순행할 때 평지나 강이 있을 터인즉, 평지의 행군과 강의 도하작전을 예상하는 것은 군사적인 전략이나 다름없었다. 만에 하나 적의 기습을 대비해 두어야 하는 것도 전술적인 방어책이었다.

선봉대장의 제안에 따라 아소까의 순행은 며칠 동안 지연됐다. 그사이에 웨디사데바가 경비대장을 통해 왕궁으로 들어왔다. 호위대장이 웨디사나가라를 정찰하고 갔다는 사실을 웨디사데바에게 알려준 사람은 웨디사나가라 농원 총책임자인 집사 따리시였다. 호위대장은 따리시의 외사촌 동생이어서 자연스럽게 만나 아소까의 순행을 이야기했고, 따리시가 웨디사까지 달려와 웨디사데바에게 보고했던 것이다. 다행히 아소까는 웨디사데바의 면담을 허락했다. 아소까는 그날 궁중 연회가 만족스러웠으므로 웨디사데바를 반갑게 맞이했다.

"데바 수장 덕분에 웃제니 전통음식을 맛보았소."

"부왕님이시여, 사실은 제 딸이 만든 음식이었습니다."

"그렇소? 또다시 맛볼 수 있기를 바라오."

"기회가 또 온다면 제 딸 데비로서는 더없는 영광일 것입니다."

"그런데 오늘 나를 찾아온 이유는 무엇이오?"

"부왕님께서 제 농원이 있는 웨디사나가라에 오신다는 소식을 듣고 왔습니다."

"소문이 벌써 났소?"

"예, 소문을 들었습니다."

"사실이오."

웨디사데바는 감격한 나머지 두 손을 모아 합장하며 말했다.

"궁중 연회가 끝나갈 무렵에 조급한 마음으로 다가가 부왕님을 초대했지만 이처럼 빨리 오실 줄은 몰랐습니다. 사끼야족이 사는 저희 웨디사나가라 마을로서는 가장 기쁜 날이 될 것입니다."

그런데 아소까는 정색을 하며 말했다.

"순행은 예고 없이 가서 민심을 듣는 것이 목적이오. 혹시라도 데바 수장께서 나를 위해 환영 준비라도 한다면 나는 웨디사나가라도, 산치도 가지 않을 것이오. 그러니 아무 일이 없기를 바라오."

"부왕님이시여, 명대로 하겠습니다."

웨디사데바는 아소까의 날카로운 눈매에 등골이 오싹했다. 궁중 연회에서 보았던 친절한 모습과 달리 아소까의 말투는 냉혹하기조차 했다. 웨디사데바는 순간적으로 아소까에 대한 인상이 바뀌었다. 아소까의 눈매는 독수리눈처럼 사나웠고 말투는 얼음같이 차가운 데가 있었다. 웨디사데바는 왕궁을 나오면서 '어쩌면 저 모습이 부왕의 본래 모습일지 몰라' 하고 중얼거렸다. 서둘러 저택으로 돌아온 웨디사데바는 딸 데비를 불렀다.

"마차를 내줄 테니 너는 지금 웨디사나가라로 가거라. 네 어머니를 잘 돌보고 있거라. 가서 있으면 너도 알게 될 것이다."

"어머니께서 많이 편찮으신가요? 아버지께서는 언제 오시나요?"

"어머니는 조금씩 회복 중이다. 나는 내일 상인회의를 마치고 갈 것이다."

웨디사데바는 딸 데비가 마차를 타고 동문으로 나가는 것까지 지켜보았다. 웨디사데바는 안절부절못했다. 웨디사나가라 일대가 자신의 농원이기 때문에 아소까가 분명 들를 텐데 지금 자신이 할 수 있는 일은 아무것도 없었다. 아소까가 냉정한 얼굴로 웨디사나가라 순행을 비밀에 부쳐달라고 엄명했기 때문이었다. 웨디사데바는 궁중 연회 때 공연히 초대를 했나 싶어 후회하기도 했다. 그럼에도 불구하고 아소까가 웨디사나가라를 순행한다고 하니 지금이라도 상인회의를 취소한 뒤, 말을 타고 가서 하인들을 시켜 농원 저택과 정원을 단장할까 하는 생각도 들었다. 그러나 웨디사데바는 고개를 흔들었다.

'상인회의를 취소하는 건 말도 안 되지. 상도의에 벗어나는 일이야.'

상인 수장들은 이미 웃제니에 도착하여 묵고 있었다. 이번에 모이는 상인 수장들은 웃제니뿐만 아니라 꼬삼비, 바라나시, 빠딸리뿟따, 짬빠에서 온 사람들이었다. 다른 도시의 상인이 자기 지역에 들어왔을 때 협조하고 자기 지역의 특산품을 매점매석하여 값을 올리지 않겠다고 협약을 맺기로 한 회의였다. 그러니 상업하는 사람으로서 사활이 걸린 굉장히 중요한 상인회의 였다.

갑자기 마차를 탄 웨디사데비는 어머니 데바 부인이 요양 중인 농원에 도착했다. 하인들이 달려와 웨디사데비에게 인사했다. 양 떼와 소 떼 들이 풀을 뜯는 농원은 언제 오든 웨디사데비를 포근하게 감싸주었다. 데비 자신이 태어난 곳이기 때문에 그런 감정이 드는지도 몰랐다. 사람들이 바글바글한 웃제니나 웨디사와는 달랐다. 웨디사데비는 농원에 발을 딛는 순간 마음이 자신도 모르게 평화로워졌다. 웨디사데비가 가방을 놓고 두 손을 뻗으며 소리쳤다.

"아, 신선한 공기. 내가 좋아하는 삡팔라나무들!"

지평선까지 펼쳐진 농원은 말을 타고 달려야 할 만큼 드넓었다. 구릉에는 듬성듬성 삡팔라나무들이 서 있었다. 삡팔라나무 그늘은 양치기 하인들이 낮잠을 자는 곳이기도 했다. 따리시가 다가와 웨디사데비의 가방을 들었다.

"데비님, 데바 수장님 마차를 타고 오셨군요."

"아버지께서 지금 바로 떠나 어머니를 돌보라고 하셔서 왔어요."

따리시는 눈치가 빨랐다. 데비는 아직 아소까의 순행을 모르고 있구나, 하고 판단했다. 웃제니 호위대장이 외사촌 형인 자신을 만났을 때 누구에게도 발설하지 말라고 단단히 부탁했던 것이다. 아소까의 순행을 아는 사람은 웨디사데바와 자신뿐이었다. 따리시는 자신의 주인인 웨디사데바에게만은 알리지 않을 수 없었다. 따리시는 아무에게도 발설하지 말라는 호위대장의 말까지 웨디사데바에게 전했던 것이다. 그러니 데비가 웨디사나가라에 내려온 이유를 모르는 것은 당연했다.

웨디사데비는 농원 정문을 들어서면서 깜짝 놀랐다. 하인들이 정원의 나무와 풀을 다듬고, 화사하게 꽃을 피우고 있는 대형 화분들을 저택으로 들어가는 길 양편으로 옮기고 있었다. 데비가 따리시에게 물었다.

"따리시, 무슨 일이 있어요?"

"일 년에 한 번씩 하는 일입니다."

"귀한 손님을 맞으려고 대청소를 하는 것 같아요."

"물론입죠. 데비님이 오셨잖습니까?"

"호호호. 칙칙했던 집이 밝아졌어요. 어머니께서도 기분이 좋으시겠어요."

저택 안팎도 하인들이 달라붙어 벽돌에 낀 먼지를 물걸레로 닦아내고 있었다. 하인들이 웨디사데비를 보자 물걸레질을 멈추고 고개를 숙였다. 데비는 바로 어머니 데바 부인이 누워 있는 방으로 가서 인사했다.

"어머니 저 왔어요. 이번에는 어머니와 오랫동안 함께 지낼래요."

"오, 내 딸 데비가 왔구나."

어머니 데바 부인이 침대에서 일어나 앉은 채로 희미하게 웃었다.

"건강은 어떠셔요?"

"많이 좋아졌단다. 아침에는 정원을 산책도 하지."

"이제 일어나 산치에 있는 절에도 가실 것 같아요."

"그러면 얼마나 좋겠니? 저 창문을 열어다오."

웨디사데비가 커튼을 젖히고 창문을 열었다. 햇살이 쏟아져 들어와 잠시 눈이 부셨다. 데바 부인이 보려고 한 것은 구릉 끝에 있는 산치의 볼록한 동산이었다. 동산에는 작은 건물이 하나 보일락 말락 했다. 웨디사데바가 가족의 행운을 빌기 위해 지은 절이었다.

"스님들이 기도해 주시는 덕분이란다. 내가 이만큼 회복한 것은."

"저도 가서 기도할게요. 빨리 일어나셔야 해요."

"네가 기도해 주겠다니 고맙구나."

"오늘은 쉬고 내일부터 당장 기도할 거예요."

웨디사데비는 어머니의 손을 잡고 약속했다. 어머니를 돌보라고 한 것은 아버지 데바의 당부이기도 했다. 웨디사데비는 자신이 어머니를 위해 할 수 있는 일은 기도밖에 없다고 생각했다.

"지금은 스님이 몇 분이나 계셔요?"

"그대로일 거다."

"열 분?"

"응."

한 달에 한 번씩 큰 공양을 올리기 때문에 농원의 하인들도 다 알고 있었다. 따리시는 때가 되면 반드시 음식을 가득 실은 수레를 산치 동산의 절에 보냈던 것이다.

산치 동산에서

시프라강이 토해내는 안개가 들판과 구릉을 뒤덮었다. 목화꽃이 일제히 피어난 듯 허연 빛깔 일색이었다. 아침 해가 뜨기 전까지는 물러가지 않을 것처럼 안개는 완고했다. 그러나 안개는 숄처럼 부드러웠고 시야를 완전히 차단하지는 않았다. 웨디사나가라로 가는 황톳길이 들판과 구릉 사이로 어렴풋이 드러나 보였다.

아소까 부왕의 순행은 짙은 안개 속에서 예정대로 시작했다. 하루 종일 비가 퍼붓는 우기보다 그래도 아침에만 안개가 끼었다가 사라지는 건기가 좋았다. 선봉대장이 이끄는 선봉대가 전위부대 역할까지 했다. 기마부대인 호위부대는 코끼리를 탄 아소까 부왕의 앞뒤 호위를 책임졌다. 아소까는 코끼리 등 위 일산 아래 앉아서 전방과 좌우를 두리번거리며 나아갔다. 이동명령은 호위대장을 불러 전하면 호위대장이 선봉대장에게 전했다. 그러니 군마를 타고 가장 바쁘게 움직이는 사람은 호위대장이었다. 아소까가 호위대장에게 말했다.

"오늘 우리의 마지막 도착지는 어딘가?"

"웨디사나가라입니다."

"사끼야족 후손 바이샤들이 산다는 마을이군."

"부왕님, 그렇습니다."

"대장, 웨디사나가라를 한눈에 볼 수 있는 곳으로 먼저 가시오."

아소까는 사전에 선봉대장과 호위대장이 다녀온 마을이지만 자신도 직접 지형정찰을 하고 싶었다.

"산치에 동산이 있습니다. 동산에 오르면 웨디사나가라를 한눈에 살필 수 있습니다."

"좋소. 오늘 먼저 도착할 곳은 산치 동산이오."

아소까의 지시를 받은 호위대장이 선봉대장에게 달려갔다. 명을 전달받은 선봉대장은 또다시 아소까의 주도면밀함에 놀랐다. 군사는 어느 곳을 가든 적의 기습공격을 예견해야 하고, 어디로 후퇴해야 할지를 미리 정해놓고 이동하는 것이 병법의 기본인 것이었다.

호위대장이 돌아오자 아소까가 또 말했다.

"숙영지는 정했소?"

"따로 숙영지를 정할 필요는 없을 것 같습니다."

"왜 그렇소?"

"웨디사나가라에서 주무신다면 숙영지가 필요하겠지만 마을에서 떨어진 저택이 있습니다."

"민폐를 끼치지 않는 것이 순행의 원칙이오."

"민폐가 아닙니다. 웨디사데바 수장이 부왕님을 초대했기 때문입니다.”

　“맞소. 초대받은 것도 같소. 웨디사데바 수장이 연회장에서 나를 정중하게 초대했소.”

　“그래서 소장이 먼저 가서 정찰을 했습니다.”

　“저택에서 머물 때 경비 등 문제는 없소?”

　“부왕님, 저는 저택을 잘 알고 있습니다. 아무 문제도 없을 것입니다.”

　“대장이 어떻게 저택의 사정을 안단 말이오?”

　“여러 번 가본 적이 있는 저택입니다. 저택을 관리하는 책임자가 저의 외사촌 형입니다.”

　“왜 그 말을 이제야 하는 것이오. 어쨌든 안심이 되오.”

　“죄송합니다. 외사촌 형의 이름은 따리시입니다.”

　호위대장은 더 이상의 말은 하지 못했다. 아소까가 순행에 관한 모든 계획은 비밀에 부치라는 엄명을 해두었기 때문이었다. 그러나 호위대장은 외사촌 형인 따리시에게 아소까 부왕이 갈 테니 저택과 정원을 잘 단장해 두라는 귀띔을 해준 적이 있었다.

　아소까 일행은 아침 해를 마주한 채 웨디사나가라 쪽으로 나아갔다. 고집스럽게 버티던 안개도 어느새 구릉의 망고나무 숲 너머로 물러갔다. 안개 속에서 사탕수수를 수확하던 농사꾼들이 그제야 드러났다. 남녀 할 것 없이 긴 사탕수수 묶음을 머리에 이고서 길가로 옮기고 있었다. 머리에 인 사탕수수 묶음이 걸을 때마다 출렁출렁했다. 사탕수수밭을 지나자, 이번에는 광활한 목화밭이 펼쳐졌다. 아침 햇살을 받은 목화꽃이 순백으로 빛났다. 코끼리를 타고 가던 아소까가 감탄했다.

'빠딸리뿟따에서 한 번도 보지 못했던 장관이군.'

아소까 일행은 작은 강을 만나 잠시 휴식을 취했다. 강을 건너려면 진흙이 없는 곳을 찾아야 했다. 코끼리는 체중 때문에 군마와 달리 자갈이 많아야 강을 건너기에 용이했다. 먼저 강을 건너갔던 선봉대장이 다시 돌아와 아소까에게 보고했다.

"목적지에 도착하면 날이 저물지도 모르니 여기서 마지막으로 휴식해야 할 것 같습니다."

"강바닥은 어떻소?"

"진흙 반 자갈 반입니다. 말이나 코끼리가 건너기에 아주 좋습니다."

"그렇다면 휴식한 뒤 이곳으로 건너가도록 하시오."

선봉대장은 미리 지형을 답사하고 정찰했기 때문에 자신 있게 말했다. 아소까는 코끼리가 강가의 풀을 뜯어먹는 것을 보면서 중얼거렸다.

'강가의 풀을 다 먹어치울 기세군.'

코끼리는 호위군사의 눈치를 보면서 눈앞의 풀을 쉬지 않고 먹었다. 그러다가도 강가로 내려가 코와 입으로 강물을 실컷 들이켰다. 이윽고 아소까가 호위대장을 불러 명했다.

"이동하시오."

아소까 일행은 강을 무리 없이 건넌 뒤 웨디사나가라를 향해 갔다. 한나절을 더 동남쪽으로 내려가자 멀리 산치 동산이 눈에 들어왔다. 그러나 눈에 보이는 산치 동산은 실제보다 훨씬 더 먼 곳에 있었다. 들판과 구릉 끝의 지평선이 주는 착시현상 때문이었다. 적어도 한나절은 쉬지 않고 더 가야만 산치 동산에 도달할 수 있을 것이었다. 아소까는 웃제니로 오면서 광활한 들판을 지나는 동안 여러 번 경험했기 때문에 요령을 터득하고 있었다. 마침내 아소까 일행은 산치 동산에 도착했다. 멀리서 보았을 때는 민둥산 같은 동산만 있었는데 막상 올라가 보니 붉은 벽돌집이 하나 나타났다. 아소까가 호위대장을 불러 물었다.

"저것은 망루인가? 군사시설인가?"

"아닙니다. 사원입니다. 웨디사데바가 지은 사원입니다."

"사끼야족 후손들은 개인 사원을 갖고 있는 것이오?"

"그건 잘 모르겠습니다. 다만 웨디사데바 가족이 기도하기 위해 지었을 것입니다."

사원에 먼저 들어가 정찰한 선봉대장이 사문 한 사람을 데리고 나왔다.

"부왕님, 이 사문이 사원 책임자입니다."

아소까가 코끼리 등에 앉은 채 말했다.

"사원을 들어가 볼 수 있소?"

"당연히 보실 수 있습니다. 그러나 지금은 기다리셔야 합니다. 한 분이 기도 중입니다."

"기도가 끝날 때까지 기다리라는 말이오?"

"예, 부왕이시여. 기도가 끝날 때까지 군사들은 조용해야 합니다."

아소까는 선봉부대와 호위부대 군사들을 사원 정문 앞에서 몇십 걸음 물러나게 지시했다. 그제야 사원 책임자 사문이 땅바닥에 엎드려 자신을 소개했다.

"소승 담마빨라는 부왕님의 방문을 환영합니다. 한 사람의 기도를 위해 배려해 주시는 부왕님을 소승은 결코 잊지 않을 것입니다."

"사문도 한 사람의 기도를 위해 배려하고 있소. 나는 겸손한 사문을 잊지 않을 것이오."

아소까가 코끼리 등에서 내려와 담마빨라 사문에게 공손하게 합장했다. 그런 뒤 물었다.

"기도하고 있는 사람은 누구요?"

"예, 웨디사데바 상인 수장님 딸 데비입니다."

"데비라고?"

아소까가 미소를 짓자 담마빨라 사문이 말했다.

"부왕이시여, 알고 계시는 듯합니다."

"웨디사데비를 한 번 본 적이 있소. 여기서 또 만날 줄은 전혀 생각지 못했소. 이것도 특별한 인연이오."

아소까는 데비의 기도가 끝날 때까지 사원으로 들어가지 않고 혼자서 동산을 배회했다. 웨디사나가라 마을은 구릉 안쪽에, 웨디사데바의 저택은 들판 가운데 있었다. 석양이 지평선 너머로 지고 있었다. 서쪽 하늘은 붉은 노을이 활활 불타는 듯했다. 숯덩이 같은 구름 조각들마저 곧 벌겋게 타버릴 것 같았다. 잠시 후였다. 담마빨라 사문이 데비를 데리고 아소까에게 왔다.

"부왕이시여, 데비입니다."

"오, 데비가 여기서 기도하고 있는 줄 전혀 생각지 못했소."

"어머니를 위해 기도하고 있었습니다."

담마빨라 사문이 슬그머니 물러나 자리를 피했다. 그러자 아소까가 데비에게 가까이 다가가 말했다.

"산치 동산에서 바라보는 석양이 성스럽기까지 하오."

"저는 석양을 볼 때마다 어머니를 생각합니다. 석양이 밤을 부르면 지평선 안에 살아 있는 것들이 어머니 품속에 안긴 듯 잠을 자니까요."

"오, 데비의 자애로운 마음이 느껴지오. 그렇지 않다면 어떻게 석양을 보고 어머니를 생각하겠소."

웨디사데비는 아소까가 자신을 어머니처럼 자애롭다고 말하자 갑자기 부끄러워서 고개를 돌렸다. 데비의 얼굴도 노을처럼 붉어졌다. 그러나 아소까는 눈치를 채지 못하고 데비의 얼굴에도 노을이 어렸다고 생각했다. 이윽고 산치 동산에도 어스름이 슬금슬금 차올랐다. 선봉대장이 다가와 말했다.

"부왕님, 이제 웨디사데바 수장이 기다리고 있는 저택으로 가셔야 합니다."

"알았소."

아소까가 코끼리를 타면서 데비에게 권했다.

"이 코끼리를 타겠소?"

"부왕님 코끼리를 감히 제가 어떻게 탈 수 있겠습니까? 제가 타고 온 말이 있습니다."

"그렇다면 말을 타고 먼저 가시오. 나는 군사들과 천천히 데바 수장의 저택으로 가겠소."

아소까의 말은 상대를 복종하게 하는 힘이 있었다. 웨디사데비는 아소까의 말을 명령처럼 받아들였다. 더구나 데비는 아소까가 산치 동산에 있다는 것을 아버지 웨디사데바에게 빨리 알릴 필요가 있었다. 데비는 생각보다 말을 잘 탔다. 말 등에서 허리를 잔뜩 굽힌 뒤 달렸다. 데비의 머리카락이 말갈기처럼 날렸다. 집에 도착한 데비는 정문을 들어서자마자 소리쳤다.

"부왕님이 우리 집으로 오신답니다! 부왕님이 우리 집으로 오신답니다!"

"다 알고 있다."

정원에 나와 있던 웨디사데바가 조용히 말했다. 데비가 무안해하며 따리시에게 물었다.

"사실이에요? 다 알고 있어요?"

"데비 아가씨, 며칠 전부터 집과 정원을 단장하지 않았습니까? 좋은 일이 생길 것 같아서 미리 준비한 것입니다."

땅거미가 지고 어둠이 저택과 정원을 서서히 에워쌌다. 집사 따리시가 지시하자 하인들이 일제히 저택의 방들로 들어가 기름불을 켰다. 마치 하늘에 별이 돋는 것처럼 기름불이 하나둘 켜졌다. 정문에서 저택 현관으로 들어오는 길 양편에는 횃불이 타올랐다. 저택 주변은 대낮처럼 환해졌다. 횃불 불빛이 어린 대형 화분의 부겐빌리아꽃들이 순결하고 요염하기조차 했다. 데바 가족은 물론 하인들 모두 정문 밖에서 도열했다. 아소까를 맞이하기 위해서였다. 데바와 데비도 아소까를 기다렸다. 이윽고 아소까가 코끼리 등에서 내려와 어둠 저편에서 걸어오고 있었다. 흰색 도티와 모자 때문에 아소까만 유독 활기차게 보였다. 좌우로 선봉대장과 호위대장이 한걸음 뒤따라오고 있었지만 그들은 그림자 같았다. 데바와 데바 부인이 아소까 앞으로 나아가 땅바닥에 무릎을 꿇고 말했다.

"부왕님, 무한한 영광이옵니다."

"고맙소."

하인들도 일제히 땅바닥에 엎드려 아소까를 맞이했다. 아소까는 정문을 들어서면서 한껏 만족한 듯 고개를 끄덕거렸다. 아소까의 미소가 횃불 불빛에 드러났다. 아소까가 하룻밤 묵게 될 방까지는 데비가 안내했다. 아소까는 방에서 잠시 휴식을 취한 뒤 베란다로 나와 데바, 데바 부인, 데비와 저녁을 함께할 계획이었다. 하녀들은 벌써 베란다 식탁 위에 웃제니 전통음식인 바플라와 달을 날랐다. 말라와 지방의 망고와 후식용으로 경단처럼 생긴 라두도 준비했다.

데비의 전생과 금생

아소까는 꼭두새벽에 눈을 떴다. 잠을 더 자고 싶었지만 신경이 곤두섰다. 높은 천장에서 자꾸만 무슨 소리가 났다. 눈을 가늘게 뜨고 살펴보니 도마뱀이었다. 도마뱀 세 마리가 천장에 붙은 벌레를 잡아먹기 위해 슬금슬금 기어가고 있었다. 하의만 갈아입은 아소까는 커튼을 젖히고 창문을 열었다. 그러자 푸른 새벽빛이 방 안으로 밀려들어 왔다. 새벽빛에 놀란 도마뱀들이 재빨리 창턱 너머로 도망쳤다. 아소까는 밤안개에 젖은 축축한 새벽 공기를 들이마셨다.

웨디사데바의 저택 뜰은 궁중 정원 못지않았다. 넓은 풀밭 사이로 드문드문 황금공작야자수들이 긴 이파리를 늘어뜨리고 있었다. 토성 같은 언덕에 숲을 이룬 나무들은 살라나무들이었다. 정원의 화초들은 짙은 안개에 숨은 듯 아직 또렷하게 보이지 않았다. 저택 주위에는 호위군사들이 일정한 간격으로 서서 경계를 서고 있었다. 정원 한쪽 빈터에서는 화톳불 연기가 피어올랐다. 밤새 경계를 섰던 호위군사들이 젖은 몸을 말리는 중이었다. 아소까를 발견한 호위대장이 저택 2층으로 올라왔다.

"잘 주무셨습니까?"

"모처럼 깊은 잠을 잤소. 새벽 공기가 신선하오."

"흙먼지 바람이 잦은 웃제니와는 다릅니다."

"웨디사나가라 마을에는 오후에 가기로 돼 있던가?"

"아닙니다. 마을 사람들이 오전에 데바 저택으로 오겠다고 했습니다."

"잠시만 비켜보시오."

아소까가 호위대장을 창문에서 비켜서게 했다. 말을 타고 누군가가 지나가고 있었다. 아소까는 문득 데비가 아닌가 싶어 창문으로 다가갔다. 말을 타고 가는 여인은 데비가 틀림없었다. 데비는 곧 정원을 지나치더니 안개 저편으로 사라졌다. 아소까가 말했다.

"새벽에 데비는 어디로 가는 것이오?"

"아침저녁으로 어머니를 위해 산치 사원에서 기도하는 것으로 알고 있습니다."

"아, 아름다운 일이오."

"웨디사나가라 사람들은 그녀를 여신이라고 생각합니다. 그래서 데비라고 부릅니다."

아소까는 데비가 사라진 안개를 잠시 응시했다. 아소까의 입가에 미소가 어렸다. 아소까가 말했다.

"대장, 군마를 준비하시오."

"어디로 가시겠습니까?"

"산치 동산이오. 담마빨라 사문을 만나야겠소. 호위군사를 붙이시오."

"사문은 왜 만나시려고 합니까?"

"사문에게 데비가 어떤 여인인지 듣고 싶소."

호위대장은 즉시 2층에서 내려와 군마를 준비시켰다. 그리고 자신과 행동을 함께할 호위군사 다섯 명을 차출했다. 아소까는 군마의 말고삐를 건네받고는 바로 달렸다. 호위대장도 아소까를 뒤따랐다. 잠시 후 아소까와 호위대장, 호위군사 다섯 명은 말발굽 소리만 남긴 채 짙은 안개 속에 섞여버렸다.

아소까는 어제저녁에 왔던 길을 기억하면서 달렸다. 안개가 아소까의 어제저녁 기억까지 지우지는 못했다. 더구나 호위대장이 바짝 뒤따르며 샛길로 빠지지 않도록 세심하게 유도했다. 호위대장은 아소까보다 웨디사나가라나 산치의 지리에 익숙했다. 누구라도 샛길로 빠지면 비슷비슷한 들판이나 구릉이 나와 방향을 잃기 일쑤였다. 큰 바위나 뻽팔라나무 같은 지형지물이 보이지 않는 안개 속에서는 더욱 그랬다. 아소까는 호위대장을 가끔씩 뒤돌아보면서 길을 잃지 않았다. 이윽고 안개 속에서 산치 동산이 흐릿하게 보였다. 어제 오후에 지평선 너머로 떨어지는 석양을 보았던 바로 그 동산이었다. 아소까는 손을 들어 뒤따라오는 호위대장과 군사들을 멈추게 했다. 호위대장이 아소까가 탄 군마 앞으로 와서 섰다. 아소까가 말했다.

"담마빨라 사문이 있는지 모르겠소."

"소장이 사문을 데리고 오겠습니다."

"아니오. 내가 사원으로 들어가겠소. 대장은 이곳에서 나를 기다리시오."

아소까는 호위대장이 사원 문밖까지만 오게 했다. 호위군 사들의 군마가 사원 경내로 들어와 소란스럽게 할 우려가 있어서였다. 아소까는 군마에서 내려 바로 사원 경내로 들어갔다. 때마침 담마빨라가 나와 아소까를 맞이했다.

"부왕이시여, 무슨 일로 또 오셨습니까?"

"어제 나는 사문을 잊지 않겠다고 약속했소. 그래서 또 찾아온 것이오."

"보잘것없는 소승을 또 찾아오시다니 뜻밖이옵니다."

담마빨라는 아소까를 회랑처럼 생긴 길쭉한 베란다로 안내했다. 베란다에는 여남은 개의 나무 의자가 일렬로 놓여 있었다. 승려들이 앉아서 담소하거나 명상을 하는 그런 용도의 의자였다. 담마빨라가 아소까에게 한가운데 의자에 앉기를 권했다.

"부왕이시여, 앉으십시오."

"사문도 가까이 앉으시오."

"안개가 걷히면 지평선이 잘 보이는 자리입니다."

"사문이여, 나는 지평선을 보러 온 것이 아니오. 알고 싶은 것이 있소."

"무엇을 알고 싶은 것입니까?"

"사문도 알고 싶고 데비도 알고 싶소."

어린 사미 하나가 탁자 위에 물이 담긴 토기 두 개를 놓고 갔다. 목이 말랐던 아소까는 단숨에 물을 들이켰다. 담마빨라는 아소까가 물을 마시는 동안 눈을 지그시 감고 있다가 말했다.

"소승은 사끼야족 끄샤뜨리야로 웨디사나가라 마을 태생입니다. 출가하여 데바 수장님의 부탁으로 줄곧 산치 사원에 머물고 있습니다. 그러니 데비를 안다고 할 수 있습니다."

"데비는 어떤 여인이오?"

"부왕님도 고따마 붓다의 가르침을 믿는다면 어느 순간 데비의 전생과 금생, 또는 후생을 볼 수 있을 것입니다. 마치 저 안개가 걷히면 들판과 구릉, 강이 드러나듯 알 수 있을 것입니다."

"사문이여, 사문의 신분이 존귀하다는 것을 알았으니 이제 데비에 대해 말해주시오."

"말하겠습니다, 부왕님."

그제야 담마빨라도 토기를 두 손으로 받들어 잡고 물을 아끼듯 조금씩 마셨다. 그러나 물이 아까워서 천천히 마시는 것은 아니었다. 물속에 살아 있는 벌레가 있는가 싶어 살피고 있었다. 사문이란 자신이 목마르다고 해서 아주 작은 미물이라도 살생해서는 안 되었다.

"데비님은 전생에 많은 보시를 하여 부호의 딸로 태어나신 것입니다. 금생에도 사문이건 마을 사람들이건 가리지 않고 데바 부인과 함께 음식을 만들어 보시하고 있습니다. 전생과 금생의 복덕으로 장차 데비의 아들딸은 존귀한 귀인이 될 것입니다."

"존귀한 귀인이란 어떤 사람이오?"

"세상 사람들이 우러러보는 사람입니다."

"세상 사람들이 우러러보는 사람은 어떤 사람이오?"

"왕의 길을 가면 훌륭한 왕이 되고 담마의 길을 가면 수승한 사문이 되는 사람입니다."

"아, 사문의 말씀이 확실하다면 데비야말로 보석 같은 여인 이오."

"부왕이시여, 그렇습니다."

"간밤에 품었던 의문이 풀렸소. 사문과 데비를 알았으니 더 이상 궁금한 것은 없소."

아소까는 바로 일어나 사원 정문을 나섰다. 사원의 법당을 들어가지는 않았다. 아소까는 아직 법당 안의 장식이 낯설었다. 뻽팔라나무와 수레바퀴가 조각된 조형물 앞에서 기도하는 행위를 아직은 보는 것조차 어색했다. 조형물들이 데바의 조상 붓다를 상징한다고 하지만 아소까로서는 선뜻 이해할 수 없었다. 호위대장이 군마를 끌고 다가왔다.

"사문을 보았습니까?"

"사문은 나를 실망시키지 않았소. 사람을 보는 눈은 비슷한 것 같소."

호위대장은 아소까가 누구를 평가하는지 헷갈렸다. 담마빨라인지 데비인지 알 수 없었다.

"누구를 말씀하시는 것입니까?"

"데비는 보석 같은 여인이오. 담마빨라 사문에게 확인할 수 있었소."

"그럴 것 같습니다. 웨디사나가라뿐만 아니라 웨디사 사람들이 여신이라고 부르는 데는 다 이유가 있을 것입니다."

"다음에는 내가 데바와 데비를 궁궐로 초대하겠소."

아소까는 말고삐를 힘껏 잡아당겼다. 자욱했던 안개는 어느새 지평선 쪽으로 뒷걸음질 치고 있었다. 이번에는 호위대장이 아소까 앞에서 선도했다. 군마의 발굽 소리에 들판에 내려앉아 먹이를 쪼고 있던 까마귀들이 까악까악 비명을 지르며 달아났다.

기도를 끝낸 데비가 법당에서 나오자 담마빨라 사문이 다가와 말했다.

"방금 부왕님께서 다녀가셨습니다."

"사문이시여, 오늘 새벽 기도는 잘되지 않았습니다."

"기도는 순일하지 않을 때도 있습니다."

"어머니가 잘 떠오르지 않았습니다."

"아마도 부왕님 때문일 것입니다. 바람이 불면 나무가 흔들리듯 기도도 그러합니다."

데비는 담마빨라의 말을 믿었다. 아소까가 사원에 왔기 때문에 기도하는 마음이 흔들렸을 것이라고 생각했다. 그제야 데비는 기도할 때 머릿속을 스쳤던 사람이 아소까였다고 자각했다. 자신의 조상이자 위대한 스승 붓다였다면 옆구리에 칼을 차고 있을 리 없었던 것이다. 데비가 사원 정문을 나서려 하자 담마빨라 사문이 말했다.

"데비님, 때가 되면 말씀드리려고 했습니다만 오늘 얘기하고 말았습니다."

"누구에게 무슨 얘기를 하셨다는 거예요?"

"부왕님께 데비님 얘기를 했습니다."

"호호호."

데비가 장난스럽게 소리 내어 웃었다. 자신의 얘기가 아소까에게 무슨 의미가 있느냐는 투였다. 그러나 담마빨라의 표정은 너무 진지해서 그의 머리가 무겁게 보일 정도였다.

"데비님, 부왕님께서 알고 싶어 하시어 데비님의 전생과 금생의 일을 말씀드렸습니다."

"사문께서 저의 전생과 금생의 일을 아시나요?"

"그렇습니다. 그건 너무 쉬운 일입니다. 시프라강 강물을 들여다보듯 알고 있습니다."

"사문이시여, 저의 전생과 금생의 일을 말씀해 주시겠습니까?"

"당연히 말씀드려야지요. 데비님은 전생에 수많은 보시를 하여 금생에 부호의 딸로 태어나신 것입니다. 금생에도 음식 공양을 많이 하셨기 때문에 데비님의 아들과 딸이 태어난다면 세상 사람들이 존경하는 사람이 될 것입니다."

"저의 얘기를 부왕님께도…."

"그렇습니다. 소승 혼자만 알고 있으려고 했는데 차마 부왕님의 청을 거절하지 못했습니다. 데비님, 죄송합니다. 이제 두 분만 알고 계시니 절대로 다른 사람에게 말씀하셔서는 안 됩니다. 세상에는 시기 질투하는 사람들이 많습니다."

웨디사데비는 담마빨라의 이야기를 믿어야 할지 말아야 할지 망설였다. 단 한 번도 상상해 보지 않았던 자신의 전생과 금생의 일을 오랫동안 믿고 의지해 왔던 담마빨라에게 들었기 때문이었다. 담마빨라는 다소 홀가분해했지만 반대로 데비는 자신에게 닥쳐올 운명 때문인지 상기된 표정을 지었다. 담마빨라가 비로소 생각난 듯 마저 한마디 했다.

"부왕님께서 데바 수장님과 데비님을 초대하겠다고 말씀하셨습니다."

"오, 사문이시여! 이 무슨 일입니까?"

"세상 모든 일은 필연입니다. 초대받거든 응하십시오."

데비가 저택에 도착했을 때는 이미 정원에 웨디사나가라 사람들이 삼삼오오 모여 이야기를 나누고 있었다. 집사 따리시가 하인들을 데리고 바쁘게 움직이고 있었다. 아소까가 서서 말할 연단은 이미 만들어져 있었다. 연단 앞면은 생화 아치가 화려했다. 정원 양쪽에 두 줄의 긴 식탁에는 짜빠띠와 짜이, 그리고 망고, 바나나, 포도, 석류 등 과일들이 가득 놓여 있었다. 이윽고 아소까가 웨디사데바의 안내를 받으며 연단 위로 올라섰다. 옛 아완띠국을 통치할 부왕 아소까였다. 선봉대장과 호위대장이 생화 아치 좌우에서 칼을 치켜들며 예를 갖추자, 웨디사나가라 마을 사람들이 충성을 맹세하듯 아소까에게 일제히 우레와 같은 박수를 보냈다.

특사가 전한 소식

빠딸리뿟따에서 특사 일행이 왔다. 아소까는 호위대장을 웨디사까지 보내 정중하게 안내하도록 지시했다. 빈두사라왕이 보낸 특사단장은 제관 라다굽따였다. 라다굽따는 한때 아소까의 스승이기도 했으므로 특사단장은 그만큼 환대를 더 받았다. 호위대장은 라다굽따를 왕에 준하는 호위로 절도 있게 예우했다. 아소까는 경비대장에게도 거리마다 경비병을 세우도록 지시했다. 특사 일행에게 사소한 사고라도 보여주고 싶지 않아서였다. 특사 일행의 눈에 비친 특이한 것들은 모두 빈두사라왕에게 보고될 터였다. 라다굽따는 호위대장에게 환대를 받아서인지 대단히 만족한 얼굴로 웃제니 동문을 통해 들어왔다. 아소까는 웃제니 궁중 접견실에서 특사 일행을 만났다. 라다굽따가 말했다.

"부왕님, 대왕님의 명을 받들어 왔습니다. 환대해 주시니 감개무량합니다."

"제관이여, 그대는 한때 나의 스승이었소. 오랜만에 만나니 더욱 반갑소."

라다굽따는 일행을 소개했다. 그러자 아소까도 자신의 신하들을 소개했다. 접견실 의자에 착석한 뒤부터는 주로 아소까가 말을 많이 했다.

"대왕님의 건강은 어떻소?"

"예전 같지는 않지만 그래도 정사를 보시는 데는 불편함이 없습니다."

"대왕님께서 이곳에 한번 오시면 만족하실 것입니다. 이제 이곳은 대왕님께서 잊어버려도 좋을 만큼 평화롭습니다."

"부왕님이 계시기 때문에 반란과 소요가 사라졌다고 생각합니다. 저희 일행이 웨디사에 도착했을 때 부왕님이 옆에 계신 듯했습니다."

아소까의 통치력이라 할까, 존재감을 실감했다는 라다굽따의 말이었다.

"과찬의 말씀이오. 나는 부왕으로서 대왕님의 명을 따르고 있을 뿐이오."

아소까는 라다굽따의 솔직한 말에 은근히 기분이 좋았다. 그러나 빈두사라왕의 건강이 예전과 다르다는 전언에는 신경이 쓰였다. 아소까는 앞으로도 빈두사라왕에게 자신의 능력을 더 많이 보여주어 인정받고 싶었다. 딱사쉴라와 웃제니 반란을 진압한 것만으로는 부족하다고 생각했다. 반란이 일어나는 어느 변방이든 보내주기만 한다면 진압할 자신이 있었다. 뿐만 아니라 빈두사라왕이 아직도 정벌하지 못한 나라가 남쪽의 잠부디빠에는 많았다. 이를테면 안다라국, 꽁까나국, 드라비다국, 말라꾸따국 등이었다. 잠부디빠 남쪽 바다 건너에 있는 땅바빵니국

(스리랑카)도 명령만 내리면 복속시킬 자신이 있었다.

특사 일행은 궁중 연회장으로 자리를 옮겼다. 회랑을 지나면서 라다굽따가 목간 두 개를 아소까에게 예를 갖추어 전했다.

"사신이어서 접견실에서 드리지 못했습니다."

"누구의 소식입니까?"

"다르마 왕비님, 아상디밋따 부인님의 소식입니다."

"몇 달 전에 소식을 전했는데, 답장인 모양이오."

연회장에는 이미 궁중 악대와 무희가 나와 대기하고 있었다. 식탁마다 궁중 요리와 과일이 한가득 놓여 특사 일행을 맞이했다. 궁중 악대가 시따르보다 단순한 현악기와 반수리, 작은 북을 연주하자 흥겨운 분위기로 변했다. 특사 일행 중에 흥에 겨워 즉석에서 어깨춤을 추는 사람도 있었다. 라다굽따는 긴 이동 중에 쌓였던 여독을 풀었다.

아소까는 두 소식이 궁금해 참지 못하고 연회 중간에 자리에서 일어났다. 2층 침실로 올라온 아소까는 바로 의자에 앉았다. 창밖으로 검푸른 시프라강이 보였다. 강에서는 고기잡이하는 어선들의 불빛이 명멸했다. 깜박거리는 불빛은 아소까를 빠딸리뿟따로 인도했다. 아소까는 어머니 다르마 왕비가 보낸 직사각형의 얇은 목간부터 꺼내 읽었다.

사랑하는 내 아들아.

너의 소식을 받고 얼마나 감격했는지 모른다. 갑자기 흐르는 눈물이 너의 편지를 적시었단다. 너는 어디를 가든 대왕님을 실망시키지 않는구나. 대왕님은 웃제니에 평화가 찾아왔다고 흐뭇해하신다. 나는 친절한 아상디밋따가 항상 내 옆에 있어 잘 있단다. 눈이 호수 같은 손자 꾸날라도 나를 즐겁게 하는구나. 빠딸리뿟따는 조용하고 평화로우니 걱정하지 말거라. 네가 태어나고 자랐던 왕궁은 변함없이 웅장하고 강가강은 마우리야왕국 백성들의 어머니처럼 자애롭단다. 오늘은 너에게 정말로 기쁜 소식을 전해주려고 한다. 너의 남동생이 아무 탈 없이 태어났단다. 외모는 나를, 성격은 아버지를 닮은 것 같다. 아상디밋따가 정성스럽게 산후조리를 해주니 행복하구나. 동생의 이름은 대왕님과 상의해서 비가따소까라고 지었다. 네가 웃제니로 어쩔 수 없이 떠났을 때 나는 너무도 슬펐는데, 동생이 태어나니 비로소 그 슬픔이 연기처럼 사라졌기 때문이다. 언젠가 빠딸리뿟따로 돌아온다면 동생을 사랑하기를 바란다. 나이 차이가 많기 때문에 너의 도움이 필요하지 않겠니? 내가 바라는 것이 있다면 너와 동생이 행복해지는 것이다. 내 말을 잊지 말기를 바라는 마음으로 날마다 기도하겠다. 아무리 웃제니가 네 마음에 들더라도 객지이니 외로울 것이다. 외로울 때마다 브라흐마 신들에게 의지하거라. 덕이 높은 수행자를 공경하고 가까이하거라. 나는 네가 땅 설고 물선 그곳에서 항상 건강하기를 바란다. 빠딸리뿟따로 돌아오는 날까지 나 역시 신들께 기도 올리마.

다르마 씀.

아소까는 동생 비가따소까가 생겼다는 소식에 다소 흥분했
다. 다른 왕자들은 두세 명의 동생들이 있는데도 자신만 외톨이
였던 것이다. 그러니 왕실의 무슨 행사에 참가하든 위축될 수밖
에 없었고 은근히 부러워했던 것도 사실이었다. 아소까는 어머
니 다르마가 보낸 목간을 몇 번이고 읽어본 뒤에야 아상디밋따
의 목간을 보았다.

사랑하는 남편이시여.

먼 나라 아완띠국에서 잘 계신다고 하니 마음이 놓입니다.
저는 대왕님과 다르마 왕비님의 자상하신 배려로 잘 있습니
다. 당신의 아들 꾸날라도 저를 친어머니처럼 여기고 있
답니다. 대왕님은 머리카락이 갈매기처럼 흰빛으로 변하고
얼굴의 주름살이 몰라보게 늘고 목소리도 예전보다 작아
져, 다르마 왕비님과 저는 대왕님의 건강을 걱정하고 있답
니다. 당신은 저에게 기쁨과 행복을 주지 못해 미안하다고
하지요. 그러나 저는 당신의 그 따뜻한 마음만으로도 행복
합니다. 오히려 저는 당신의 소원을 이뤄주지 못해 죄송할
뿐이지요. 저는 당신이 원하는 자식을 갖지 못하고 있기 때
문입니다. 가네샤 신에게 빌어도 그런 행운은 저를 멀리할

것 같아요. 이제는 당신께서 다른 부인을 만나 당신의 소원이 이뤄지기를 바라는 것이 당신과 나를 위하는 현명함이 아닐까요? 그럴 수만 있다면 저는 당신의 편에 서서 기도하겠습니다. 아기를 잉태하지 못하는 저의 운명은 당신의 아들 꾸날라를 잘 키우라는 신의 뜻인지도 모르겠습니다. 사랑하는 남편이시여. 저의 진심이니 망설이지 마십시오. 저는 당신의 마음 하나면 만족하고 행복합니다.

아상디밋따 씀.

아소까의 얼굴은 금세 어두워졌다. 동생 비가따소까가 생겼다는 소식에 자축이라도 하고 싶을 만큼 들떴지만 아상디밋따가 아기를 잉태하지 못한다는 소식에는 가슴이 답답해졌다. 친절하고 자애로운 아상디밋따를 닮은 아이가 태어나기를 원했는데 불가능한 일이었다. 아소까는 침실 하인을 시켜 호위대장을 불렀다. 1층 집무실에 있던 호위대장이 즉시 올라왔다.

"특사 일행을 위한 연회는 끝났소?"

"아직 끝나지 않았습니다. 일행 모두가 연회를 즐기고 있습니다."

"군마를 준비하시오."

"연회 중인데 어디로 가시겠습니까?"

"강변으로 나가 바람을 쐬고 싶소."

"알겠습니다. 소장과 호위병이 경계를 서겠습니다."

아소까는 호위병을 앞세우고 시프라강으로 나갔다. 빠딸리 뿟따에서 함께 온 선봉대장이 뒤쫓아 왔다. 궁중 연회에 참석했던 선봉대장이 오자 호위대장은 스스로 십여 걸음 물러섰다. 아소까는 강변까지 가서 군마를 멈추었다. 강물이 가까이서 철썩거렸다. 선봉대장이 보고했다.

"방금 연회가 끝났습니다. 특사 일행은 모두 숙소로 돌아갔습니다."

"어머니께서 동생을 낳으셨소. 동생 이름은 비가따소까라고 하오."

"부왕님이시여, 얼마나 기쁘십니까?"

"어머니께서 얼마나 기다렸으면 마음속의 슬픔이 다 사라졌다고 했겠소? 그래서 동생 이름을 비가따소까라고 지었다고 하오. 빠딸리뿟따로 돌아가 동생을 보고 싶소."

강바람이 문득 불어왔다. 아소까가 입고 있는 도티와 머리카락이 날렸다. 강 건너 어두운 숲에서 새들이 짧고 날카롭게 울었다. 아소까가 발밑에 있는 조약돌을 하나 들더니 멀리 던졌다. 선봉대장은 아소까의 마음을 훤히 꿰뚫어 보는 심복이었다. 아소까가 군마를 타고 강변으로 나온 것은 마음이 심란하다는 증거였다. 아소까는 울적하거나 분노가 치밀 때마다 말을 타고 달리곤 했던 것이다. 아소까의 오래된 습관이었다. 선봉대장이 말했다.

"부왕님, 답답한 일이 있습니까?"

"어머니께서 나에게 늘 하셨던 말씀이오."

"무슨 말씀이십니까?"

"행복과 불행은 의좋은 자매처럼 늘 함께 다닌다고 했소. 그 말씀이 맞는 것 같소."

선봉대장은 더 묻지 않았다. 동생을 본 것이 행복이라면 무언가 불행한 일이 있음이 분명했다. 한동안 검푸른 강물을 응시하던 아소까가 말했다.

"아상디밋따를 닮은 아이를 원했는데 무망한 것 같소. 아상디밋따는 아기를 가질 수 없는 몸이오."

"부왕님, 무슨 말씀인지 알겠습니다. 허나 어찌하겠습니까?"

"그렇소. 신이 외면하니 나로서도 어쩔 수 없소."

아소까는 세상을 떠난 첫째 부인 빠드마바띠가 낳은 꾸날라만으로는 만족할 수 없었다. 그래서 아상디밋따에게 기대했던 것인데 신의 가호가 따르지 않았다. 아소까의 마음을 간파한 선봉대장이 말했다.

"자식은 울타리입니다. 부왕님께서도 대왕님처럼 자식이 많아야 합니다."

"아상디밋따는 내게 허락했소. 자식을 원한다면 부인을 또 얻어도 좋다고."

"그렇다면 부왕님, 웨디사데비를 부인으로 맞아들이십시오. 데비는 부왕님께 큰 행운을 가져다줄 것입니다."

"큰 행운이라니 무슨 말이오?"

"웨디사데바는 상인 수장입니다. 상인 수장의 딸 데비를 부인으로 삼으신다면 이곳의 모든 상인들이 부왕님께 더욱 충성할 것입니다. 데바는 상인들뿐만 아니라 웃제니 성민들에게도 존경을 받는 수장입니다."

선봉대장은 데비를 부인으로 삼는다면 옛 아완띠국의 상인들을 확실하게 장악할 수 있다고 판단했다. 아소까는 선봉대장의 말에 즉시 동의하지는 않았지만 일리 있는 조언이라고 생각했다. 실제로 데비를 부인으로 맞아들인다면 부호 웨디사데바의 영향력을 자연스럽게 이용할 수도 있을 터였다.

붓다의 제자 깟짜나

건기인데도 빗방울이 후두둑 떨어지다가 그쳤다. 특사단장 라다굽따가 아소까에게 면담을 요청한 날이었다. 웃제니 성민들은 비를 보고 환호성을 터뜨렸다. 비가 축복을 가져다줄 것이라고 믿었던 것이다. 궁궐 접견실 베란다에 서 있던 아소까도 미소를 지었다. 궁중 정원의 나뭇잎들이 비에 젖어 생기를 되찾은 듯 반짝였다. 라다굽따가 수행원 없이 혼자 걸어오고 있었다. 아소까는 접견실 문을 열고 라다굽따를 맞이했다. 어린 왕자 시절에 한때 스승이었으므로 아소까는 라다굽따에게 예를 갖추었다. 라다굽따는 어느 때나 경비대장의 검색을 거치지 않았다.

"이곳 생활이 불편하지는 않소?"

"부왕님께서 배려해 주시니 특사 일행 모두가 만족하고 있습니다."

아소까는 날마다 특사 일행을 위해 귀족 식단에다 염소 세 마리와 잉어 50마리를 제공하도록 지시한 바 있었다. 잠자리는 시프라강 언덕에 있는 아소까의 별궁을 주어 특사 일행이 휴식을 취하는 데 지장이 없도록 했다.

"비가 잠깐 왔소. 나에게 행운이 찾아올 것 같소."

"대왕님을 기쁘게 할 일이 없을까 궁리하다가 왔습니다."

"대왕님께서 기쁘시다면 나에게도 기쁜 일이오."

아소까가 따뜻하고 달콤한 짜이를 마시면서 말했다.

"대왕님께 정식으로 지시받은 일은 아닙니다만."

"대왕님의 마음을 헤아리어 보좌하는 것도 특사의 임무겠지요. 어서 말해보시오."

라다굽따는 짜이를 마시려다가 잔을 내려놓으며 말했다.

"대왕님께서는 어린 왕자님들의 교육에 관심이 많습니다. 왕자님들에게 우주와 다양한 세계를 가르치고 싶어 하십니다. 그런데 빠딸리뿟따 왕궁에는 브라만 제관이나 자이나교, 아지비까 구루 등은 많은데 불교 사문이 아직 없습니다. 대왕님께서는 불교 사문을 구하려고 합니다. 웃제니에 훌륭한 사문이 있다면 모셔 가고 싶습니다."

아소까는 바로 라다굽따의 말을 이해했다. 라다굽따는 빈두사라왕의 마음을 정확하게 간파하고 있었다. 아소까도 어린 왕자 시절에 목갈리뿟따띳사라는 불교 사문에게 배운 적이 있었던 것이다. 빈두사라왕은 왕자들이 여러 종교를 알아서 다양한 세계관이나 우주관을 갖기를 원했다.

"산치 동산 사원에 담마빨라 사문이 있소. 그는 전생과 현생, 내생의 일까지 볼 줄 아는 사문이라오. 담마빨라 사문이라면 어린 왕자들을 잘 가르칠 것이오."

"부왕님이시여, 담마빨라 사문을 만나보고 싶습니다."

"어렵지 않은 일이오. 내가 부르겠소."

"아닙니다. 소신이 산치 동산으로 가서 만나겠습니다."

"가까운 거리이니 내가 초대해서 사문의 의사를 들어보도록 하겠소."

아소까는 즉시 호위대장을 불러 담마빨라를 데려오도록 지시했다. 라다굽따는 일이 일사천리로 진행되자 다소 놀랐다. 아소까의 추진력을 알고는 있었지만 즉석에서 지시할 줄은 몰랐던 것이다. 라다굽따가 접견실을 나서는 순간 빗방울이 또다시 한두 방울 떨어졌다. 비는 우비를 입지 않아도 될 만큼 오는 둥 마는 둥 했다. 라다굽따는 흐린 하늘을 보면서 자신도 모르게 미소를 지었다. 건기에 내리는 비는 행운을 가져다준다는 말이 생각나서였다.

이틀 후. 호위대장은 담마빨라를 데리고 웃제니성 남문으로 들어왔다. 담마빨라가 입궁했다는 보고를 받은 아소까는 라다굽따를 불러오도록 지시했다. 아소까는 라다굽따가 담마빨라를 무슨 말로 시험해 볼지 몹시 궁금했다. 자신은 산치 동산 절에서 담마빨라에게 데비 이야기를 들었지만 라다굽따에게는 어떤 이야기를 할지 알 수 없었다.

호위대장은 담마빨라를 접견실까지만 안내를 하고 돌아갔다. 라다굽따도 곧 접견실 정문 앞에 도착했다. 경비대장이 접견실 정문을 열어주자 두 사람은 서로 목례를 한 뒤 들어갔다. 바로 그때 아소까가 맞은편 작은 문을 통해서 나타났다. 작은 문이 열리자 눈부신 빛기둥 같은 것이 아소까를 감싸고 있는 듯했다. 두 사람은 아소까의 또 다른 모습에 움찔했다. 그러나 아소까는 두 사람 모두 구면이었으므로 자연스럽게 맞이했다.

"사문이여, 이분은 대왕님의 명으로 웃제니에 온 라다굽따 제관입니다. 라다굽따 제관이 사문을 만나보고 싶다 하여 이 자리를 마련한 것이오. 대왕님의 특사이니 대왕님의 질문으로 알고 묻는 말에 대답해 주길 바라오."

"부왕이시여, 그렇게 하겠습니다."

쟁반을 든 늙은 시녀와 앳된 시녀들이 들어와 아소까 앞에는 황금주전자와 금잔을, 라다굽따와 담마빨라 앞에는 은주전자와 은잔을 놓고 갔다. 주전자에는 포도주가 아닌 코코넛 음료가 들어 있었다. 술을 마시지 않는 담마빨라를 위한 배려였다. 시녀들은 금잔과 은잔에 코코넛 음료를 따른 뒤 접견실을 나갔다. 아소까가 먼저 담마빨라의 의중을 알아보기 위해 물었다.

"대왕님께서 어린 왕자들의 스승을 찾고 계시오. 초대한다면 빠딸리뿟따로 가겠소?"

"대왕님께서는 왜 사문을 찾고 계신 것입니까?"

"왕자들에게 여러 종교의 가르침을 알게 하기 위해서라오. 나도 한때 불교 사문에게 배운 적이 있소."

아소까의 말에 담마빨라의 얼굴에 미소가 번졌다.

"대왕님을 뵙고 싶습니다."

"왕자들의 스승이 되는 것은 마우리야왕국을 위하는 길이기도 하오. 고맙소."

"다만 한 가지 조건이 있습니다. 소승은 산치 동산 사원을 지은 웨디사데바님의 허락을 받아야 떠날 수 있습니다."

"데바 상인 수장은 나와 더없이 호의적인 관계라오. 그러니 걱정하지 마시오."

아소까는 잔을 들고 건배를 제의했다. 라다굽따와 담마빨라도 조심스럽게 잔을 들어 아소까의 건배사를 기다렸다. 아소까가 '영원한 마우리야왕조를 위하여' 하고 선창하자 두 사람은 큰소리로 복창했다.

"영원한 마우리야왕조를 위하여!"

라다굽따가 다소 흥분한 목소리로 말했다.

"사문이시여, 진정 사문께서는 대왕님의 충성스러운 백성이십니다."

"과찬입니다. 소승은 그저 산치 동산 작은 사원의 비구일 뿐입니다."

라다굽따는 담마빨라의 겸손한 태도에 더욱 매력을 느꼈다. 사문의 겸손은 옛 아완띠국 사문들의 전통인지도 모른다는 생각이 들 정도였다. 성군이 다스릴 때나 탁월한 사문이 출현하면 백성들은 현명해지고 지혜로워지는 법이었다. 구름이 걷히고 해가 비추듯, 캄캄한 밤에 달이 뜨듯 그런 세상이 오는 것이었다. 라다굽따가 말했다.

"옛 아완띠국에도 훌륭한 왕이 있었던 것 같소."

"한 사문이 훌륭한 왕으로 인도했습니다."

"훌륭한 왕이란 누구인가요?"

"붓다가 살아계실 때 옛 아완띠국을 다스렸던 짠다빳조따 왕입니다. 왕은 웃제니 출신 깟짜나(가전연) 사문의 설법을 듣고 는 성군이 되었습니다."

"오, 짠다빳조따왕과 깟짜나 사문의 이야기를 듣고 싶소."

담마빨라는 라다굽따가 듣고 싶어 하는 이야기를 시작했 다. 아소까도 가슴 한구석에 성군이 되고자 하는 욕망이 있었으 므로 귀를 기울였다. 담마빨라의 입에서 나온 이야기는 부드러 운 바람 같았다.

"웃제니 태생의 깟짜나 사문은 브라만 신분의 궁중 제관 아 들이었지요."

깟짜나의 아버지는 베다에 능통한 사람이었는데, 아들도 자신의 뒤를 이어 제관이 되기를 바랐다. 아버지의 소망대로 깟 짜나도 성장하여 궁중 제관이 되었다. 깟짜나 제관은 기도를 잘 하여 왕의 참모 자리로 올라섰다. 어느 날 짠다빳조따왕이 붓다 를 초청하고자 깟짜나 제관을 마가다국으로 보냈다. 일곱 명의 깟짜나 특사 일행은 꼬살라국 수도 사왓티 제따와나(기원정사)로 갔던 것이다. 그런데 제따와나에 도착한 깟짜나는 붓다의 설법 을 듣고는 제자가 되어버렸다. 깟짜나만 아완띠국으로 돌아가지 않았다. 이후 사문이 된 깟짜나는 여러 지역을 돌아다니면서 붓다의 가르침을 쉬운 논리로 설하고 다녔다. 소문을 들은 붓다가 칭찬했다.

"내가 간략하게 설하는 가르침을 상세하게 설하는 사문들 가운데 마하깟짜나가 으뜸이다. 마하깟짜나는 현자이며, 큰 통찰지혜를 가진 수행자이다."

마침내 깟짜나 사문은 고국인 아완띠국을 찾았다. 짠다빳조따왕은 왕명을 어긴 깟짜나 사문을 뜻밖에도 반갑게 맞아주었다. 이에 깟짜나 사문은 짠다빳조따왕이 불교에 귀의할 수 있겠구나 하고 판단했다. 사실 온순했던 시절의 왕 이름은 빳조따였는데, 성격이 난폭해진 뒤부터 백성들에게 짠다빳조따로 불렸던 것이다. 깟짜나 사문은 짠다빳조따왕을 본래의 모습으로 교화시키기 위해 설법을 했다.

"백성들에게 악행을 저지르게 해서는 안 됩니다. 남에게 악행을 시킨 사람은 좋은 과보를 받을 수 없습니다. 세상의 모든 중생은 자기가 지은 업대로 살아가고 있습니다. 남의 말에 의해 나쁜 사람이 되지도 않고 남의 말에 의해 성자가 되지도 않습니다. 자신에 대해 자신이 잘 알고 있듯이 하늘의 신들도 우리의 마음을 잘 알고 있습니다."

짠다빳조따왕은 깟짜나 사문의 설법에 귀를 기울였다. 마음속에 무언가 회오리치는 듯 얼굴 표정이 달라지고 있었다. 깟짜나 사문은 설법을 계속했다.

"어리석은 사람들은 우리 모두가 죽는다는 것을 깨닫지 못하고 있지만 그 사실을 밝게 깨닫는 이는 더 이상 죽이고 빼앗는 싸움에 가담하지 않습니다. 지혜로운 사람은 설사 재물을 잃더라도 홀로 잘살 수 있지만 지혜가 없는 사람은 재물을 많이 가졌어도 행복하게 살지를 못합니다."

이윽고 짠다빳조따왕이 참회의 눈물을 흘렸다. 그러자 깟짜나 사문은 왕이 어떤 태도로 백성을 다스려야 하는지를 말하고는 설법을 마쳤다.

"대왕이시여, 장님이 보듯이 보고 귀머거리가 듣듯이 들으며, 이미 알고 있어도 벙어리처럼 침묵할 수 있고, 큰 힘을 가지고 있어도 약자처럼 자신을 낮출 수 있어야 합니다. 그래야만 참된 선행을 쌓을 수 있고 복을 잃지 않고 간직할 수 있습니다."

라다굽따가 담마빨라의 이야기를 끊듯이 말했다.

"깟짜나 사문은 짠다빳조따왕에게 악행의 과보를 말했소. 스스로의 행위로 악인도 되고 성인도 된다고 말했소. 누가 어리석은 사람인지, 지혜로운 사람인지를 말했소. 왕이 선행을 쌓고 복을 누릴 수 있는 방법도 말했소. 이 모든 가르침은 빠딸리뽓따에 계시는 왕자님들이 모두 배우고 익혀야 할 가르침들이오."

아소까도 한마디 했다.

"담마빨라 사문이여, 깟짜나 사문이 짠다빳조따왕을 교화시켰던 것처럼 왕자들을 가르쳐주시오."

"깟짜나 사문은 붓다의 제자들 중에서도 설법 논리가 가장 뛰어났던 분이었습니다. 저는 마하깟짜나 사문에 미치지 못합니다."

사람들이 깟짜나 이름 앞에 마하를 붙여 부르는 것은 그가 사문들 중에서도 수승하기 때문이었다. 그런데 담마빨라라고 해서 마하담마빨라라고 불리지 못할 이유가 없었다. 그날 저녁, 웨디사데바가 아소까의 부름에 급히 궁궐로 들어왔다. 데바는 아소까로부터 담마빨라를 빠딸리뿟따로 보내겠다는 말을 듣고 엎드려 절을 했다.

"부왕님이시여, 저의 사원 사문을 대왕님께 보내시겠다니 영광스러울 뿐입니다."

데바는 역시 머리 회전이 빠른 상인 수장이었다. 데바가 영광스럽다고 한 것은 담마빨라를 매개로 빈두사라왕과 왕자들을 만날 수 있을 것 같았기 때문이었다. 데바는 웃제니에서 마우리야왕국의 수도 빠딸리뿟따로 확실하게 진출할 수 있는 절호의 기회가 왔다고 생각했다.

짠다빳조따왕과 우데나왕

담마빨라 사문이 특사 일행을 따라서 빠딸리뿟따로 떠나기 이틀 전 밤이었다. 아소까는 담마빨라의 인품에 이끌리어 그를 궁궐로 초대했다. 담마빨라는 특사 일행이 묵는 시프라강 언덕의 별궁에 머물고 있었다. 아소까는 경비조장에게 접견실 창문을 활짝 열도록 지시했다. 창문을 열자 시프라강 쪽에서 강바람이 창턱을 넘어왔다. 뿐만 아니라 초저녁에 뜬 초승달이 보였다. 사람의 눈처럼 생긴 초승달이 접견실 안을 내려다보고 있는 듯했다. 기다리던 담마빨라가 경비대장의 안내를 받아 접견실로 들어왔다. 아소까가 의자에 앉아 있다가 일어나서 맞이했다.

"사문이여, 어서 오시오."

"소승을 불러주시니 영광입니다."

"빠딸리뿟따로 가시면 언제 또 만나겠습니까? 그래서 부른 것입니다."

"소승이 왕자님들을 가르칠 만한 사람인지 걱정이 되기도 합니다."

"내가 사문을 추천한 분명한 이유가 있소."

담마빨라가 이유를 듣고 싶다는 표시로 합장을 했다. 그러나 아소까가 웃으며 조건을 제시했다.

"짠다빳조따왕이 깟짜나 사문을 만나기 전에는 어리석고 욕심이 많은 왕이었다고 하는데, 어떤 일이 있었는지 이야기해 줄 수 있소?"

담마빨라도 웃으며 말했다.

"부왕이시여, 그 이야기는 웃제니 사람이라면 다 알고 있습니다. 붓다께서 살아계실 때의 이야기입니다만 웃제니에 전해 오고 있는 이야기입니다."

시녀들이 망고와 포도, 바나나가 놓인 접시들을 들고 들어왔다. 아소까 앞에는 포도주가 든 황금주전자가, 담마빨라 사문 앞에는 코코아 음료가 든 은주전자가 놓였다. 싱싱한 과일 향기가 담마빨라의 큰 코를 자극했다. 아소까가 말했다.

"사문을 추천한 이유는 간단하오. 데비의 전생과 금생의 일을 말하는 것을 듣고 장로가 틀림없다고 생각했소. 어린 시절 나의 스승 중에는 목갈리빳따띳사 사문이 있었소. 참으로 자비로운 스승이었소. 그런데 담마빨라 사문은 목갈리빳따띳사 스승의 모습과 너무 닮았소. 모습뿐만 아니라 말투 등도 비슷하오."

"사문은 인연을 중요하게 생각합니다. 부왕님께서 그렇게 생각하신다면 목갈리빳따띳사 사문과 저는 분명 어떤 인연이 있을 것입니다."

"사문이여, 이제 짠다빳조따왕에 대해 이야기해 주겠소?"

담마빨라는 아소까의 청을 받고는 곧장 짠다빳조따왕 이야기를 시작했다.

"짠다빳조따왕이 깟짜나 사문을 만나 불교에 귀의하기 전이었습니다. 난폭한 왕은 욕심이 많았고 교만하기 짝이 없었습니다."

짠다빳조따왕은 거칠고 안하무인이었다. 그의 성격 탓에 딸 와술라닷따를 꼬삼비 우데나왕에게 빼앗겼다. 아버지 짠다빳조따왕의 말이라면 죽는시늉까지 하던 와술라닷따가 용맹하고 코끼리를 잘 다루던 우데나왕의 두 번째 왕비가 되었던 것이다. 짠다빳조따왕은 자신이야말로 부귀와 영광을 다 누리고 있다고 생각했다. 이는 짠다빳조따왕뿐만 아니라 어느 나라이건 왕들이 착각하는 오만이었다. 하루는 짠다빳조따왕이 측근 신하들에게 물었다.

"나와 같이 부귀와 영광을 갖추고 있는 왕이 또 있는가?"

깟짜나의 아버지인 늙은 궁중 제관이 말했다.

"폐하보다 부귀를 누리시고 있는 왕은 없을 것입니다. 다만 이웃 나라 꼬삼비 우데나왕에게는 폐하께서 누리시지 못한 영광이 있습니다."

"어떤 영광을 누리고 있다는 것이오?"

"붓다께서 꼬삼비에 2년이나 머무르셨다는 영광입니다."

"그거라면 나도 누리지 못할 이유가 없지 않소. 특사를 보내 붓다를 모셔 오면 되지 않겠소. 당장 누구를 특사로 보낼 것인지 상의해 보시오."

그러나 특사를 자원하는 신하는 없었다. 붓다가 계시는 꼬살라국 수도 사왓티까지는 너무나 먼 길이었기 때문이었다. 할 수 없이 늙은 궁중 제관은 자신의 젊은 아들을 추천했다. 그가 바로 얼마 전에 궁중 제관이 된 깟짜나였다. 왐사국은 아완띠국과 인접한 나라였고, 일찍이 불교를 받아들여 수도 꼬삼비에는 크고 작은 사원들이 제법 많았으며 성민들은 대부분 불교 신자들이었다. 붓다가 2년 동안 머무르며 설법했던 영향이었다. 짠다빳조따왕이 양미간을 찌푸렸다.

"특사를 보내기 전에 확인할 일이 있소."

"폐하 무엇입니까?"

"우데나왕을 붙잡아 오시오. 우데나왕을 내 눈으로 봐야만 그의 영광이 큰지 작은지 알 수 있을 것이오."

"폐하, 우데나왕을 붙잡아 오기는 불가능합니다."

"안 된다고 말하지 말고 묘책을 강구해 보시오!"

짠다빳조따왕이 불같이 화를 내며 자리를 박차고 나가버렸다. 측근 신하들이 당황해하면서 웅성거렸다. 이윽고 한 신하가 말했다.

"우데나왕은 코끼리에 미친 왕이지요."

"우데나왕은 코끼리를 부리는 재주가 대단합니다."

우데나왕을 평하는 대신의 말에 한 신하가 맞장구를 쳤다.

"우데나왕이 코끼리 사냥을 나가서 주문을 외거나 삼현금을 연주하면 코끼리들이 꼼짝을 못 한다고 합니다. 코끼리를 마음대로 부리어 잡는다고 전해 들었습니다."

　실제로 우데나왕은 코끼리 사냥을 잘하여 수십 마리의 건강한 코끼리를 보유한 왕이었다. 코끼리를 사육하는 군사를 따로 두었는데, 전담 신하는 코끼리가 많아질수록 몇 수레씩 잡풀을 먹어치우는 코끼리들 때문에 날마다 곤욕을 치렀다. 그래도 우데나왕은 코끼리에 대한 집착을 내려놓지 못했다. 어딘가에는 더 영리하고 힘세고 날랜 코끼리가 있을 것 같았기 때문이었다. 신하들 중에서 코끼리 사육사 출신의 젊은 신하가 꾀를 냈다.

　"저에게 묘책이 있습니다. 나무로 코끼리상을 만들어 우데나왕을 유혹하는 것입니다. 그가 사냥을 올 만한 곳에 놓아두고 소문을 내면 됩니다."

　코끼리 사육사 출신의 신하는 코끼리를 조각하는 방법과 묘책을 설명했다. 묘책이란 나무 코끼리 안을 몇 명의 군사가 들어갈 만큼 크게 파고, 나무 코끼리 네 발에 바퀴를 달아 우데나왕이 나타나면 재빨리 도망치는 척하다가 사로잡으면 된다는 것이었다.

　"기발한 묘책이오."

　"왕을 부릅시다."

　신하들에게 불려 나온 짠다빳조따왕은 코끼리 사육사 출신의 묘책을 듣더니 크게 만족해했다.

　"좋소. 당장 나무 코끼리를 만들어보시오."

　며칠 만에 아완띠국의 일급 목수들이 웃제니로 다 모여들었다. 목수들이 통나무를 자르고 붙여서 코끼리상을 만들었다. 그런 뒤 흰색 안료를 칠하고 흰 천을 둘둘 말았다. 나무로 만든 흰 코끼리는 왐사국과 아완띠국 국경 사이에 있는 호숫가로 옮겨졌다. 아완띠국 군사들은 나무 코끼리 주위와 호숫가의 길바닥에 일부러 진짜 코끼리 똥을 가져다 놓았다. 이윽고 왐사국 꼬삼비의 나무꾼이 코끼리 똥과 흰 코끼리를 발견하고는 우데나왕 신하에게 알렸다.

"우리 폐하께서 좋아하실 만한 코끼리를 보았습니다."

"어디 있던가?"

"국경 부근 호숫가에 있습니다."

신하가 나무꾼을 우데나왕에게 데리고 가서 보고했다.

"폐하, 이 나무꾼이 국경 부근 호숫가에서 폐하께서 좋아하실 것 같은 흰 코끼리를 보았다고 합니다."

우데나왕이 물었다.

"코끼리가 어떻게 생겼는지 천천히 말해보아라."

"폐하, 산처럼 크고 아름다운 코끼리였습니다. 히말라야 만년설처럼 흰 코끼리였습니다. 코끼리를 보신다면 폐하께서 아주 만족하실 것입니다."

"당장 그 흰 코끼리를 사로잡고 싶구나. 네가 길잡이를 하겠느냐?"

"예, 제가 앞장을 서겠습니다."

코끼리를 탄 우데나왕은 나무꾼을 앞세우고 꼬삼비성을 나섰다. 호위군사 몇 명이 우데나왕을 뒤따랐다. 호위군사를 몇 명만 데리고 나선 것은 코끼리 사냥을 많이 해본 우데나왕의 자신감 때문이었다. 우데나왕은 나무꾼을 따라서 국경지방에 있는 호숫가에 이르렀다. 한편 웃제니의 첩병들은 우데나왕 일행을 발견하고는 곧장 짠다빳조따왕에게 보고했다. 우데나왕이 지나갈 길 양쪽 숲속에는 짠다빳조따왕의 군사가 매복하고 있었다. 우데나왕이 나무로 된 흰 코끼리를 보고는 주문을 외었다. 그러나 우데나왕의 주문은 통하지 않았다. 나무 코끼리는 왐사국 국경을 넘어 아완띠국으로 달렸다. 우데나왕은 나무 코끼리를 추격했다. 호위군사들도 나무 코끼리가 달리는 방향으로 쫓아갔다. 그때였다. 매복해 있던 짠다빳조따왕의 군사들이 달려오는 우데나왕의 호위군사들을 활로 쏘아 순식간에 제압했다. 짠다빳조따왕이 소리쳤다.

"우데나왕을 생포하라!"

나무 코끼리 배 속에서 짠다빳조따왕의 군사가 나와 우데나왕을 포위했다. 그제야 우데나왕은 계책에 걸려든 것을 알고 짠다빳조따왕에게 항복했다.

"코끼리에게 눈이 멀어 속았소."

"그대의 영광도 별것 아니군. 나의 나무 코끼리에게 속는 것을 보니 말이오!"

"허나 속임수로 나를 영원히 이길 수는 없을 것이오."

우데나왕이 항변하자 짠다빳조따왕이 소리쳤다.

"그대의 목숨은 내 손에 달렸다는 것을 아시오!"

"붓다께서 내게 영원히 사는 길을 알려주었소. 나에게 영광이 있다면 바로 그것이오."

짠다빳조따왕은 우데나왕의 태연한 태도에 내심 놀랐지만 그러한 감정을 밖으로 드러내지는 않았다. 오히려 우데나왕을 경멸하듯 말했다.

"죽느냐 사느냐 목숨이 중요한 것이지 나는 그런 영광이라면 땅바닥에 내팽개치고 말겠소."

짠다빳조따왕은 우두머리 옥리(獄吏)에게 우데나왕을 즉시 감옥에 가두라고 지시했다. 그런 뒤 왐사국 왕을 사로잡은 기념으로 아완띠국 백성들에게 3일 동안 축제를 허락했다. 특별히 웃제니 성민들에게는 술과 음식을 하사했다. 축제 3일째 되는 날이었다. 감옥에 갇힌 우데나왕이 옥리에게 물었다.

"옥리여, 그대의 왕은 어디에 있소?"

"궁금하오?"

"그렇소."

"적국의 왕을 붙잡았으니 기쁘지 않겠소? 술을 마시며 기뻐하고 계실 것이오. 오늘이 축제 마지막 날이오."

우데나왕이 슬픈 표정을 지으며 말했다.

"그대의 왕은 왜 이렇게 가볍게 행동하는가? 적국의 왕을 사로잡았으면 놓아주든지 죽이든지 해야지, 기껏 굴욕이나 주면서 술이나 마시고 있단 말인가?"

다음 날 옥리는 짠다빳조따왕에게 보고했다.

"폐하, 우데나왕이 자신을 놓아주든지 죽이든지 해달라고 말했습니다."

"음, 확인을 해봐야겠군."

짠다빳조따왕이 감옥으로 가서 우데나왕에게 직접 물었다.

"그대가 옥리에게 놓아주든지 죽이든지 해달라고 말했다는데 사실이오?"

"그렇소."

우데나왕이 목숨을 포기한 듯 담담하게 말하자, 짠다빳조따왕은 갑자기 살려주고 싶은 연민의 정이 생겼다. 그러나 우데나왕을 그냥 풀어줄 수는 없었다. 살려주는 대신 조건을 하나 달았다. 그래야 신하들도 이해할 수 있을 터였다.

"좋소. 풀어주겠소. 대신 한 가지 조건이 있소. 그대가 코끼리 부리는 주문을 알고 있다는데 나에게 가르쳐줄 수 있겠소?"

"가르쳐줄 수 있지만 나에게도 조건이 있소. 스승에 대한 예의로 나에게 삼배를 하시오."

"하하하. 삼배는 붓다에게나 하는 것이 아니오?"

짠다빳조따왕은 어이가 없어 크게 소리 내어 웃고 말았다. 옆에 있던 감옥 옥주가 주먹을 휘두르기라도 할 듯 씩씩거리며 다가섰다. 그러자 짠다빳조따왕이 만류했다.

적국을 탈출한 우데나왕

짠다빳조따왕이 우데나왕에게 대드는 옥주를 만류한 것은 다분히 계산적이었다. 우데나왕의 비위를 맞추는 척하면서 코끼리 부리는 주문을 알아내기 위해서였다. 그렇다고 왕의 자존심을 버린 채 우데나왕에게 삼배를 하면서 배울 생각은 전혀 없었다. 짠다빳조따왕이 코웃음을 치면서 말했다.

"나에게 삼배를 하라니 웃기는군. 난 절대로 삼배를 할 수 없소. 그대는 삼배를 받을 수 있는 붓다가 아니오."

"그럼 나도 그대에게 절대로 코끼리 부리는 주문을 가르쳐 줄 수 없소."

"별수 없군. 나는 그대를 처형하겠소."

"내 영혼까지 처형할 수는 없을 테니까 알아서 하시오."

우데나왕은 붓다에게 죽음에 대한 설법을 들은 적이 있었으므로 당황하지 않았다. 붓다가 죽음은 끝이 아니라 또 다른 삶의 시작이라고 설했던 것이다. 우데나왕이 죽음도 두렵지 않다는 말투로 말했다.

"마음대로 하시오. 그대가 내 몸을 죽일지언정 내 영혼까지는 지배할 수 없을 것이오."

"붓다에게 무슨 말을 들었는지 몰라도 영혼이라는 말로 나를 현혹하지 마시오."

짠다빳조따왕의 심복인 옥주가 짠다빳조따왕에게 귓속말을 했다.

"폐하, 우데나왕을 죽이지는 마십시오. 폐하께서 원하시는 바는 우데나왕에게서 주문을 배우는 것입니다."

"내 생각도 그렇소. 그런데 우데나왕이 주문을 배우려면 나에게 삼배를 하라니 난감하오."

"폐하, 적국의 왕에게 삼배를 한다는 것은 치욕이니 그럴 수는 없습니다."

짠다빳조따왕이 옥주에게 중얼거리듯 작은 소리로 말했다.

"내 딸 와술라닷따에게 주문을 배우게 한 뒤 내가 딸에게 배우면 어떻겠소?"

"폐하, 묘수입니다."

"다만 명심하시오. 아무도 내 딸이 주문을 배웠다고 알게 해서는 안 되오."

잠시 후 짠다빳조따왕이 우데나왕에게 제의했다.

"나와 가까운 사람이 삼배를 한다면 가르쳐줄 수 있겠소?"

"왕의 체통이 있을 것이니 친족이라면 그렇게 할 수 있소."

짠다빳조따왕은 딸 와술라닷따를 꼽추라고 둘러댔다. 우데나왕이 와술라닷따에게 음심을 품을까 봐 꼽추라고 거짓말을 했다. 와술라닷따는 부모 말을 한 번도 거절한 적이 없는 고분고

분한 딸이었다. 뿐만 아니라 결혼할 나이가 되었지만 아직까지 한 번도 연애를 못 해본 처녀였다. 짠다빳조따왕은 딸에게는 우데나왕이 문둥이라고 거짓말을 했다. 순진한 딸이 우데나왕의 유혹에 넘어갈까 봐 걱정되었기 때문이었다. 짠다빳조따왕은 딸에게 가서 말했다.

"사랑하는 내 딸아, 어떤 문둥이가 코끼리 다루는 주문을 알고 있단다. 너는 커튼 뒤에 있는 문둥이에게 주문을 잘 배우기만 하면 된다. 다른 사람이 배우면 안 되기 때문에 너에게 부탁하는 거란다. 주문을 배우고 난 뒤에는 나에게 가르쳐다오."

"예, 잘 배울게요."

"고맙다. 내가 코끼리를 사로잡는 주문만 배운다면 너와 나는 더 큰 부귀를 누릴 수 있을 것이다."

"너무 욕심은 부리지 마셔요. 궁중 제관께서 욕심은 재앙의 문이라고 했어요."

"우데나왕이 나를 모욕해서 그런다. 나를 우습게 보는 왕이 있어서야 되겠느냐?"

"예, 잘 배울 테니 걱정 마셔요."

마침내 궁중 한 방에서 커튼을 사이에 두고 우데나왕과 와술라닷따가 마주 앉았다. 방문 밖에는 짠다빳조따왕의 호위군사들이 경계를 섰다. 우데나왕은 삼배를 한 와술라닷따에게 약속대로 주문을 반복해서 가르쳤다. 와술라닷따가 주문을 다 배우면 자신은 왐사국으로 돌아갈 수 있기 때문이었다. 그러나 와술라닷따는 주문을 잘 따라 하지 못할뿐더러 외우지도 못했다. 주문은 한 자라도 틀리면 소용이 없었다. 야생 코끼리는 영리해서 틀린 주문을 금방 알아차렸다. 야생 코끼리들은 어설픈 주문을 들으면 사냥꾼을 공격하기도 했다. 와술라닷따는 착하기만 했지 영민하지는 못했다. 하루 종일 우데나왕이 주문을 가르쳤지만 제대로 외우지 못했다. 우데나왕은 화가 나서 소리쳤다.

"이 꼽추야, 입술이 두꺼워서 더듬거리는 거냐! 커튼이 가려져 있기에 망정이지 너를 볼 수만 있다면 회초리라도 들었을 것이다."

"말이 심하십니다."

와술라닷따는 자신도 모르게 큰 소리로 말했다. 아완띠국의 공주에게 문둥이가 수모를 주다니 참을 수 없었다.

"나를 꼽추라고 부르다니!"

"내가 정성을 다해 가르쳤는데 진전이 없다니. 아무리 멍청한 사람이라도 다 외웠을 것이다. 바보가 아니고서는."

"나를 꼽추에다 바보라고 부르다니! 천한 문둥이라서 입이 거칠군!"

"나를 문둥이라고 부르는 너야말로 누구냐?"

우데나왕도 와술라닷따에게 문둥이라고 모욕을 당하기는 마찬가지였다. 와술라닷따가 홧김에 자신의 신분을 밝혔다.

"난 아완띠국 왕의 딸 와술라닷따다."

"나를 속이지 마라. 왕이 그대를 꼽추라고 했다."

"그대도 나에게 거짓말하지 마시오. 아버지께서 그대를 문둥이라고 했으니까."

"나는 왐사국 우데나왕이다. 그대의 아버지에게 속아서 나는 감옥에 갇혀 있다."

"그럼 나도 속은 것인가? 아버지가 그대를 문둥이라고 했는데…."

비로소 두 사람은 서로의 신분을 알고는 헛웃음을 지었다. 와술라닷따가 말했다.

"사랑하게 될까 봐 두려워서 우릴 속였군요!"

와술라닷따는 우데나왕에게 문득 연민의 정이 생겼다. 공평하게 따진다면 아버지 짠다빳조따왕이 우데나왕을 속였다고 해도 틀린 말은 아니었다. 두 사람은 방 안에서 하루 이틀이 지나면서 사랑을 나누었다. 우데나왕은 순수한 와술라닷따에게 반했고 와술라닷따는 용감한 우데나왕이 마음에 들었다. 어느 날 짠다빳조따왕이 두 사람 간에 정이 싹튼 줄도 모르고 와술라닷따에게 물었다.

"딸아, 주문은 잘 배우고 있느냐?"

"예, 아버지. 조금만 더 외우면 될 것 같아요."

사랑을 하면 눈이 멀어 거짓말도 스스럼없이 하는 법이었다. 와술라닷따는 아버지 짠다빳조따왕을 속이면서도 양심의 가책을 느끼지 않았다. 우데나왕과 와술라닷따는 짠다빳조따왕이 정해준 궁중 방에서 날마다 주문을 가르치고 배우는 척하면서 껴안고 지냈다. 호위군사들은 방 안에서 무엇을 하는지 알 수 없었다. 두 사람이 방문을 걸어 잠그고 창문은 커튼으로 가려버렸기 때문이었다. 그렇게 며칠이 지났을 때였다. 우데나왕이 몹시 낙심한 표정을 짓고 와술라닷따를 바라보았다. 와술라닷따가 물었다.

"무슨 슬픈 일이 있군요."

"그대와 사랑을 나누기에는 이 방이 너무 좁다오. 나를 내 나라로 돌아가게만 해준다면 나는 그대를 왕비로 삼겠소."

"당신의 왕비가 된다면 무슨 일인들 못 하겠어요."

"그대의 아버지와 어머니가 아무리 그대를 위한다고 하더라도 왐사국의 왕비가 되게 할 수는 없을 것이오. 오직 나만이 할 수 있는 일이오."

와술라닷따가 우데나왕에게 말했다.

"약속을 지키신다면 당신의 목숨을 구해드리겠어요."

"틀림없이 지키겠소."

"좋아요."

와술라닷따는 짠다빳조따왕에게 가서 그의 발에 입을 맞추었다. 짠다빳조따왕은 주문을 다 외운 줄 알고 반갑게 맞이했다.

"딸아, 이제 주문을 다 배웠느냐?"

"예, 다 외우기는 했는데 이제부터는 실제로 연습을 해야겠어요."

"필요한 게 있거든 언제든지 말하거라."

"아버지, 산에 가서 야생 코끼리를 사냥하려면 타고 다닐 말이나 코끼리가 필요해요."

"알았다. 내 전용 말과 코끼리 이용을 허락하마."

와술라닷따는 짠다빳조따왕에게 방문 열쇠까지 받았다. 호위군사들에게는 우데나왕과 와술라닷따가 아무 때나 사냥을 나갈 것이니 막지 말라고 지시했다. 우데나왕과 와술라닷따는 마음대로 방을 드나들 수 있었으므로 더없이 기뻤다.

짠다빳조따왕에게는 다섯 가지 운송수단이 항상 대기했다. 첫째는 한 번에 50요자나를 갈 수 있는 암코끼리 밧다왓띠였다. 둘째는 한걸음에 60요자나를 달리는 노예 까까였다. 세 번째와 네 번째는 한 번에 100요자나를 갈 수 있는 두 암당나귀 쩰라깐띠와 문자께시였다. 다섯 번째는 쉬지 않고 120요자나를 갈 수 있는 코끼리 날라기리였다.

우데나왕과 와술라닷따는 짠다빳조따왕이 신하들을 거느리고 순행하는 날을 기다렸다. 드디어 그날이 왔다. 우데나왕은 일곱 개의 자루에 와술라닷따가 몰래 가지고 온 금과 은을 가득 채워 암코끼리 밧다왓띠에 실었다. 그런 뒤 와술라닷따를 태우고 도망쳤다. 궁궐의 호위군사들이 뒤늦게 발견하고는 짠다빳조따왕에게 보고했다. 짠다빳조따왕이 소리쳤다.

"즉시 쫓아가서 붙잡아라!"

"예, 알겠습니다."

"우데나는 코끼리를 부릴 줄 아는 왕이니 반드시 날랜 말을 타고 추격하라."

　우데나왕은 추격대가 쫓아오는 것을 보고 자루를 푼 뒤 금과 은을 길바닥에 뿌렸다. 추격대는 잠시 추격을 멈추고는 금과 은을 주웠다. 탐욕스러운 나머지 눈이 어두운 것은 왕이나 군사나 마찬가지였다. 우데나왕은 바로 그러한 심리를 이용해 금과 은을 뿌리며 국경을 넘었다. 국경 부근에는 때마침 우데나왕의 군사들이 진을 치고 있었다. 군사들은 우데나왕을 철통같이 호위한 채 곧장 꼬삼비로 돌아갔다. 꼬삼비에 도착한 우데나왕은 환영 나온 성민들에게 선언했다.

　"이 여인은 짠다빳조따왕의 딸이다. 이제는 나의 왕비가 될 것이다."

　"와아! 와아!"

　성민들이 용감한 우데나왕의 모습을 보고는 환호했다. 적국에 잡혀 들어가 혼자서 도망쳐 온 것이 아니라 적국의 공주까지 데려왔으니 탄복하지 않을 수 없었다. 성민들은 우데나왕을 사지에서 돌아온 영웅처럼 여기며 이전보다 더 떠받들었다. 다음 날에는 우데나왕과 와술라닷따의 결혼식이 성민들의 축제로 거행되었다. 성민들이 우데나왕의 두 번째 왕비가 된 와술라닷따에게 꽃을 뿌렸다. 축제는 꼬삼비뿐만 아니라 왐사국 전역에서 며칠 동안 벌어졌다.

　담마빨라의 이야기가 끝났을 때는 창문에 걸렸던 초승달이 사라지고 없었다. 담마빨라는 아소까에게 합장한 뒤 코코아 음료로 목을 축였다. 아소까는 우데나왕이 부러웠다. 담마빨라가 아소까의 마음을 간파하고는 말했다.

"부왕이시여, 우데나왕은 용감한 데다 지혜롭기까지 합니다. 어째서 그렇다고 보십니까?"

"적국의 왕에게 붙잡혔지만 목숨을 구걸하지 않는 모습이 부럽소."

"그렇습니다. 짠다빳조따왕이 목숨을 빼앗을 수는 있어도 영혼까지는 지배하지 못할 것이라고 했습니다. 생사를 초월하지 못한 사람은 그런 말을 못 합니다."

"어찌해야 생사를 초월할 수 있소?"

"붓다의 가르침이란 한마디로 바로 그것입니다."

아소까는 담마빨라의 말을 선뜻 이해하지 못했다. 그러자 담마빨라가 다시 말했다.

"부왕이시여, 우데나왕의 영광은 붓다께 귀의했기 때문에 생긴 것입니다. 우데나왕의 영광이란 붓다의 가르침에서 비롯된 것입니다."

"사문이여, 나는 아직 붓다의 가르침에 귀의할 준비가 되어 있지 않소."

"부왕이시여, 소승은 강요하지 않습니다. 아직 인연이 아니라고 생각할 뿐입니다."

아소까는 담마빨라와 밤늦게 헤어졌다. 그때 아소까가 담마빨라를 위해 호위대장에게 횃불을 켜서 배웅하라고 지시했다. 그러나 담마빨라는 아소까의 호의를 거절했다. 붓다의 가르침을 떠올리며 조용히 걸어가고 싶었기 때문이었다.

2장

아소까의 청혼

라다굽따 특사 일행과 담마빨라 사문이 빠딸리뿟따로 출발하기
하루 전이었다. 아소까는 이미 측근 참모들에게 환송연을 준비
하도록 명했다. 호위대장은 어제 아침에 일찌감치 웨디사 상인
수장 데바와 데비를 초청하기 위해 웃제니를 떠났다. 경비대장
은 군사를 시켜 웃제니 부근 도시의 우두머리 관리들에게 환송
연을 알리도록 지시했다. 심복인 선봉대장만 궁궐에 남아 아소
까를 보좌했다. 선봉대장이 말했다.

"부왕님, 드릴 말씀이 있습니다."

"무슨 일이오?"

"오늘 저녁 환송연에 데비를 초대하면 좋겠습니다."

"담마빨라 사문을 흔쾌하게 보내준 고마움이 있고, 순행 때
웃제니 궁궐에 초대하겠다는 약속도 지킬 겸 데바 상인 수장과
데비가 함께 오도록 했소."

"좋은 기회가 될 것 같습니다."

"대장, 좋은 기회라니 무엇을 말하시오?"

"라다굽따 특사가 오던 날 부왕님께 소장이 드린 말씀이 있
습니다."

그제야 아소까는 생각난 듯 말했다.

"그날 밤 대장이 말했소. 상인 수장 데바의 딸 데비를 부인으로 삼는다면 이곳의 모든 상인들이 더욱 충성할 것이라고 말이오."

"진심으로 드린 말씀이었습니다."

"대장의 말이 틀린 것은 아니오. 그러나 나는 정략적으로 아내를 맞이하고 싶지는 않소."

선봉대장이 아소까의 눈치를 보면서 입을 다물었다. 아소까의 생각이 자신과 다른 것 같았기 때문이었다. 아소까는 데비를 사랑스러운 여인으로 생각하고 있었다.

"어머니를 위해 기도하는 데비의 마음이 아름답다고 느꼈소. 데비를 닮은 자식이 있다면 웃제니에 있는 동안 나는 행복할 것 같소."

아소까는 아상디밋따가 마음에 걸렸지만 라다굽따가 가져온 목간 사신으로 그녀의 마음을 알고는 그런 부담도 덜어버린 상태였다. 아기를 갖지 못하는 아상디밋따가 아소까 부왕이 다른 여인을 만나 자식을 갖길 바란다고 밝혔던 것이다.

저는 당신의 소원을 이뤄주지 못해 죄송할 뿐이지요. 저는 당신이 원하는 자식을 갖지 못하고 있기 때문입니다. 가네샤 신에게 빌어도 그런 행운은 저를 멀리할 것 같아요. 이제는 당신께서 다른 부인을 만나 당신의 소원이 이뤄지기를 바라는 것이 당신과 나를 위하는 현명함이 아닐까요? 그럴 수만 있다면 저는 당신의 편에 서서 기도하겠습니다.

"아상디밋따는 나에게 다른 부인을 만나도 좋다고 했소. 진심이니 망설이지 말라고 했소."

"부왕님, 그렇다면 오늘 밤을 넘기지 마십시오. 환송연 중에 데비를 불러 청혼하십시오."

"대장, 내가 원하던 바요."

아소까는 선봉대장에게 환송연 중에 데바와 데비를 접견실로 안내하도록 지시했다. 그리고 아소까가 데비에게 청혼할 것이니 귀뜸해 주라고 했다. 환송연에 왔다가 갑자기 청혼을 요청받은 데비가 당황할 수도 있었으므로 사전에 알려주라는 말이었다.

"부왕님, 상인 수장 데바는 영광으로 받아들일 것입니다. 상인으로서 천재일우의 기회라고 생각할 것입니다. 무엇이 자신에게 큰 이익을 가져다줄 것인지 판단하지 않겠습니까?"

"대장의 판단대로 서로에게 도움은 되겠지요."

신경 쓰이는 사람이 있다면 데비였다. 아무리 부왕이지만 마음대로 여인을 취할 수는 없었다. 아소까는 그런 데까지 권력을 쓰고 싶지 않았다. 부드럽고 자연스럽게 데비의 마음을 사로잡기를 원했다. 선봉대장이 말했다.

"부왕님, 데비가 어떻게 나올지 걱정됩니다. 여자의 마음과

개구리 뛰는 방향은 모른다고 하지 않습니까?"

"그래서 대장에게 알아서 처리하라고 맡긴 것이오."

"환송연 중에 소장이 데비의 마음을 떠보겠습니다."

"데비가 당황하지 않도록 잘 말하시오."

"부왕님, 반드시 데바와 데비를 접견실로 안내하겠습니다."

선봉대장은 빠딸리뿟따를 떠날 때만 해도 진압군을 이끈 대장이었지만 지금은 아소까의 심기까지 살펴서 일을 처리하는 측근 참모 역할을 했다. 경비대장과 호위대장도 그의 수하에 있었다. 아소까가 모든 비밀을 터놓고 말하는 사람은 빠딸리뿟따 출신인 선봉대장뿐이었다. 경비대장과 호위대장은 웃제니 출신으로 용의주도한 아소까에게 아직 심복은 되지 못했다.

호위대장에게 연락을 받은 데바와 데비는 다음 날 아침에 웨디사나가라 농원을 떠났다. 집사 따리시가 특별히 관리해 온 말은 지치지 않고 빨리 달렸다. 데바가 앞서고 데비가 뒤따랐다. 데비는 말을 타고 달리는 내내 자신이 입고 있는 옷차림에 신경 썼다. 귀걸이와 팔찌, 발찌는 최근에 데바가 사다 준 것으로 찼지만 새 옷은 농원 저택에 없었기 때문이었다. 그러나 데바는 딸 데비가 입고 있는 붉은 사리와 에메랄드 빛깔의 비단 치마가 잘 어울린다고 생각했다. 데바가 힘겹게 뒤쫓아 오는 데비를 위해 잠시 뻽팔라나무 그늘로 들어가 쉬면서 말했다.

"데비야, 너는 무슨 옷을 입든 잘 어울리는구나."

"오늘 밤에 담마빨라 사문님을 뵙는데 옷이 이렇게 먼지가 묻고 구겨져서 아쉬워요."

"웃제니 저택에도 옷이 있지 않으냐?"

"아, 미처 생각하지 못했어요. 웃제니 저택에 한 번도 입지 않은 새 옷이 있을 거예요."

"바라나시에서 사 온 붉은 비단옷이 있을 거야."

데바는 옛 까시국 수도 바라나시에 무역하러 갔다가 아내와 데비 옷을 사다 준 것을 기억해 냈다. 옛 까시국에서 생산한 비단 사리와 저고리와 치마였다. 데바는 이웃 나라로 무역하러 갔다가 돌아올 때마다 아내와 딸 데비가 좋아할 만한 선물을 사 왔던 것이다. 웃제니 저택으로 돌아온 데비는 하인들에게 목욕물을 데우게 했다. 데비 자신은 옷장에서 푸른 비단 사리와 붉은 저고리와 치마를 꺼내 입고는 청동거울에 자신을 비춰보았다. 한 번도 입지 않은 새 옷이었다. 데바는 데비의 그런 모습을 보고 미소 지었다.

"데비야, 부왕님 눈에 띄려고 그러니?"

"아니요. 담마빨라 사문님께 예의를 갖추려고요. 사문님께서 빠딸리뿟따로 떠나시면 언제 다시 뵐지 모르니까요."

데바와 데비의 생각은 분명 달랐다. 데바는 데비가 환송연에서 아소까의 눈에 잘 띄기를 바랐고, 데비는 그동안 스승처럼 의지하고 믿었던 담마빨라에게 자신의 진심을 보여주고 싶었던 것이다. 데바가 말했다.

"네 말대로 담마빨라 사문이 다시는 산치 사원에 오지 않을지도 모르겠구나."

"담마빨라 사문님께 배우려고 왔던 어린 사문들도 하나둘 떠날 거예요."

"내가 후원하는데 그런 일이 있겠니?"

"담마빨라 사문님께 붓다의 가르침을 배우려고 온 어린 사문들이에요. 담마빨라 사문님이 계시지 않는다면 남아 있으려고 하지 않겠지요."

"그렇다면 훌륭한 사문을 다시 찾아봐야겠구나."

데바는 담마빨라 같은 사문을 초빙해 자신이 조성한 산치 동산 사원을 계속 유지시키려고 생각했다. 개인 사원이 있어서 많은 도움을 받았던 것이다. 무역 때문에 멀리 떠나 있더라도 든든했다. 실제로 데바는 사문들의 기도 덕분에 무역을 잘해왔다고 믿었다. 산치 동산 사원의 사문들이 자신과 가족을 위해 아침저녁으로 기도해 주었던 것이다.

석양이 지평선 너머로 지는 시각이 되자 시원한 강바람이 불어왔다. 데바와 데비는 수레를 타고 저택을 나섰다. 궁궐 정문에는 벌써 수십 대의 수레가 도착해 있었다. 환송연에 참석할 여러 도시의 관리와 상인 수장들이 타고 온 수레였다. 정문에서는 경비대장의 지시를 받은 경비군사들이 간단한 검문을 했다. 데바와 데비도 검문을 받고 통과했다.

궁중 연회장 앞뜰에도 사람들이 북적거렸다. 정문을 통과한 관리와 상인들이었다. 호위군사들은 궁중 연회장을 일정한 간격으로 빙 둘러서 경호 중이었다. 궁중 연회장 문이 열리자 뜰에 모여 있던 사람들이 하나둘 입장했다. 데바와 데비도 연회장에 들어가 창문 옆자리를 잡았다. 창문의 비단 커튼이 강바람에 나풀거렸다. 시프라강 너머 들판은 어스름이 깔리어 어둑어둑했고, 검붉은 카펫 같은 노을은 여전히 서녘 하늘에 걸려 있었다.

이윽고 특사 일행이 입장했다. 환송연에 참석한 사람들이 일제히 일어나 박수를 쳤다. 특사 일행이 앉을 자리는 연회장 맨 앞줄이었다. 특사단장 라다굽따와 담마빨라는 앞줄 중앙의 식탁 의자에 앉았다. 데바와 데비는 담마빨라에게 다가가 합장했다. 데바가 말했다.

"사문이시여, 청안하소서."

"상인 수장이시여, 어디를 가더라도 데바 가족을 위해 기도하겠소."

데비도 작은 목소리로 말했다.

"사문이시여, 빠딸리뿟따로 가시더라도 저희 가족을 잊지 말아주세요."

"데비, 그동안 우리 사문들에게 올린 공양을 잊지 않겠소."

데비가 무릎을 꿇고 담마빨라의 발맡에 입을 맞추었다. 사문에게 존경을 표하는 곡진한 동작이었다. 담마빨라는 무릎을 꿇은 그녀의 머리를 만지며 축원해 주었다.

"붉은 연꽃처럼 아름다운 데비를 나는 찬탄하노라!"

담마빨라가 축원하는 동안 데비는 머릿속이 환하게 밝아지는 것을 느꼈다. 마치 어두운 방에 햇살이 비추는 것 같았다. 옆에서 지켜보는 데바도 감격했는지 합장한 두 손을 이마까지 올렸다. 아소까가 입장한 것은 바로 그때였다. 환송연에 참석한 사람들이 다시 일어나 박수를 치며 하얀 예복을 입은 아소까를 맞이했다. 특사 일행은 아소까가 자리에 착석한 뒤까지 박수를 쳤다. 환송연을 열어준 것에 대한 감사의 박수였다. 아소까는 손을 들어 흔들면서 응했다. 데바와 데비도 박수를 쳤다.

궁중 요리사들이 요리한 음식이 나온 뒤에는 빠딸리뿟따까지 무사히 돌아가기를 빈다는 아소까의 짤막한 환송사와 그동안의 환대에 감사한다는 라다굽따의 답사가 이어졌다. 연회장은 작별의 아쉬움보다는 곧장 화기애애한 분위기로 바뀌었다. 선봉대장의 건배사가 끝나자마자 술잔이 오갔다. 연단에 오른 무희들이 궁중 악단의 연주에 맞추어 춤을 추자 분위기는 한껏 고조되었다. 선봉대장이 아소까에게 다가가 귓속말을 했다.

"부왕님, 지금 데바 상인 수장을 접견실로 안내해도 되겠습니까?"

"그렇게 하시오."

선봉대장은 마치 작전을 하듯 아소까와 사전에 상의한 대로 민첩하게 움직였다. 데바와 데비가 앉은 자리로 가서 선봉대장이 말했다.

"데바 상인 수장이시여, 부럽소."

"무엇이 부럽다는 것이오?"

"아소까 부왕님께서 데비와 함께 접견실로 오시라고 했소."

"데비까지 말이오?"

"놀라지 마시오. 부왕님께서 청혼하신다고 했소."

데바와 데비가 동시에 놀랐다. 그런데 놀람의 강도는 서로 달랐다. 데바는 뜻밖의 행운에 감격했고, 데비는 상상 밖의 일이었으므로 당황했다. 데바가 놀란 데비를 안심시켰다.

"데비야, 진정하거라."

"아버지, 어머니 간병은 누가 하나요?"

"그건 걱정하지 말거라. 너도 알다시피 이제는 산책도 하지 않니?"

"아버지 뜻을 따르겠지만 뭐가 뭔지 혼란스러워요."

데바가 데비의 두 손을 마주 잡았다.

"나를 믿거라. 너의 고귀한 운명은 이미 정해진 것이다."

데바와 데비는 선봉대장을 따라서 궁궐 접견실로 갔다. 데바는 접견실을 한 번 들른 적이 있었으므로 낯익었지만 데비는 높은 천장과 번쩍거리는 장식품들을 보고 어리둥절해했다. 선봉대장은 접견실까지만 안내하고 환송연장으로 돌아갔다. 이윽고 아소까가 환송연 자리에서 바로 온 듯 예복 차림으로 나타났다. 데바와 데비가 서 있자 자리에 앉으라고 말했다.

"내가 불렀소. 편하게 앉으시오."

"예, 부왕님."

"왜 불렀는지 선봉대장에게 들었소?"

"예, 부왕님."

"나는 오늘 밤 데비에게 청혼하려고 하오. 허락해 주시오."

아소까가 데비의 눈을 보며 말했다. 데비는 아소까를 바로 보지 못했다. 아소까의 강렬한 눈빛에 압도되어 고개를 숙였다. 혼인을 청하는 아소까의 눈빛은 이글이글 타고 있었다. 데바가 합장하며 말했다.

"가문의 영광입니다."

"좋소. 데비가 원한다면 시프라강 언덕의 작은 별궁을 내주겠소."

데비가 떨리는 목소리로 더듬거렸다.

"부왕님이시여, 머리가 어지러우니 밤공기를 쐬도록 허락해 주십시오."

"그렇게 하시오."

거침없는 성격답게 아소까의 말투는 시원시원했다. 데바는 데비의 손을 잡고 접견실을 나왔다. 데비는 후들후들 떨고 있었다. 구름 사이로 빠져나온 반달이 달빛을 뿌렸다. 데비의 얼굴은 곧 혼절할 듯 창백했다. 기어코 데비는 데바에게 안긴 채 쓰러져 버렸다.

특사단장의 보고

빠딸리뿟따는 여전히 활기가 넘쳤다. 특히 외성 저잣거리는 각지에서 몰려든 상인들로 북적거렸다. 구루와 사문들도 각기 특이한 복장을 하고 거리를 활보하고 다녔다. 빈두사라왕이 공양을 올리는 날에는 몇만 명이 내성에서 외성으로 쏟아져 나왔다. 전쟁이 사라진 이후 내성 밖의 해자는 연을 심어 이제는 연꽃 수로로 변해 있었다. 붉고 하얀 연꽃이 긴 해자 여기저기서 피어나 연꽃 향기가 진동했다. 마차를 끄는 말발굽 소리도 밤늦도록 끊이지 않았다. 귀족 젊은이들이 마차에 앉아서 고성방가를 하고 다녔다.

빠딸리뿟따로 돌아온 라다굽따는 감개무량했다. 사고 없이 무탈하게 돌아왔다는 안도감과 더불어 빠딸리뿟따의 변화무쌍한 모습에 대신으로서 기쁘기 짝이 없었다. 라다굽따는 내성 동문으로 들어서 바로 빈두사라왕이 집무를 보는 정궁으로 갔다. 그런데 빈두사라왕은 정궁 집무실에 있지 않고 별궁 침소에서 궁중 의원들에게 치료를 받고 있는 중이었다. 라다굽따에게 다가온 친위대장이 알려주었다.

"제관님, 대왕님께서는 보름 전부터 위독하시어 침소에 계십니다."

"알현도 못할 정도인가?"

"오늘은 어떠신지 모르겠습니다. 대왕님께서 건강을 회복하시면 가시지요. 별궁 침소는 보름 전부터 출입을 통제하고 있습니다. 대왕님의 허락이 떨어져야만 갈 수 있습니다."

라다굽따는 집무실로 들어가지 못한 채 정궁 회랑에서 서성거렸다. 라다굽따는 빈두사라왕의 건강 문제가 위중하다고 판단했다. 특사로 떠날 때도 건강이 좋지 않았으므로 집무실에 오래 앉아 있지 못했던 것이다. 아무튼 별궁 침소까지 궁중 의원들이 드나든다는 것은 예삿일이 아니었다. 그때 칼라따까가 나타나 라다굽따에게 말했다.

"대왕님께서 집무실에 나오시지 않으니 큰일이오."

"저도 방금 친위대장에게 대왕님께서 침소에 계신다는 말을 듣고 깜짝 놀랐소."

"어제는 대신들이 침소에 가서 회의를 했는데 오늘은 어떤지 모르겠소."

"침소에서라도 회의를 했다니 천만다행이오."

"전쟁 중이라면 지금쯤 큰 혼란이 왔을 것이오."

"강가강으로 나가 인드라 신께 제사를 지내는 것이 어떠하겠소?"

칼라따까가 도리질을 했다.

"특사 일행이 떠난 이후 하늘에 큰 제사를 지냈소. 그런데 아무런 효험이 없소. 대왕님께서 집무실에 나오시는 날이 점점 줄어들더니 이제는 아예 침소에서 나오시지 않고 있소."

빈두사라왕의 허락이 없어도 별궁 침소를 출입할 수 있는 특권은 대신들 중에서 수상 칼라따까에게만 주어져 있었다. 칼라따까가 라다굽따에게 말했다.

"특사로 갔다 왔으니 보고를 해야지요. 자, 대왕님 별궁 침소로 갑시다."

"그동안 대왕님을 보좌하느라 수고하시었소."

"아니오. 특사로 떠난 라다굽따 제관께서 우여곡절이 많았겠지요."

"웃제니 아소까 부왕께서 성민들을 잘 다스리고 있어 멀고 먼 길이었지만 특사로 가기를 잘했다는 생각이 드오."

빈두사라왕의 별궁은 왕궁 깊숙한 곳에 있었다. 경비군사들이 겹겹이 경계를 서고 있는 안전한 언덕에 자리했다. 칼라따까와 라다굽따는 빈두사라왕의 별궁으로 들어가면서 경비군사의 검문과 검색을 받지 않았다. 칼라따까가 두 팔을 휘휘 크게 저으며 앞서 걸었다. 수상의 위세에 경비군사들이 굽신거렸다. 두 대신은 바로 빈두사라왕의 침소로 들어갔다. 때마침 궁중 의원들이 침소에서 나오고 있었다. 궁중 의원 중 한 명을 붙들고 칼라따까가 말했다.

"대왕님은 어떠신가?"

"위중한 고비는 확실히 넘기신 것 같습니다."

"의원들 덕분이네. 대왕님께서 건강을 회복하신다면 포상을 상신하겠네."

"아직 낙관하기에는 이릅니다. 저희들로서는 최선을 다하고 있습니다."

"알았네. 원하는 것이 있으면 친위대장에게 말하게. 친위대장에게 지시해 둘 터이니."

칼라따까가 수염을 쓸면서 고개를 끄덕였다. 라다굽따는 자신이 특사로 가 있는 동안에 빈두사라왕의 건강이 급격히 나빠졌고 자연스럽게 수상인 칼라따까에게 권력이 기울어져 있음을 느꼈다. 친위대장은 빈두사라왕의 명령만 따를 뿐 수상의 직속부하는 아니었던 것이다. 다르마 왕비와 가까운 친위대장이 칼라따까의 지시를 받고 있다는 것만 봐도 짐작할 수 있었다. 어제부터 건강을 회복한 빈두사라왕이 침소 방문까지 나와서 라다굽따를 맞이했다.

"라다굽따 제관, 어서 오시오."

"대왕님께 보고를 드리려고 왔습니다."

"무사히 돌아온 것을 축하하오."

"대왕님, 소신이 다녀온 마우리야왕국 영토에는 대왕님의 은혜가 미치지 않는 곳이 없었습니다."

라다굽따가 거친 나라는 옛 까시국과 왐사국, 옛 아완띠국 등이었는데, 부왕들 모두가 통치를 잘하고 있었고 성민들도 불만 없이 생업에 전념하고 있었던 것이다. 라다굽따는 사라진 나라들의 평화를 빈두사라왕의 은혜로 표현했다.

"아소까 부왕은 잘 있던가?"

"웃제니 반란을 진압한 뒤 대왕님의 칙령을 관리와 상인들을 통해 잘 펼치고 있었습니다."

"예전의 아완띠국은 상인들이 많은 나라가 아닌가?"

"옛 왐사국이나 까시국도 상인들이 많습니다만, 예전의 아완띠국은 특히 상인들의 무역이 성행하고 있었습니다. 상인 수장들이 아소까 부왕님께 충성을 하고 있었습니다."

칼라따까가 한마디 했다.

"아소까 부왕님은 딱사쉴라의 반란에 이어 웃제니의 반란을 진압한 공이 큽니다. 그러니 때가 되면 아소까 부왕님을 빠딸리뿟따로 불러들여 큰 상을 내리고 대왕님 곁에 두셔야 합니다."

"딱사쉴라에 갔다 온 특사의 보고에 의하면 수시마 부왕도 통치를 잘하고 있다니 상을 준다면 두 부왕에게 공평하게 주어야 할 것이오. 언어와 풍습이 다른 위험한 변방을 통치한다는 것이 어디 쉬운 일이겠소?"

빈두사라왕이 아소까 부왕에게만 상을 주자는 칼라따까의 말에 제동을 걸자 라다굽따가 슬그머니 화제를 돌렸다. 칼라따까의 안색은 이미 어두워져 있었다.

"대왕님께서 찾으시는 사문을 데리고 왔습니다. 왕자님들의 스승으로 더없이 훌륭한 사문입니다."

"누군가?"

"산치 동산 사원에 있는 담마빨라 사문입니다. 전생과 금생, 내생을 관통해서 보는 천안통을 가진 사문입니다."

"전생과 내생을 보는 장로라니 드문 일이오."

"내성 안에 있는 조그만 사원에서 쉬고 있습니다."

"빨리 만나보고 싶소."

"내일이라도 대왕님 침소로 데리고 오겠습니다."

"반드시 그렇게 하시오."

빈두사라왕은 더 이상 앉아 있기가 힘든 듯 의자 등받이에 등을 기댔다. 칼라따까가 눈치를 채고 라다굽따의 손을 잡아끌었다. 빈두사라왕이 의자 등받이에 등을 기대는 것은 자리를 파하라는 신호였다. 칼라따까는 침소를 드나드는 동안 빈두사라왕의 심기를 누구보다도 잘 간파했다. 빈두사라왕의 심기를 간파하지 못하여 침소 출입을 봉쇄당한 대신이 여러 명 있었는데, 그들은 엉뚱하게 친위대장을 원망하곤 했다. 친위대장은 빈두사라왕의 지시를 따를 뿐 대신들에게 아무런 감정이나 원한이 없었던 것이다.

별궁 침소를 나온 칼라따까와 라다굽따는 정궁 회랑 모퉁이에서 헤어졌다. 라다굽따는 다르마 왕비 별궁으로 발길을 돌렸다. 아소가 부왕의 소식을 전해주기 위해서였다. 라다굽따가 빈두사라왕 침소로 갔다는 소식이 궁중에 돌았는지 아상디밋따와 끼사락슈미가 다르마 왕비 별궁 화원에서 서성거리고 있었다. 빈두사라왕을 알현한 라다굽따가 반드시 다르마 왕비를 찾아오리라고 믿고 있었던 것이다. 라다굽따가 웃제니에 특사로 갈 때 다르마 왕비와 아상디밋따의 목간 사신을 아소까 부왕에게 전해준 일이 있었기 때문이었다. 다르마 왕비의 시녀 끼사락슈미가 라다굽따에게 종종걸음으로 걸어와 말했다.

"제관 대신님, 왕비님께서 기다리고 계십니다."

"부왕비께서도 이렇게 나오셔서 저를 맞아주시는군요."

"지난번에 저의 편지를 부왕님께 전해주셔서 감사합니다."

"특사로서 당연히 할 일을 했을 뿐입니다."

라다굽따는 끼사락슈미를 앞세우고 다르마 왕비 별궁으로 들어갔다. 다르마도 라다굽따를 기다렸다는 듯 반갑게 맞이했다.

"대신이여, 어서 오세요."

"왕비님, 아소까 부왕님께서는 동생이 생겼다고 아주 좋아하셨습니다."

"부왕이 지금 빠딸리뿟따에 있다면 동생 비가따소까를 귀여워하련만."

"빠딸리뿟따로 복귀하신다면 하나밖에 없는 동생인데 누구보다도 사랑하실 겁니다."

"꾸날라 못지않게 사랑할 거예요."

꾸날라를 보살피고 있는 아상디밋따가 말했다. 다르마 옆에 앉아 있는 꾸날라는 어린 나이답지 않게 의젓했다. 큰 눈을 껌벅거리면서 라다굽따를 호기심 어린 눈으로 바라볼 뿐이었다. 라다굽따가 말했다.

"꾸날라 왕손님의 스승이 될지도 모를 한 분을 웃제니에서 모시고 왔습니다. 내일 대왕님께 알현시킬 산치 사원의 담마빨라 사문입니다."

"대왕님께서 꾸날라 왕손에게 보내주실지 모르지만 나는 사문을 원해요. 아소까 부왕이 어렸을 때 목갈리뿟따띳사 사문을 스승으로 삼은 적이 있는데, 사문의 자애로운 모습이 잊히지 않아요."

라다굽따도 마음속으로 원하기는 마찬가지였다. 다르마 왕비와 같이 목갈리뿟따띳사 사문의 자애로운 인품에 반한 적이 있었으므로 담마빨라 사문에게도 기대를 했다. 브라만 제관들은 누구나 왕의 측근이 되고자 권력욕이 강했지만 사문들은 그렇지 않았던 것이다.

"대왕님께서 왕자님들의 스승으로 사문을 원하시는 것 같아서 소신이 아소까 부왕님의 추천을 받아 여기까지 모시고 왔습니다."

"대왕님께서는 총애하시는 라따나 왕자의 스승으로 삼으시려 하겠지요."

"왕비님, 아닙니다. 꾸날라 왕손님의 스승이 될 수도 있습니다. 라따나 왕자님의 스승은 칼라따까 제관이기 때문입니다."

"그렇게만 된다면 얼마나 좋겠습니까?"

다르마는 라다굽따의 말에 꾸날라를 쳐다보며 좋아했다. 그러자 꾸날라가 말했다.

"저는 할머니만 있으면 돼요. 스승은 필요 없어요."

"꾸날라야, 너도 이제는 스승에게 산스끄리뜨어를 배울 나이가 됐단다."

"왜 배워야 하는 거죠?"

"그래야 바보가 되지 않는단다. 사문은 하늘의 세계까지 알고 있는 분이니 얼마나 좋으니."

"스승은 어느 나라 분이죠?"

"라다굽따 대신께서 아주 먼 나라에서 모시고 왔단다."

그때 아기 울음소리가 크게 들렸다. 비가따소까가 낮잠에서 깨어나 우는 소리였다. 아상디밋따가 재빨리 비가따소까가 우는 방으로 갔다. 라다굽따는 그 순간을 이용해 말했다.

"왕비님, 아소까 부왕님께서 세 번째 부인을 맞이할 것 같습니다."

"사실인가요?"

"제가 떠나기 전날 청혼했다는 말을 들었습니다."

"누구에게 들었소?"

"웃제니 진압군 출신의 선봉대장에게 직접 들었습니다. 그러니 사실일 것입니다."

다르마는 놀라면서도 기쁘게 받아들였다.

"어떤 여자인가요?"

"웨디사 상인 수장의 딸인데 소신이 모시고 온 담마빨라 사문과 인연이 깊은 사람입니다."

"사문을 만나면 더 자세한 이야기를 들을 수 있겠군요."

"그렇습니다."

아상디밋따가 비가따소까를 끼사락슈미에게 맡기고 들어
왔다. 그러자 라다굽따는 입을 다물어버렸다. 아이를 갖지 못하
는 아상디밋따에게 상처를 줄 수도 있기 때문이었다. 아상디밋
따가 아무리 도량이 넓은 여자라 하더라도 아소까에게 또 다른
여자가 생겼다는 이야기는 결코 기쁜 소식이 아닐 터였다. 라다
굽따는 담마빨라가 머물고 있는 사원으로 가기 위해 바로 일어
났다.

꾸날라의 스승

빈두사라왕은 친위대장을 불러 별궁 접견실을 환하게 단장하라고 지시했다. 옛 아완띠국에서 초빙한 담마빨라 사문을 약재 냄새가 나는 침소에서 맞이할 수 없다고 생각했던 것이다. 뿐만 아니라 빈두사라왕은 자신의 건강이 별궁 접견실에서 집무를 보아도 될 만큼 좋아졌다고 자신했다. 그러나 친위대장은 만류했다.

"대왕님, 침소에서 회의도 하지 않으셨습니까? 지금이 가장 조심하실 때입니다."

사실 빈두사라왕의 침소는 연회장 못지않게 넓었다. 침대만 덩그러니 놓여 있는 작은 방이 아니었다.

"괜찮소. 궁중 의원들 덕분에 이만큼 좋아졌소. 이제는 접견실에서 회의도 하고 사람들을 만나겠소."

"대왕님, 무리하지는 마십시오."

"대장은 지금 어서 접견실을 단장하시오."

"예, 알겠습니다."

친위대장은 정원을 담당하는 관리를 부르고 궁녀들을 불러 접견실을 가능한 한 밝게 꾸미도록 지시했다. 궁녀들이 접견실

커튼을 산뜻한 빛깔의 비단 천으로 바꾸었다. 몇몇 잡인들은 묵은 집기들을 들어내고 바닥에 대걸레질을 했다. 또한 별궁 정원 하인들은 서너 사람이 들 수 있는 큰 화분들을 접견실로 옮겨 왔다. 붉은 부겐빌리아꽃, 분재로 키운 하얀 꽃의 짬빠까나무 화분 등이 접견실 창가에 놓였다. 짬빠까나무 꽃향기가 진동했다. 먼지가 부옇게 쌓였던 별궁 접견실이 오랜만에 생기로 충만했다. 친위대장은 오래된 탁자와 의자 등을 바꾸라고 지시했다. 그러자 궁중 창고에 보관하고 있던 전단향나무 집기들이 새로 들어왔다. 이른 아침에 시작한 작업은 점심때를 조금 지나서 끝났다. 친위대장이 빈두사라왕에게 보고했다.

"대왕님, 접견실 단장을 마쳤습니다."

"잘했소. 잠시 후 라다굽따 제관이 담마빨라 사문을 안내해 올 것이오."

빈두사라왕은 담마빨라를 기다렸다. 왕자들의 스승을 삼고자 초대한 것이 명분이었지만 어제부터 빈두사라왕의 관심은 다른 데 있었다. 자신의 미래를 알고 싶었다. 담마빨라가 전생과 금생, 내생을 꿰뚫어 보는 천안통이 있는 사문이라고 라다굽따에게 듣고는 자신이 천수를 누리고 죽을지 아니면 알 수 없는 병이 깊어져 변고를 당할지 궁금했던 것이다. 빈두사라왕은 친위대장을 대동하고 별궁 접견실로 나갔다. 빈두사라왕의 얼굴에 흡족한 표정이 번졌다. 칙칙했던 접견실이 확 바뀌어 있었다. 빈두사라왕은 짬빠까나무꽃이 만개한 화분들을 보고서는 침소의 우울한 기분을 단박에 씻어버렸다. 빈두사라왕이 물었다.

"저 화분에 핀 꽃 이름이 무엇이오?"

"짬빠까나무꽃이라고 합니다."

"꽃말이 있소?"

"예, 정원 관리에게 물어보겠습니다."

친위대장이 경비조장을 불러 정원 관리에게 알아 오도록 조치했다. 경비조장이 한걸음에 꽃말을 알아 와 빈두사라왕에게 보고했다.

"대왕님이시여, 꽃말은 '당신을 존경합니다'라고 합니다."

"다들 수고했소. 내가 담마빨라 사문을 만나는 것을 두고 하는 말 같소."

때마침 담마빨라가 별궁에 도착했다는 보고가 접견실로 올라왔다. 친위대장이 즉시 일어나 담마빨라를 안내하러 나갔다. 담마빨라는 라다굽따 대신을 뒤따라오고 있었다. 친위대장이 라다굽따에게 말했다.

"대왕님은 지금 별궁 접견실에 계십니다."

"건강은 어떠하시오?"

"많이 회복하신 것 같습니다."

라다굽따와 담마빨라가 접견실로 들어서자 빈두사라왕이 일어나서 맞이했다.

"대왕님, 어제 말씀드렸던 옛 아완띠국에서 온 담마빨라 사문입니다."

"오, 사문을 기다렸소."

라다굽따의 소개를 받은 담마빨라가 합장하며 말했다.

"소승이 영민한 왕자님들을 가르칠 만한 자격이 있는지 걱정됩니다."

"무슨 말씀이오. 사문에게는 전생과 금생, 내생을 보는 천안통이 있다고 들었소."

"대왕이시여, 소승과 같은 사문은 많습니다."

"아니오. 나는 덕이 높은 사문을 많이 만나고자 했으나 그러지 못했소. 일찍이 목갈리뿟따띳사 사문이 빠딸리뿟따에 와 있었으나 그는 얼마 후 떠나버렸소."

라다굽따는 빈두사라왕이 만족해하자 안도했다. 궁녀들이 코코넛 음료수를 황금잔에 들고 왔다. 담마빨라를 위한 배려였다. 뒤이어 망고와 석류, 바나나, 포도 등의 과일도 들어왔다. 라다굽따가 옛 아완띠국의 사람들이 즐겨 먹는 과일 중에 말라와 지방의 망고는 달기가 사탕수수즙과 같다고 말했다. 그러나 빈두사라왕은 라다굽따의 말을 귓등으로 흘리며 들었다. 빈두사라왕이 말했다.

"내가 사문에게 정말 듣고 싶은 말이 있소."

"대왕이시여, 말씀하십시오."

"나는 1년 전부터 알 수 없는 병에 시달리고 있소. 최근에 좀 나아졌지만 또 언제 재발할지 걱정이오. 과연 나는 천수를 누릴 수 있겠소, 없겠소?"

"소승은 대왕님을 뵌 지 얼마 되지 않습니다. 그런 소승이 대왕님의 천수를 어찌 말씀드릴 수 있겠습니까?"

담마빨라는 갑자기 자신의 천수를 묻는 빈두사라왕의 질문에 당황하여 둘러댔다. 그러자 빈두사라왕이 담마빨라를 뚫어지듯 쳐다보더니 말했다.

"천수란 하늘이 정해준 것이 아니오? 그러니 사문이 무슨 얘기를 해도 그건 사문의 허물이 아니오."

라다굽따도 빈두사라왕을 거들었다.

"대왕님의 말씀인즉 고비가 있다면 무엇을 경계해야 하는지 그것을 알고 싶으신 것 같소."

"라다굽따 제관의 말이 맞소. 지혜롭게 고비를 대처한다면 피할 수도 있지 않겠소. 지금까지는 궁중 의원들이 힘을 써 여기까지 온 것 같으나 사람의 정성에는 한계가 있지 않겠소?"

"지당하신 말씀입니다. 아무리 명의라고 하더라도 하늘이 막으면 손을 쓸 수 없을 것입니다. 다만 비가 오면 처마 밑으로 들어가 비를 피할 수 있듯 대비는 필요하다고 생각합니다."

담마빨라는 빈두사라왕이 알 수 없는 병에 시달리고 있는 것은 정복전쟁을 하면서 칼에 피를 묻히곤 했던 악행의 응보라고 생각했다. 응보란 피할 수 있는 것이 아니라 대가를 치러야만 씻어지는 법이었다. 빈두사라왕이 작년부터 병고에 시달리는 것은 응보나 다름없는 일이었다. 담마빨라가 말했다.

"대왕이시여, 더 이상의 병고는 없습니다. 다만 10년 뒤에

한 번의 큰 고비가 남아 있을 뿐입니다. 그것도 치러야 할 변고라면 받아들이라는 것이 붓다의 가르침입니다."

빈두사라왕이 담마빨라의 말에 미소를 지었다. 당장 더 이상의 병고가 없다는 말에 두 팔을 벌리며 큰 소리로 말했다.

"사문이여, 고맙소. 나는 당장 정궁으로 돌아갈 것이오. 마우리야왕국의 영광을 위해 예전처럼 다시 힘쓸 것이오. 앞으로 10년을 다진다면 100년의 평화가 있지 않겠소? 사문에게는 왕자를 정할 특권을 주겠소. 원하는 왕자의 스승이 되시오."

빈두사라왕은 흥분을 감추지 못했다. 의자에서 일어났다가 앉기를 두 번이나 반복했다. 라다굽따가 눈치를 채고 일어났다.

"대왕님이시여, 소신은 물러가겠습니다."

"내일 정궁에서 대신회의를 하겠소. 일찍 나오시오."

라다굽따는 접견실을 나와 도리질을 했다. 담마빨라와 함께 별궁 정원을 가로지르며 조금 전의 상황을 머릿속으로 정리했다. 그러나 큰 사건을 목격한 것 같은 충격에 휩싸여 쉽사리 빠져나오지 못했다. 강가강에서 불어온 바람이 라다굽따의 목덜미를 스쳤다. 라다굽따가 겨우 정신을 차리고 말했다.

"사문이시여, 대왕님의 10년 뒤 큰 고비는 무엇입니까? 어째서 변고를 받아들이란 말입니까?"

담마빨라는 입을 다물었다. 큰 고비란 생사를 넘나드는 죽음의 문제였지만 차마 그 말은 꺼낼 수가 없었다. 라다굽따가 말했다.

"대왕님은 앞으로의 10년에 안도하시지만 나는 대왕님의 10년 후가 불안합니다."

"라다굽따시여, 10년 후는 10년 후의 문제일 뿐입니다. 그러니 지금이 더 중요합니다. 소승에게 지금의 문제는 어느 왕자님을 가르칠 것인가입니다."

"알겠습니다. 내일은 아소까 부왕님의 어머니 다르마 왕비님을 뵈러 가야 합니다. 아소까 부왕님께서 사문과 함께 다르마 왕비님을 찾아뵈라고 지시했습니다."

"부왕님의 어머니라면 소승도 뵙고 싶습니다."

라다굽따는 내성에 있는 자신의 저택으로 갔고, 담마빨라는 임시로 머물고 있는 사원으로 돌아갔다. 강가강의 갈매기 몇 마리가 내성 안까지 날아왔다가는 싱겁게 사라졌다. 조그만 사원 앞 삡팔라나무 그늘에는 어제와 같이 수행자 몇 사람이 좌선하고 있었다. 수행자들은 삡팔라나무 가지에 앉아 우짖는 작은 새들의 소리에도 아랑곳하지 않았다.

다음 날. 라다굽따와 담마빨라는 다르마 왕비 별궁을 찾았다. 다르마 왕비는 담마빨라에게 비밀스러운 이야기라도 들으려는 듯이 아상디밋따와 끼사락슈미를 접견실로 부르지 않았다. 이윽고 다르마 왕비는 담마빨라를 보자마자 두 눈이 휘둥그레졌다. 마치 오래전에 만났다가 헤어진 사람과 재회한 듯 깜짝 놀랐다. 라다굽따가 말했다.

"왕비님, 담마빨라 사문입니다."

"오, 너무 닮았어요. 목갈리뿟따띳사 사문이 걸어오시는 줄 알았어요."

"목갈리뿟따띳사 사문은 한때 아소까 부왕님의 스승이 아니었습니까?"

"그래요. 어린 아소까의 스승이었지요. 참으로 자애로운 분이었지요. 사문이 빠딸리뿟따를 떠날 때 얼마나 슬펐는지 몰라요. 그런데 그분 같은 사문이 내 앞에 있다니 믿어지지 않아요."

담마빨라가 다르마 왕비에게 다시 한번 합장한 뒤 말했다.

"왕비시여, 희유한 일입니다."

"오, 목소리도 같아요."

담마빨라는 다르마 왕비의 말을 믿었다. 아소까 부왕을 만났을 때도 같은 말을 들었던 것이다. 아소까 부왕이 자신의 어린 시절 스승 목갈리뿟따띳사 사문과 닮았다고 호감을 보이면서 환대했기 때문이었다. 그제야 다르마 왕비가 아상디밋따를 불러 꾸날라를 데리고 오게 했다. 그리고 끼사락슈미에게는 갓난아기인 비가따소까를 안고 오라고 했다. 다르마 왕비가 꾸날라와 비가따소까를 오게 한 것은 담마빨라에게 스승이 돼달라고 부탁하기 위해서였다. 눈이 큰 꾸날라는 아소까를 닮았고, 아소까의 동생인 비가따소까는 아직 강보에 싸인 갓난아기였다. 비가따소까는 잠을 자는지 쌕쌕 숨소리를 냈다. 다르마 왕비가 꾸날라에게 말했다.

"꾸날라야, 우리를 위해 먼 나라에서 오신 사문이시다. 인사 드려라."

"할머니, 이분이 저에게 산스끄리뜨어를 가르쳐줄 분이세요?"

"그건 모르지. 대왕님께서 허락하셔야 하니까."

"제가 대왕님께 허락을 받아오겠어요. 이분이라면 재미있게 공부할 수 있을 것 같아요."

라다굽따가 말했다.

"그럴 필요는 없습니다. 대왕님께서는 담마빨라 사문께 왕자님이든 왕손님이든 선택할 특권을 주셨습니다."

다르마 왕비와 아상디밋따가 약속이나 한 듯 동시에 부탁했다.

"꾸날라의 스승이 돼주세요."

담마빨라가 두 손을 이마까지 올려 합장했다. 꾸날라의 스승이 되겠다는 허락의 합장이었다. 라다굽따가 담마빨라를 대신해서 대답했다.

"목갈리뿟따띳사 사문은 아소까 부왕님의 스승이었고, 목갈리뿟따띳사 사문을 닮은 담마빨라 사문께서는 꾸날라 왕손님의 스승이 된다고 하니 너무나 자연스러운 일입니다. 이것이 바로 순리가 아니겠습니까?"

"순리라기보다는 인연이겠지요."

담마빨라는 '인연'이라는 말로 다르마 왕비의 부탁을 받아

들었다. 다르마 왕비 별궁 접견실에 모처럼 웃음이 오갔다. 분위기가 내내 화기애애했다. 그러나 라다굽따는 담마빨라가 빈두사라왕에게 한 말이 문득 떠올라 웃을 수만은 없었다. 라다굽따는 다르마 왕비와 헤어지면서 중얼거렸다.

'10년 후 빈두사라대왕님께 큰 변고가 생긴다면 아소까 부왕님이 달려와서 수습하셔야 하지 않을까.'

라다굽따는 아소까가 딱사쉴라와 웃제니의 반란을 후유증 없이 진압하는 것을 보았으므로 그렇게 생각할 수밖에 없었다. 오랫동안 하늘에 기도하고 제사를 주관한 궁중 제관으로서의 본능적인 판단이었다. 비록 경쟁자이기는 하지만 칼라따까도 전적으로 동의할 터였다. 칼라따까는 빈두사라왕이 총애하는 수시마를 저주했기 때문이었다. 어린 수시마에게 뺨을 맞은 수모를 친한 신하들에게 두고두고 토로해 왔던 것이다.

두 대신, 나라를 걱정하다

우기가 끝나고 건기로 들어서는 9월이었다. 우기 때 강가강이 범람하여 마을과 들판이 강물에 잠겨 농사꾼들이 빠딸리뿟따 외성으로 피난 왔다가 돌아갈 준비를 하고 있었다. 강가강 강변 들판의 수수밭과 목화밭은 폐허처럼 변해 처참했다. 작물들은 흙탕물을 뒤집어쓴 채 메말라 죽어가고 있었다. 빈두사라왕은 이재민들에게 건기를 날 수 있도록 밀가루를 나누어 주었다. 갓난아기 비가따소가 생일잔치가 다르마 왕비 별궁에서 열리는 날에는 닭 한 마리씩과 설탕, 소금까지 배급했다. 빈두사라왕이 다르마 왕비 별궁으로 나서면서 라다굽따에게 말했다.

"제관들이 기도를 잘해서 폭우가 멈추었소. 이재민들 모두 마을로 돌아가고 있소?"

"예, 대왕님 은혜로 굶어 죽은 자는 없었습니다."

"오늘은 비가따소가 생일이니 이재민들에게 특식을 내리도록 조치했소. 이재민들도 즐거운 날이 돼야 하오."

"이재민 가족에게 닭 한 마리와 설탕, 소금을 나누어 주었습니다."

"백성들의 고통을 잘 살피어 희망을 잃지 않도록 하시오."

"자비로운 대왕님이시여. 찬탄하옵니다."

비가따소까 생일잔치는 다르마 왕비 별궁 정원에서 열릴 예정이었다. 아침의 짙은 안개는 곧 걷힐 터였다. 궁녀들과 궁중 연회장의 남자 하인들이 정원에 놓인 십여 개의 식탁 사이를 바쁘게 오갔다. 식탁 위에는 이미 음식과 과일이 놓여 있었다. 끼사락슈미가 궁녀들을 불러 세심하게 지시했다. 식탁 위에 놓인 화병의 꽃까지 정해주었다. 빈두사라왕과 다르마 왕비의 식탁에는 1백 송이의 붉은 장미꽃을 대형 화병에 꽂도록 시켰다. 1백 송이의 붉은 장미꽃이 대형 화병에 꽂히자 마치 지평선에서 해가 뜨는 것처럼 아름다웠다. 하객으로 온 대신들의 화병에는 하얀 연꽃을 한 송이씩 꽂았다. 별궁 정원에 장미꽃과 연꽃 향기가 은은하게 감돌았다.

아침 안개가 강가강 너머로 서서히 물러가고 있을 무렵에 다르마 왕비와 아상디밋따가 별궁에서 나왔다. 다르마 왕비는 비가따소까를 안고 장미꽃이 놓인 식탁으로 갔다. 꾸날라는 아상디밋따의 손을 잡고 걸어왔다. 이윽고 빈두사라왕도 라다굽따와 함께 나타났다. 그러자 별궁 밖에서 대기하고 있던 초대받은 대신들도 뒤따라 들어왔다. 빈두사라왕이 참석하는 잔치로서는 소박했다. 우기 때 재난을 당한 백성들의 고통을 나눈다는 뜻에서 하객 인원을 크게 축소했기 때문이었다. 빈두사라왕은 다르마 왕비가 안고 있는 비가따소까를 보자마자 덥석 건네받아 안았다. 비가따소까가 방긋 웃으며 빈두사라왕을 쳐다보았다. 빈두사라왕이 말했다.

"네가 아소까 동생이구나."

그때 꾸날라가 빈두사라왕에게 다가와 무릎 인사를 했다. 담마빨라에게 산스끄리뜨어를 배우고 있는 꾸날라의 행동은 더욱 의젓했다.

"오, 꾸날라구나. 몰라보게 컸구나."

꾸날라가 아상디밋따에게 가자마자 빈두사라왕은 다시 자신이 안고 있는 비가따소까에게 눈길을 돌렸다. 꾸날라는 갈수록 아소까를 닮아갔고, 비가따소까의 얼굴에는 빈두사라왕의 모습이 어른거렸다. 코는 오뚝하고 눈과 입은 작았다. 대신들이 비가따소까에게 다가와 덕담을 한마디씩 하고 제자리로 돌아갔다. 라다굽따도 말했다.

"왕자님이 대왕님을 닮았습니다."

"하하하."

빈두사라왕이 만족한 듯 호탕하게 웃었다. 칼라따까도 덕담을 했다.

"비가따소까 왕자님 덕분에 마우리야왕국의 영광이 영원할 것 같습니다."

빈두사라왕은 담마빨라에게서도 덕담을 듣고 싶었다. 담마빨라는 맨 뒤쪽의 식탁 의자에 앉아 눈을 감은 채 비가따소까가 무탈하게 성장하기를 축원하고 있었다. 빈두사라왕이 다르마왕비에게 물었다.

"왕비, 사문은 어디 있소?"

"저기 앉아 계십니다."

"가까이 와서 앉도록 하시오."

빈두사라왕 뒤에 서 있던 경비대장이 바로 담마빨라를 데리고 온 뒤 급히 의자를 하나 가져왔다. 담마빨라는 엉거주춤 빈두사라왕 맞은편에 앉았다. 빈두사라왕이 말했다.

"사문이여, 미안하오. 왕실의 스승은 가족 같으니 이 자리에 앉는 것이 마땅하오."

"대왕이시여, 사문은 낮은 자리가 편하옵니다."

"내 옆에 앉아서 비가따소까를 위해 기도해 주는 것도 좋은 일이 아니겠소?"

"방금 전에 왕자님을 위해 축원하고 있었습니다."

"고맙소. 하하하."

아침 해가 별궁 정원을 환하게 비추었다. 아침 햇살은 안개처럼 부드러운 것 같았지만 강렬했다. 빈두사라왕에게는 바늘이 눈을 찌르는 듯했다. 아침 햇살이 쏟아지자 빈두사라왕이 이마를 찡그리며 손으로 햇살을 가렸다. 급히 다르마 왕비와 자리를 바꾸어 앉았지만 잠시 동안 비틀거렸다. 경비대장이 재빨리 움직였다. 정원 밖에서 대기하고 있던 궁중 의원이 달려왔다. 궁중 의원이 다르마 왕비를 안심시켰다.

"아무 일 없을 것입니다. 대왕님께서는 정궁에서만 계시다가 밖에 나오시어 잠시 현기증이 난 것뿐입니다."

"어서 정궁으로 모시고 가시오."

칼라따까와 라다굽따는 몇 달 전처럼 침소 집무로 다시 돌아가지 않을까 걱정했다. 그러나 그런 말을 함부로 할 수는 없었다. 대신회의 같은 데서 선의로 말한다고 해도 어느 누가 모함을 해서 자신들을 해칠지 모르기 때문이었다. 칼라따까와 라다굽따는 모두 브라만 제관이었다. 제관끼리는 권력투쟁을 하면서도 궁중의 제사를 함께 지내왔던 경험 때문에 통하는 데가 있었다. 빈두사라왕의 건강은 마우리야왕국의 운명이 걸린 문제이므로 두 사람의 관심사가 될 수밖에 없었다.

그날 밤. 라다굽따는 칼라따까 가족이 살고 있는 내성 안의 저택으로 말을 타고 갔다. 칼라따까의 저택은 대신들이 모여 사는 고급주택 마을에 있었다. 라다굽따는 몹시 조심했다. 관복을 벗고 상인 복장으로 변복하고 칼라따까의 저택에 도착했다. 말에서 내려서야 말먹이꾼이 들고 있는 보자기 속에서 관복을 꺼내 갈아입었다. 마침 칼라따까의 저택 베란다에 불이 켜져 있고 사람들의 소리가 났다. 가족들이 시원한 베란다로 나와서 저녁 식사를 하고 있음이 분명했다. 말먹이꾼이 저택으로 들어가서 말했다.

"칼라따까 대신님, 라다굽따 대신님께서 오셨습니다."

저녁 식사를 마치고 손을 씻고 있던 칼라따까가 마당으로 내려와 라다굽따를 맞이했다.

"무슨 일로 오셨소?"

"오늘 아침에 다르마 왕비님 별궁 정원에서 보시지 않았습니까?"

"아, 대왕님 문제로 오셨군요."

"그렇소."

두 사람은 2층으로 올라갔다. 칼라따까가 계단을 오르면서 하인에게 지시했다.

"아무도 2층에 올라오지 못하게 하거라."

"예, 대신님."

2층 마루에는 원형 탁자와 서너 개의 의자가 놓여 있었다. 넓은 2층 마루는 칼라따까가 문서를 검토하거나 창을 통해 밖을 내다보면서 휴식을 취하는 곳이었다. 하인들이 2층으로 오르는 계단을 막아버리면 비밀스러운 공간이 되기도 했다. 원형 탁자 위에는 포도주와 코코넛 음료수가 담긴 은주전자 두 개가 있었다. 칼라따까가 라다굽따에게 포도주를 건네고 자신은 코코넛 음료수를 은잔에 따랐다. 칼라따까는 포도주를 한 잔만 해도 얼굴이 붉어지는 체질이었으므로 손님들이 있을 때는 가능한 한 마시지 않았다. 라다굽따는 선뜻 하고 싶은 말을 꺼내지 못하고 포도주를 한 잔 더 자작으로 따라 마셨다.

"대왕님 걱정이라면 나도 못지않소. 말해보시오."

"마음의 준비는 하고 있어야 할 것 같소. 사실은 몇 달 전 담마빨라 사문이 왔을 때 대왕님 앞에서 불길한 얘기를 들은 적이 있었소."

칼라따까가 입 안에 머금고 있던 코코넛 음료수를 꼴깍 소리 나게 삼켰다. 급하게 마신 탓이었다.

"담마빨라 사문의 말이 불길했다는 것이오?"

"대왕님께서 몹시 궁금해하시니 사문은 사실대로 말한 것 같았소."

"도대체 무슨 말을 했기에 그러오?"

"대왕님께 10년 후 큰 변고가 있을 것이라 했소. 그런데 대왕님께서는 사문의 말을 듣고 오히려 기뻐했소. 10년을 조심하면 마우리야왕국의 평화가 100년은 갈 것이라고 말이오."

칼라따까가 라다굽따의 속마음을 바로 눈치채고 말했다.

"변고가 아니라 생사가 오가는 병고가 닥친다는 말 같소."

"그렇소. 그러니 우리라도 미리 준비하고 있는 것이 어떠하겠소?"

"대왕님의 후사를 걱정하자는 말에 동감이오."

"몇 년 후의 일이니 극비에 부쳐야 하오. 나는 대왕님을 이을 만한 재목으로 아소까 부왕을 생각하고 있소."

예상했던 대로 칼라따까가 동의했다.

"마우리야왕국을 통치할 인물로 아소까 부왕 말고 누가 있겠소? 수시마 부왕을 후사로 삼는다면 큰 혼란이 올 것이오."

라다굽따는 비로소 자신의 구상을 말했다.

"아소까 부왕을 수년 내에 빠딸리뿟따로 불러들여서 대왕님 곁에 있도록 일을 도모해야 하지 않겠소?"

"그러려면 아소까 부왕을 불러들일 만한 명분을 만들어야 합니다."

"그렇소. 아직 시간이 충분하다는 것이 다행이오."

"대왕님의 마음을 움직일 수 있는 분은 다르마 왕비님이지요. 그러니 다르마 왕비님을 통해서 명분을 만들어봅시다."

"맞소. 다르마 왕비님은 담마빨라 사문을 믿고 의지하니 거기에 길이 있을 것 같소. 내가 바로 담마빨라 사문을 만나보겠소."

칼라따까와 라다굽따는 빈두사라왕이 통치할 수 없을 정도로 건강이 악화된다면 아소까 부왕을 옹립하기로 약속했지만 그 이상의 구체적인 이야기는 진전시키지 못했다. 그러나 라다굽따는 칼라따까를 만난 것만으로도 만족했다. 모반이 아니었으므로 양심의 가책은 전혀 느끼지 않았다. 자신들의 행위가 왕위를 찬탈하는 반역이 아니라 빈두사라왕에게 큰 변고가 왔을 때를 대비하자는 충정이라고 생각했기 때문이었다. 두 사람은 창밖으로 반달이 보일 때쯤에 자리에서 일어나 헤어졌다.

라다굽따는 약속대로 담마빨라가 머물고 있는 사원으로 향했다. 삡팔라나무가 있는 곳으로 말을 타고 가는데 반달이 등 뒤에서 따라왔다. 삡팔라나무 둥치에는 여전히 수행자들이 좌선하고 있었다. 몇 달 전이나 지금이나 변함이 없었다. 말먹이꾼이 말을 멈추었다. 그가 먼저 삡팔라나무 쪽으로 가서 담마빨라를 찾았다. 마침 담마빨라가 사원에서 나오고 있었다.

"사문이시여, 라다굽따 대신님이 오셨습니다."

"오, 그런가요? 이리 모셔 오세요."

라다굽따가 담마빨라의 안내로 사원 안으로 들어갔다. 라다굽따는 사원 문밖에 서서 사미가 내미는 항아리 물로 손을 씻었다.

"대신이시여, 밤중에 무슨 일입니까?"

"사문께 여쭐 일이 있어서 찾아왔습니다."

"급한 일입니까?"

"당장에 일어나는 일이 아니기에 급하지는 않습니다. 그러나 마우리야왕국의 흥망에 관한 일이므로 중대합니다."

"말씀해 보세요."

"아소까 부왕님은 본인이 원해서 옛 아완띠국 웃제니로 떠났습니다. 그런데 사문께서는 대왕님께 10년 후 큰 변고가 있을 것이라고 말씀했습니다. 저는 지금도 그 말씀에 놀라고 있습니다. 대왕님의 안위는 마우리야왕국의 흥망을 좌우하기 때문입니다."

"소승이 도울 수 있는 것이 무엇입니까?"

"지금 수십 분의 왕자님들이 계십니다. 그중에서 대왕님만한 능력을 가지신 분은 오직 아소까 부왕님뿐입니다. 그러니 아소까 부왕님이 대왕님 곁에 계셔야 한다는 것입니다. 대왕님 마음을 움직여 아소까 부왕님을 부를 수 있는 분은 다르마 왕비님뿐입니다."

담마빨라가 웃으며 말했다.

"사람의 노력에는 한계가 있습니다. 하늘의 인연이 있어야 합니다. 그러나 왕비님께 말씀은 드려보겠습니다."

"사문이시여, 아소까 부왕님을 당장에 불러들이라는 것은 결코 아닙니다. 때를 보아 말씀드려 달라는 것입니다."

"무슨 말씀인지 대신님의 마음을 알겠습니다."

"고맙습니다. 밤이 늦어 이만 물러나겠습니다."

라다굽따는 담마빨라와 아소까 부왕이 호의적인 관계이기 때문에 잘 풀어질 것이라고 갔는데 믿었던 대로 실마리가 풀렸다고 생각했다. 라다굽따는 뻽팔라나무 둥치에서 수행하고 있는 수행자들에게 자신의 품속에 있던 금전과 은전을 모두 보시하고 그 자리를 떠났다. 라다굽따가 말먹이꾼에게 말했다.

"반달이 아까부터 나를 따라오는구나. 조금 쉬었다 가자."

라다굽따가 반달을 한동안 올려다보았다. 구름을 헤치고 나온 반달이 달빛을 뿌렸다. 멀리서 개 짖는 소리가 들려오자 말이 고개를 쳐들고 진저리를 쳤다. 강가강에서 스멀스멀 안개가 올라오고 있었다.

다르마 왕비의 소원

담마빨라는 꾸날라를 데리고 강가강으로 나갔다. 다르마 왕비 별궁에서만 꾸날라를 가르치다가 최근에는 강가강 강변으로 내려가서 수업했다. 일종의 현장 수업이기도 했다. 강변에서는 브라만들이 강물을 몸에 끼얹으며 기도하고 있었다. 강 저쪽에서는 어부들이 그물을 던져 고기를 잡고 있는 중이었다. 브라만들이 기도했던 강변 자리는 늘 축축하게 젖어 있었다. 담마빨라는 꾸날라와 함께 사람들이 없고 아침 햇볕이 잘 드는 한적한 강변으로 갔다. 자라 서너 마리가 강변 모래밭까지 올라와 몸을 말리고 있다가 꾸날라를 보더니 강물 속으로 달아났다. 꾸날라가 말했다.

"스승님, 자라는 왜 사람을 보고 도망칩니까?"

"사람들이 자라를 잡아서 죽이기 때문에 무서워서 도망치는 것입니다."

"저는 죽일 생각이 없었습니다."

"그래도 왕손님 마음속에 그런 생각이 있었겠지요. 자라탕을 한 번이라도 먹었거나."

자라 두 마리가 강변으로 다시 올라왔다. 담마빨라가 자라가 있는 쪽으로 걸어갔다. 그런데도 자라는 도망치지 않고 긴 목을 내밀면서 두리번거리기만 했다.

"자라는 자신을 해칠 사람이 아니라고 여겨 도망치지 않는 것입니다."

꾸날라가 도망치지 않는 자라들을 보고 신기해했다. 담마빨라가 덤덤하게 말했다.

"저 자라를 잡아먹는다면 자라가 원수로 환생해서 복수할지 모릅니다. 그러니 살생을 해서는 안 되는 것입니다."

꾸날라가 자세를 낮추고 엉금엉금 기어갔지만 자라는 또 강물 속으로 도망쳐 버렸다. 담마빨라는 좌선 자세를 취했다. 그러자 꾸날라도 옆에 앉아 담마빨라를 흉내 냈다. 담마빨라는 언제나 좌선한 뒤 수업을 시작했다. 수업은 질문을 유도해서 답변하는 방식으로 진행했다. 아침 햇살이지만 목덜미가 금세 따가웠다. 담마빨라는 좌선을 짧게 하고 끝냈다. 부드러운 강바람을 느끼면서 담마빨라가 먼저 일어났다. 잠시 후 꾸날라가 담마빨라에게 물었다.

"스승님, 브라만들은 왜 아침마다 강가강에서 목욕을 합니까?"

"목욕하면 죄가 씻어진다고 믿기 때문에 그렇습니다."

"정말인가요? 저는 할머니께 거짓말을 한 적이 있습니다. 지금 강물에 들어가면 거짓말한 죄가 씻어질까요?"

담마빨라가 꾸날라에게 되물었다.

"그럴까요?"

"스승님, 저는 알 수 없습니다."

"꾸날라 왕손님, 사문은 고따마 붓다께서 브라만과 주고받은 이야기 속에 답이 있다고 생각합니다. 그 이야기를 지금 들려드리겠습니다."

담마빨라가 붓다 시절에 있었던 이야기 한 토막을 꺼냈다. 꾸날라는 담마빨라의 이야기에 귀를 기울였다. 아침 햇살은 점점 따가워지고 있었지만 강가강에서 시원한 바람이 불어와 견딜 만했다. 강바람에 꾸날라의 머리카락이 부드러운 갈댓잎처럼 나풀나풀 날렸다.

고따마 붓다가 꼬살라국 순다리까강 주변의 작은 숲속에 머물 때였다. 깊지 않은 순다리까강은 강가강의 한 지류였다. 어느 날 강변 움막에 사는 한 늙은 브라만이 붓다를 찾아왔다. 그 무렵의 붓다는 깨달음을 얻은 지 오래되지 않았으므로 브라만들이 잘 알아보지 못했다. 늙은 브라만은 고따마 붓다에게 다가와 자기와 함께 순다리까강에 들어가 목욕을 하자고 권유했다. 붓다는 그의 제의를 받아들이는 척하면서 그에게 물었다.

"브라만이여, 강에서 목욕하면 무슨 좋은 일이 있소?"

그러자 브라만이 대답했다.

"고따마 붓다여, 순다리까강은 구원의 강이요, 상서로운 강입니다. 만약 누구나 여기서 목욕하면 모든 죄업이 다 사라지게 될 겁니다."

이에 붓다는 다음과 같이 설하여 늙은 브라만을 놀라게 했다.

"어떤 강물도 사람의 죄업을 깨끗하게 할 수는 없습니다. 만약 그 강물에 목욕을 해서 죄업이 사라진다면 그 강물 속의 물고기는 죄업이 하나도 없다고 봐야 할 것입니다. 그러나 어찌 사람이 물고기보다 못하다고 할 수 있겠소. 죄업을 깨끗이 하고 싶다면 오직 청정한 행을 닦는 것이 옳습니다.

생명을 함부로 해치지 말 것이며,
남의 물건을 훔치지 말 것이며,
남의 아내를 탐하지 말 것이며,
남을 속이지 말아야 합니다.

이러한 사람은 우물물에 목욕해도 깨끗할 터이므로 굳이 강에 들어가 목욕할 이유가 없습니다. 그러나 청정한 행을 닦지 않는 사람은 아무리 자주 강에 들어가서 목욕한다 해도 죄업을 깨끗하게 할 수는 없습니다."

브라만은 차분하게 설득하는 붓다에게 감동했다. 강물과 물고기의 비유에 브라만은 붓다를 찬탄하면서 재가제자가 되었다. 브라만은 살생하지 않고, 도둑질하지 않고, 음행하지 않고, 거짓말하지 않는 청정한 행위만이 죄업을 닦아준다는 것을 깨닫고 붓다에게 귀의한 것이었다.

　담마빨라가 고따마 붓다와 브라만의 이야기를 마치면서 꾸
날라에게 물었다.

　"꾸날라 왕손님, 이제 왕손님은 강물에 목욕을 해서 마음이
청정해지겠습니까 아니면 청정한 행을 닦아서 마음이 청정해지
겠습니까?"

　"강물에 목욕하는 것은 어리석은 일이네요."

　"맞습니다."

　"오늘은 다르마 할머니와 아상디밋따 작은어머니께서 강물
에 목욕하는 날이거든요. 오시면 제가 못 하게 하겠어요."

　"하하하. 한번 그렇게 해보세요."

　꾸날라의 말대로 궁중의 왕실 가족들이 강가강 강물에 몸
을 적시는 날이었다. 그들 모두 브라만이기 때문에 오래된 관습
을 버리지 못하고 있었다. 왕실 가족들이 강물에 목욕하는 날이
되면 강가강 강변은 군사들이 경계를 서며 일반인들의 출입을
통제했다. 저녁에는 제관들이 강가강 시바 신과 불의 신인 아그
니를 위해 뿌자를 치렀다.

　아무튼 꾸날라가 담마빨라의 가르침을 받아들이는 속도는
아주 빨랐다. 산스끄리뜨어 기초는 이미 끝났고, 담마빨라가 가
르칠 수 없는 승마나 검술 등을 배울 수 있을 정도였다. 꾸날라
자신도 왕손으로서 무술을 배우고 싶어 했다. 꾸날라가 말했다.

"다르마 할머니 얘기인데요. 아버지는 무술에 뛰어나신 분이라고 합니다. 아버지께 승마나 검술을 배우고 싶어요."

"그런 날이 오겠지요."

"아버지와 함께 살고 싶기도 하구요."

꾸날라의 큰 눈이 슬프게 변했다. 어머니 빠드마바띠나 아버지 아소까의 얼굴이 가물가물 기억나지 않았다. 어머니 빠드마바띠는 꾸날라를 낳은 지 한 달도 안 되어 죽었고, 아버지 아소까는 꾸날라가 자라는 동안 딱사쉴라와 웃제니에 가 있었기 때문이었다.

"다르마 왕비님께 아소까 부왕님이 보고 싶다고 말씀드려 보았습니까?"

"가끔 했어요. 할머니께서 할아버지 대왕님께 말씀드려 본다고 하셨어요."

"왕손님이 기도하세요. 그러면 이루어질 것입니다."

담마빨라는 문득 라다굽따의 부탁이 떠올랐다. 수년 안에 아소까 부왕이 빠딸리뿟따로 돌아올 수 있도록 다르마 왕비를 설득해 달라고 했던 것이다. 그런데 담마빨라 자신이 다르마 왕비에게 부탁하지 않았는데도 꾸날라가 성장하면서 차츰 그 일이 풀리고 있다고 예견했다. 어느새 강변에는 왕실 하인과 궁녀들이 나와 여기저기에 대형 천막을 설치하고 있었다. 옥구슬 주렴이 달린 일산은 보이지 않았다. 그처럼 화려한 일산은 빈두사라왕만이 사용할 수 있었다. 꾸날라가 말했다.

"다르마 할머니께서 말씀하셨어요. 스승님께서는 미래의 일을 보시는 분이라구요."

"무엇을 알고 싶습니까?"

"아버지가 언제 오시는지 알고 싶어요."

"왕손님, 아소까 부왕님께서는 반드시 빠딸리뿟따에 오실 것입니다."

"아, 다르마 할머니께서 이쪽으로 오시고 계셔요!"

꾸날라가 소리쳤다. 아상디밋따와 끼사락슈미도 담마빨라가 있는 강변 쪽으로 걸어오고 있었다. 비가따소까는 끼사락슈미가 안고 있었다. 담마빨라가 다르마 왕비에게 다가가 합장했다.

"왕비시여, 산책을 나오셨습니까?"

"목욕하러 왔지요. 오늘은 강물에 목욕하는 날입니다."

"아, 그러시군요."

담마빨라는 끼사락슈미에게 다가가 비가따소까의 머리에 손을 얹고 잠시 축원해 주었다. 자애롭고 지혜로운 왕자가 되라는 축원이었다. 다르마 왕비가 환하게 미소 지으며 말했다.

"사문이시여, 이곳에 오랫동안 계시어 꾸날라뿐만 아니라 비가따소까의 스승도 되어주세요."

"소승을 인정해 주시니 감사할 뿐입니다."

왕실 가족 중에 여인들 일부는 벌써부터 강가강에 들어가 목욕을 했다. 두 손으로 강물을 떠서 얼굴에 끼얹었다가 사리를 걸친 채 몸을 풍덩 강물 속으로 담그기도 했다. 어린 왕자들은 푸우 푸우 자맥질하며 물장구를 쳤다. 꾸날라가 도리질을 하며 다르마 왕비에게 말했다.

"할머니께서도 목욕하실 거예요?"

"그럼, 죄업을 씻어야 다음 생에는 걱정이 없는 하늘에 태어난단다."

"그 하늘은 어떤 나라인데요?"

"슬픔과 고통이 없는 나라란다. 천녀들이 아름다운 음악을 연주하고 1년 내내 연꽃이 피어 있는 향기로운 곳이란다."

꾸날라는 담마빨라가 조금 전에 한 이야기를 떠올리며 도리질했다. 다르마 왕비와 담마빨라의 말이 서로 달랐던 것이다. 그러나 꾸날라는 스승이 된 담마빨라의 말을 믿었다.

"할머니, 강물에 들어가지 마세요!"

"누가 그렇게 시키더냐?"

"강물에 죄업이 사라진다면 물고기들은 죄업이 하나도 없을 거예요. 그런데 물고기는 사람보다 못하잖아요."

"그럼 너는 무엇으로 죄업을 씻을 수 있다고 생각하느냐?"

"죄업을 깨끗이 하고 싶다면 오직 청정한 행을 닦으라고 했어요."

다르마 왕비가 담마빨라를 보면서 어찌할 줄을 몰라 했다. 다르마 왕비가 담마빨라 사문에게 미안해하며 말했다.

"사문이시여, 용서해 주세요. 아버지가 없이 자라서 그런지 꾸날라가 버릇없이 아무 말이나 하는군요."

"왕비님, 꾸날라 왕손님은 틀린 말을 한 것이 아닙니다."

"아소까 부왕을 빨리 불러들여야 할 것 같습니다. 아버지가 옆에 있으면 함부로 말하지 않겠지요."

"꾸날라 왕손님은 소승이 가르친 대로 말한 것뿐입니다."

"오, 사문은 브라만들과 달리 죄업을 씻는다는 말이군요."

"고따마 붓다의 가르침입니다. 그러니 소승이 말한 것은 바꿀 수 없는 진리입니다."

다르마 왕비는 더 이상 꾸날라를 꾸짖지 못했다. 꾸날라가 스승 담마빨라의 말을 믿고 따르는 것을 당연하다고 여겼다. 옳고 그름의 문제가 아니었다. 다르마 왕비는 머쓱해하며 화제를 돌렸다.

"비가따소까를 위해서도 아소까 부왕을 빠딸리뿟따로 오게 해야겠어요. 아소까는 그동안 대왕님을 위해서 헌신해 왔으니까 이제는 돌아와서 동생을 돌보고 아들과 함께 살아야 해요. 대왕님도 내 말을 들어줄 것이라고 믿어요."

다르마 왕비는 마음속의 말을 담마빨라에게 하소연하듯 다 고백했다. 담마빨라는 아소까가 반드시 빠딸리뿟따로 돌아올 것이라고 판단했다. 다르마 왕비는 물론이고 아상디밋따, 꾸날라가 간절하게 바라고 있기 때문이었다.

마힌다 탄생

웨디사데비가 시프라강 언덕에 있는 별궁에서 사내아이를 출산했다. 별궁 궁녀 우두머리가 경비대장에게 데비의 출산 소식을 알려왔고 경비대장은 즉시 아소까에게 보고했다. 아소까는 걸어서 갈 수 있는 거리였지만 말을 타고 별궁으로 달려갔다. 보름달이 시프라강 너머 검푸른 서쪽 하늘에 떠 있는 꼭두새벽이었다. 밤안개가 옅게 드리워져 보름달 주위에는 둥그런 달무리가 져 있었다. 달무리 밖에서는 몇 개의 새벽 별이 또롱또롱 빛났다. 기름불 불빛이 산실로 쓰인 방 안을 환히 밝히고 있었다. 다행히 데비와 갓난아기 모두 아무 탈 없이 건강했다. 아소까를 본 데비가 침대에 누운 채 희미하게 웃었다. 아소까가 데비를 위로했다.

"부인은 나에게 큰 행복을 주었소."

"아기가 당신을 닮은 것 같아 더 기뻐요."

데비의 이마에는 땀방울이 송알송알 맺혀 있었다. 아소까는 땀에 젖은 데비의 머리카락을 쓸어 넘겨주었다. 이마를 반쯤 덮고 있던 그녀의 젖은 머리카락은 밤새 산고에 시달렸던 흔적이었다. 데비가 말했다.

"아기 이름을 지었어요?"

"며칠 동안 고민만 하고 있소."

"아직 짓지 못했다는 말씀이군요."

"며칠 전에 지은 이름이 있기는 한데 더 좋은 이름을 찾지 못하고 있소."

아소까가 남아와 여아의 이름을 하나씩 지어놓은 것은 사실이었다. 그러나 더 마음에 드는 이름을 짓고자 고심을 거듭하고 있는 중이었다. 궁중 제관들에게 이름을 부탁했지만 하나도 마음에 들지 않았다. 궁중 제관들이 내놓은 이름은, 이를테면 아들 이름으로 마하윗자(큰 지혜)나 딸 이름으로 웃제니수카(웃제니의 행복) 등이었다. 결국 아소까 자신이 짓고 결정할 수밖에 없었다. 아소까가 아기 이름을 결정하지 못하고 망설이는 이유는 산치 동산 사원에서 담마빨라에게 들었던 이야기 때문이었다. 담마빨라가 데비의 전생과 금생, 데비가 낳을 자식들의 미래를 이야기해 주었던 것이다. 데비는 전생에 사람들에게 보시를 많이 하여 금생에 부잣집 딸로 태어났으며, 자식을 낳으면 그 공덕으로 아들이든 딸이든 '존귀한 귀인'이 될 것이라고 말했다. 아소까가 담마빨라에게 '존귀한 귀인'이란 어떤 사람이냐고 재차 묻자 세상에 나오면 훌륭한 왕이 되고, 세속을 벗어나 출가하면 수승한 사문이 될 운명이라고 예언해 주었던 것이다. 때문에 아소까는 담마빨라 사문의 예언과 걸맞게 이름을 지어야 한다고 집착하지 않을 수 없었다. 데비가 말했다.

"처음에 지은 이름이 무엇이었지요? 아버지께서 길을 잃었을 때는 처음으로 돌아가라고 했어요."

"마헨드라, 마하와 인드라가 합쳐진 이름이오."

마하는 '크다'라는 의미였고 인드라는 번개의 신 혹은 군신, 영웅신, 하늘의 주인을 뜻했다.

"당신답군요."

"어째서 그렇소?"

"당신은 군신이자 영웅이시니까요."

"마헨드라가 마음에 든다는 말이오?"

"네, 더 이상 고민하지 마세요."

데비가 좋다고 하자 아소까는 즉석에서 우두머리 궁녀가 안고 있는 아기에게 다가가 이름을 불렀다.

"마헨드라. 인드라 신의 축복을 받고 태어난 마헨드라야!"

강보에 쌓인 마헨드라를 건네받은 아소까는 더없이 행복한 표정을 지으며 흡족해했다. 그러자 데비가 침대에서 일어나 앉으며 말했다.

"딸 이름은 뭐라고 지었어요?"

"아직 태어나지도 않았으니 말하면 안 될 것 같소."

"저는 딸이든 아들이든 더 낳고 싶어요. 저는 마헨드라 동생은 딸이었으면 좋겠어요."

"나도 당신을 닮은 딸이었으면 더 바랄 것이 없겠소. 마헨드라가 나를 닮았으니 딸은 당신을 닮아야 하지 않겠소?"

"그렇게 된다면 공평하겠네요."

"공평하다고 하니 말하지 않을 수 없소. 딸 이름은 상가미뜨라라고 지었소."

상가는 승가, 미뜨라는 친구였다. 그러니 상가미뜨라는 '승가의 친구'라는 뜻이었다.

"데비가 사문의 친구였듯 딸도 그런 사람이 되라고 상가미뜨라라고 지었소."

데비는 아주 만족했다.

"딸을 낳으면 반드시 상가미뜨라라고 하겠어요."

"데비가 좋다면 나야 반대할 이유가 없소. 내성 밖의 저잣거리 사람들은 상가밋따라고 부를 텐데 어감이 괜찮은 것 같소."

산스끄리뜨어를 사용하는 브라만 귀족들은 상가미뜨라, 빠알리어를 쓰는 외성이나 성 밖의 평민들은 상가밋따로 부를 터였다. 마헨드라도 보통 사람들은 마힌다로 부를 것이었다.

궁으로 돌아온 아소까는 경비대장에게 웨디사데바를 불러오게 했다. 마침 데바는 내성에 있는 자신의 저택에 있었다. 데바는 데비의 출산 소식을 듣고 가족들과 함께 자축하고 있던 중이었다. 데바를 찾아온 경비대장이 말했다.

"데바 수장님, 부왕님께서 부르십니다."

"무슨 일인가요?"

"부왕님께서 데바 수장님과 함께 자축연을 갖고 싶어 하십니다."

"아, 고마운 일이지요."

데바는 당장 궁으로 갈 채비를 했다. 데비 별장으로 가려던 데바 부인이 하녀들에게 지시했다.

"부왕님께 보낼 술과 과일을 수장님 마차에 가득 채워라."

"예."

"나는 산모와 아기에게 필요한 물건들을 챙겨볼 테다."

"예, 데비님 별장으로 갈 마차도 준비해 놓겠습니다."

데바는 아소까 왕궁으로 서둘러 떠났고, 데바 부인은 데비 별궁으로 가져갈 갓난아기 저고리와 기저귀 용도의 무명천 등을 챙겼다. 데비에게 새로 옷을 지어 입힐 까시산(産) 비단도 넉넉하게 꺼내 마차에 실었다. 웨디사데바가 궁중 접견실에 도착했을 때는 늙은 선봉대장과 호위대장도 와 있었다. 두 사람이 벌떡 일어나 맞이해 주었다.

"데바 수장님! 왕손 탄생을 축하합니다."

최측근 심복인 늙은 호위대장이 말했다.

"부왕님께서 왕손님이 탄생했으니 감옥의 죄인들을 풀어주고 성민들에게 술을 하사하라고 명하셨습니다."

데바는 손자가 탄생한 것을 비로소 실감했다. 자신을 대하는 대장들의 태도는 한결 부드럽고 정중했다. 평소에도 상인 수장인 데바를 함부로 대하지 않았지만 자신들이 끄샤뜨리야 무사계급이라는 것을 바이샤 상인계급인 데바에게 은근히 내비치곤 했던 것이다. 이제 데바는 신분을 떠나서 아소까 부왕의 확실한 장인이었다. 아소까가 접견실로 들어섰다. 모두가 일어나 박수를 치면서 축하했다.

"부왕님, 축하드립니다!"

시녀들이 술과 과일을 가지고 들어왔다.

"연회장은 지금 닫혀 있을 텐데 누가 가져온 것이오?"

데바가 말했다.

"저의 집에서 급히 가져와 변변치 않습니다."

"오, 데바 장인도 나 못지않게 기쁜 모양이오."

"왕손이 태어났는데 어찌 기쁘지 않겠습니까?"

"아기 이름을 마헨드라라고 지었소."

선봉대장이 바로 이름의 뜻을 풀었다.

"마하에다 인드라를 합친 이름입니다. 오! 아름답고 거룩합니다."

경비대장도 한마디 거들었다.

"웃제니 말로는 마힌다이니 웃제니 사람들은 마힌다라고 부를 것입니다."

"대장, 궁중 제관들은 어디 갔소? 결국 내가 지은 이름으로 결정했지만 제관들도 고심했다오."

"출산 소식을 듣자마자 모두가 시프라강으로 기도하러 나갔습니다."

"이제 돌아올 시간이 되지 않았소?"

궁중 제관의 기도는 아침 해가 뜨기 전까지였던 것이다. 아소까는 제관들이 빨리 돌아와 합석해서 마헨드라를 축원해 주길 바랐다. 이른 새벽에 기도하러 나갔으니 이제 돌아올 시간이었다. 그러나 궁중 제관들은 시프라강 강변에서 아직까지 기도하고 있는 중이었다. 마헨드라의 탄생은 그만큼 경사 중의 경사였기 때문이었다. 궁녀들이 다가와 아소까의 금잔과 데바와 대장들의 은잔에 술을 따랐다. 아소까가 금잔을 들고 짧게 말했다.

"데비와 마헨드라의 건강을 위하여!"

"부왕비님의 왕손님 출산을 축하합니다!"

술이 몇 잔 오간 뒤였다. 늙은 선봉대장이 말했다.

"부왕님, 성민들에게 술을 내리라는 지시에는 아무 문제가 없습니다만, 감옥의 죄인들을 다 풀어주라는 말씀은 재고해 보시는 것이 어떻겠습니까?"

"무슨 말이오?"

"죄인 중에는 살인·강간·도둑질 등을 저지른 중죄인이 있고, 사소한 폭력이나 비방·모욕 등을 한 경죄인이 있습니다. 중죄인과 경죄인을 모두 풀어주었다가는 성민들이 불안해할 것 같습니다."

"다른 대장들의 생각은 어떻소?"

"선봉대장님의 말씀에 동의합니다."

그런데 데바가 다른 의견을 냈다. 아소까의 지시와 대장들의 충언을 절충한 셈이었다.

"살인을 저지른 죄인은 가두어두고, 그 밖의 중죄인은 변방에서만 살게 하고, 경죄인은 풀어주는 것이 마땅할 것입니다."

아소까가 웃으며 데바의 의견을 따르도록 지시했다.

"중죄인 얼굴에 낙인을 찍어서 변방으로 보내 살도록 기회를 주는 것도 좋은 일이오."

뒤늦게 선임 궁중 제관이 나타났다. 아소까는 궁중 제관에게 직접 자신의 금잔에 술을 따라주며 치하했다.

"마헨드라 탄생을 위해 기도하고 온 그대에게 특별히 금잔에 술을 내리겠소."

"부왕님, 황송하옵니다."

술이 몇 순배 돌았지만 아소까와 데바의 얼굴색은 그대로였다. 술이 약한 경비대장의 얼굴은 황토 빛깔처럼 붉었다. 나머지 대장들도 취기가 올라 불콰했다. 아소까가 데바를 보면서 말했다.

"다음 순행지는 옛 수나빠란따국이오. 데바 장인도 동행해주시오."

"큰 선물을 받은 것 같습니다."

일찍이 아완띠국에 복속된 수나빠란따국은 남서쪽 끝에 바다를 안고 있는 나라였다. 바다를 통한 해외무역이 일찍부터 성했던 나라로 진귀한 물건들이 많았으므로 내륙의 상인들이 늘 주목하고 있는 곳이었다. 데바는 자나 깨나 옛 수나빠란따국의 상인 수장과 친해지려고 노력해 왔는데 동행하게 된다면 더없이 좋은 기회라고 생각했다. 자축연이 끝나자마자 데바는 바로 자신의 저택으로 돌아왔다. 데바 부인은 데비 별궁으로 가서 아직 돌아오지 않았으므로 저택에는 하인들만 있었다. 데바는 술 기운을 빌려 호기 있게 혼자서 소리쳤다.

"부왕님을 따라서 예전의 수나빠란따국을 가다니! 데비가 아들을 낳으니 경사가 겹치는구나. 그곳의 상인 수장을 만나려고 얼마나 애를 썼던가."

하인들이 놀라서 슬그머니 물러섰다. 그러나 데바는 곧 흥분을 가라앉혔다. 그곳의 상인 수장을 아직 만나지 않았을뿐더러 그를 설득해서 독점계약을 맺는다는 보장도 없기 때문이었다.

사문의 축원

데바 부인은 딸 데비를 위해 별궁에서 함께 살았다. 데비도 우두머리 시녀가 거들어주는 것보다 어머니의 보살핌이 더 편했다. 데바 부인은 시녀들을 데리고 데비의 산후조리를 도맡다시피했다. 데비가 아버지 데바를 위해 저택으로 돌아가라고 해도 듣지 않았다.

"데비야, 너는 나를 위해 우리 산치 사원에서 아침저녁으로 기도했잖니."

"어머니 저는 몸이 회복되었어요. 그러니 이제 아버지도 생각하셔야죠."

"너도 알다시피 아버지는 무역하러 이웃 나라에 계실 때가 많지. 아버지 건강을 위해 내가 할 일은 별로 없으니 걱정하지 말거라."

데바 부인의 말이 틀린 것은 아니었다. 데바는 웨디사 상인 수장으로서 주로 옛 까시국의 수도 바라나시에 가 있을 때가 많았다. 소국의 상인들이 마우리야왕국의 중심부에 있는 옛 까시국으로 모여들곤 했기 때문이었다. 더구나 바라나시는 여러 강이 합류하는 강가강을 끼고 있어 상인들의 물건운송이 대단히

편리한 도시였던 것이다.

"난 마힌다를 보고 있기만 해도 행복하단다."

"그건 저도 그래요, 어머니."

데바 부인은 마헨드라를 마힌다라고 불렀다. 데비도 마찬
가지였다. 귀족의 점잖은 산스끄리뜨어보다는 평민의 말이 입
에 붙어 정겨웠기 때문이었다. 데비가 아기 이름을 부르며 행복
한 표정을 지었다.

"마힌다야!"

아기가 데비와 데바 부인을 쳐다보며 머루알처럼 검은 눈
을 반짝였다. 잠시 후에는 방긋 웃었다. 데바 부인이 말했다.

"그런데 데비야, 궁중 제관님이 고맙구나."

"왜요?"

"어제도 마힌다의 앞날을 축원해 주고 갔단다. 네가 낮잠을
자고 있을 때 왔다가 갔어."

"제관님 축원은 늘 비슷해요. 마힌다가 건강하게 자라서 마
우리야왕국의 대들보가 되라는 것이죠."

"넌 그게 싫니?"

"싫지는 않지만 부왕님처럼 때때로 사람을 죽이는 그런 왕
손이 되지 말았으면 좋겠어요."

"그거야 어쩔 수 없는 일이야. 반란이 일어나면 힘없는 사람
들을 보호해야 되니까. 네 아버지도 지난번 반란 때 아주 큰 손해
를 봤단다. 다른 나라에서 사 온 물건들을 반란수괴에게 모조리

빼앗겼어."

"어머니, 지금 산치 사원에는 누가 있어요?"

"옛 앙가국 짬빠성에서 온 비베까난다 사문님이 계시지. 아
버지가 그곳에 무역하러 갔다가 모시고 온 사문님이야."

"어머니, 비베까난다 사문님이 마힌다를 위해 축원해 주었
으면 좋겠어요."

"네가 원하니 그렇게 하마."

데바 부인은 데비의 청을 바로 들어주었다. 산치 동산에 있
는 사원이 개인 원찰이기 때문에 비베까난다 사문을 데려오는
것은 어렵지 않은 일이었다. 데바 부인은 별궁으로 올 때 데리고
온 하인을 산치 사원으로 보냈다. 하인은 웨디사나가라에 있는
데바의 농원에서 일하다가 웃제니 저택으로 온 사람으로서 산
치 지리를 환히 꿰고 있었다. 데바 부인은 하인에게 말까지 내주
었다. 하인에게 데바 부인이 타는 호마를 내준 것은 비베까난다
사문을 빨리 모셔 오라는 뜻이었다. 하인이 떠난 뒤 얼마쯤 지나
서 데바가 별궁으로 왔다. 외손자를 보고 싶어 참을 수 없었기 때
문이었다. 데바는 아기를 보더니 마헨드라라고 불렀다.

"마헨드라야, 부왕님을 닮은 마헨드라야."

"여보, 나와 데비는 웃제니 사람들 말로 부르기로 했어요.
그러니 당신도 편하게 웃제니 말로 하세요."

"마헨드라면 어떻고 마힌다면 어떻소. 아기는 똑같은 아긴
데. 정 그렇다면 나도 편하게 마힌다라고 부르겠소."

"데비야, 네가 부왕님께도 말씀드려라. 산스끄리뜨어 마헨드라가 고상하긴 하지만 이곳 말로 정겹게 부르자고 말이다."

"네, 어머니."

데바는 이름보다는 자신에게 다가올 이익을 두고 계산하기에 바빴다. 아소까 부왕이 옛 수나빠란따국으로 순행을 떠나는데 자신도 동행하기로 했던 것이다. 그곳의 상인 수장을 만나게 될 텐데 그것은 데바의 오래전 꿈 중의 하나였다. 데바가 눈을 지그시 감은 채 말했다.

"여보, 부왕님께서 나에게 큰 선물을 주었소. 우리 마힌다 덕분이오."

"마힌다가 복덩어리군요."

"그렇소. 수나빠란따국으로 순행 가실 때 나도 동행하기로 했소. 나에게는 참으로 큰 선물이라오."

"수나빠란따국은 당신이 무역하러 가서 늘 성사를 시키지 못했던 나라가 아닌가요?"

"다른 나라 상인 수장들에게 거래에서 늘 밀리곤 했지요. 그곳의 상인 수장 수완에 놀아난 것이오. 그러나 그곳 상인 수장을 통하지 않고는 큰 무역을 할 수 없는 것도 사실이라오."

큰 무역이란 해외무역을 뜻했다. 옛 수나빠란따국의 숩빠라까 항구 상인들은 큰 배로 페르시아와 이집트까지 오가며 무역을 했으므로 마우리야왕국에서 볼 수 없는 보석과 물품들이 많았던 것이다. 따라서 그곳의 상인 수장은 해외무역을 독점하고 있다 해도 과언이 아니었다.

"이번에는 부왕님과 함께 가니 그곳 상인 수장도 별수 없을 것이오. 부왕님께 접근하려고 내 비위를 맞출지 모르오. 벌써 그곳에서는 내가 부왕님의 장인이라고 소문이 났을 것이오."

데비도 마음이 흐뭇했다. 자신을 희생해서라도 아버지 데바를 돕고 싶었는데, 마힌다 출생 자축연에서 아소까가 순행지 동행이라는 선물을 주었다니 은근히 행복했다.

"아버지, 저도 기뻐요. 마힌다가 벌써부터 행운을 가져다주는군요."

"데비야, 마힌다를 한번 안아보고 싶구나."

데바는 아기를 안고 방 안을 한 바퀴 돌았다. 아기가 낯선 데바를 보고는 미간을 찌푸리며 울상을 지었다. 그러자 데바가 얼른 데비에게 아기를 건네주었다.

"아버지, 순행은 언제 떠나요?"

"그건 비밀이란다. 내 생각으로는 한 달 이내에 떠날 것 같다. 빠딸리뿟따에서 온 선봉대장이 먼저 지형을 정찰하러 떠났단다."

데바 부인이 말했다.

"이 모든 행운은 산치 동산 사원에서 사문님들이 우리 가족을 위해 기도한 덕분이에요. 데비야, 그렇지 않니?"

"네, 어머니. 저도 그렇게 생각해요. 사문님들이 기도를 하면 다 이루어졌어요."

붓다의 사끼야족 후예다운 말이었다. 조상 가운데 고따마 붓다가 계셨다는 것을 긍지와 자랑으로 여기는 사끼야족 후손들이었던 것이다. 데바가 산치에 개인 사원을 세운 것도 조상 중에 불세출의 위인 고따마 붓다를 흠모해서였다.

데바가 내성 저택으로 돌아간 뒤 궁중 제관이 또 왔다. 시프라강 강물에 몸을 오랫동안 적시며 기도해 온 궁중 제관들 중에서 나이가 가장 많은 제관이었다. 아소까가 옛 아완띠국의 부왕이 된 이후 모든 정사를 낱낱이 상의해 온 측근 제관이기도 했다.

"부왕비님, 부왕님께서 가보라고 해서 왔습니다. 마헨드라 왕손님은 어떻습니까?"

"덕분에 마힌다는 무탈합니다."

데비는 일부러 '마힌다'에 힘을 주어 말했다. 마힌다가 왕가에서 권력을 얻기보다는 평민들과 함께 존경을 받으며 살기를 바랐다. 데바 부인은 아직 데비의 마음을 알지는 못했다. 그렇다고 하더라도 아기 이름이 마헨드라보다는 마힌다가 더 친근한 것은 사실이었다.

"제관님, 마힌다가 더 사랑스럽지요?"

"웃제니 사람들이 좋아할 만한 이름이오."

"그래서 우리는 마힌다로 부르기로 했어요."

"아, 그런지 몰랐소."

늙은 궁중 제관은 바로 아기 머리에 손을 얹고 축원을 시작했다. 아기가 병 없이 건강하게 자랄 것과 훗날 마우리야왕국에 영광을 더하는 왕손이 되어달라는, 지난번에 축원했던 내용과 똑같은 내용이었다. 그래도 데바 부인은 데비와 달리 고마워서 궁중 제관을 정중하게 예우했다.

"짜이를 드시겠습니까?"

"달콤하고 따뜻한 짜이는 언제나 좋지요."

늙은 궁중 제관은 데바 부인의 호의를 거절하지 않았다.

"짜이는 인드라 신도 즐겨 마실 것 같아요."

데바 부인의 말이 떨어지자마자 우두머리 시녀가 베란다로 나가 짜이를 토기잔에 담아 들고 들어왔다. 데비와 데바 부인이 아무 때나 짜이를 마실 수 있게끔 준비해 두고 있었던 것이다. 늙은 궁중 제관은 짜이 한 잔을 마치 귀한 술을 마시듯 조금씩 음미하며 흡족해했다. 짜이가 자신의 콧수염에 묻자 아까워하는 표정을 지으면서 말했다.

"데바 부인, 인드라 신이 내린 차가 있다면 바로 이 짜이일 것이오. 하하하."

궁중 제관이 크게 웃는 바람이 아기가 놀랐다. 고개를 젖히면서 울음을 터뜨렸다. 그러자 궁중 제관이 도망치듯 뒤뚱뒤뚱 방을 나갔다. 늙은 궁중 제관의 우스꽝스러운 모습에 데비가 웃었다.

다음 날 오후. 데바 저택의 하인은 어김없이 별궁으로 비베까난다 사문을 데리고 왔다. 데바 부인은 비베까난다 사문을 웨디사나가라 농원으로 초대하여 공양을 올린 적이 있지만 데비는 처음으로 상면했다. 데바 부인과 데비가 베란다까지 나가 비베까난다 사문을 맞이했다.

"나마스떼!"

비베까난다 사문은 하인이 베란다 입구에 갖다 놓은 항아리의 물로 손과 발을 씻은 뒤 방으로 들어왔다. 데비가 비베까난다 사문에게 두 손을 모아 합장하면서 말했다.

"사문님을 뵙게 되어 너무나도 기쁩니다."

"부왕비께서 초청해 주시어 감사드립니다."

비베까난다 사문이 합장한 손을 이마까지 올렸다. 데비는 비베까난다 사문이 말할 수 없이 자애롭다는 것을 느꼈다.

"멀고 먼 옛 앙가국에서 오셨다는 얘기를 들었습니다."

"앙가국의 수도 짬빠성에서 왔지요."

"짬빠성이라면 다르마 왕비님의 고향이군요."

"그렇습니까? 고따마 붓다의 제자 소나 꼴리위사의 고향이기도 합니다."

비베까난다는 데바 부인과 데비를 위해 짧은 설법을 했다. 설법은 붓다와 소나 꼴리위사의 일화였다.

소나는 몇 년을 쉬지 않고 정진에 정진을 거듭하였다. 그러나 깨달음을 얻기란 쉽지 않았다. 소나는 비탄에 빠졌다.

'애를 써도 이루지 못할 바에야 차라리 집으로 돌아가 착한 일을 하면서 복을 짓고 사는 게 낫지 않을까.'

소나는 집으로 돌아갈까 하고 심각하게 고민했다. 그때 붓다가 소나의 마음을 알고서 말했다.

"소나여, 너는 세속에 있을 때 비파를 잘 탔었다지?"

"네, 그랬습니다."

붓다는 잠시 침묵한 뒤 소나를 타이르듯 말했다.

"네가 비파를 타려고 줄을 고를 때 너무 조이면 어떻더냐?"

"소리가 잘 나지 않습니다."

"줄을 너무 늦추었을 때는?"

"그때도 잘 나지 않습니다. 줄을 너무 늦추거나 조이지 않고 알맞게 잘 골라야만 맑고 미묘한 소리가 납니다."

"그렇다. 너의 정진도 그와 같이 해야 한다. 너무 조급히 하면 들뜨게 되고 너무 느리게 하면 게으르게 된다. 그러므로 알맞게 하여 거기에 너무 집착하지도 방일하지도 말아라."

순간 소나는 머리에 벼락을 맞은 듯 충격을 받았다. 깨달음을 얻지 못한 이유는 다른 데 있지 않고 바로 자기 자신의 태도에 있었던 것이다.

비베까난다 사문은 설법을 마치고는 아기의 머리에 손을 얹고 축원했다. 아름다운 소리를 내는 비파와 같은 사람으로 성장하기를 바라며, 어른이 되어서는 무슨 일을 하든 집착하지 말

고 또한 방일하지 말라는 내용으로 축원했다. 데비는 비베까난
다 사문의 축원에 감동하여 눈물을 흘렸다. 마힌다가 아름다운
소리를 내는 비파와 같이 성장해서 어른이 되기를 바라는 축원
이었던 것이다.

3장

순행 정찰조의 수난

아소까 부왕이 옛 수나빠란따국으로 순행을 가기 전이었다. 늙은 선봉대장은 한 달 전에 미리 지형정찰을 떠났다. 정찰조는 열 명으로 단출했다. 선봉대장이 직접 군사를 선발했다. 모두가 젊고 무예가 출중했다. 늙은이는 선봉대장과 하인 길잡이뿐이었다. 길잡이는 옛 수나빠란따국으로 가는 상인들을 여러 번 안내한 적이 있는 데바의 말먹이꾼 출신이었다. 지금은 상인들에게 길잡이 노릇을 하면서 살았다. 웃제니를 떠난 선봉대장은 나이와 체력 때문에 강행군하지는 못했다. 서남쪽으로 가다가 작은 마을이 나타나면 땅거미가 지기 전이라도 숙영하곤 했다. 길잡이 하인은 숙영할 때마다 선봉대장에게 다가와서 지리를 설명했다.

"옛 수나빠란따국 동쪽으로는 깔링가국이 있고, 동남쪽으로 안다라국이 있고, 남쪽으로는 꽁까나국이 있습죠. 옛 수나빠란따국 사람들은 얼굴이 숯덩이처럼 검은데 특히 숩빠라까 항구에는 진귀한 보석이나 구슬을 많이 가진 상인 부자들이 많습니다요."

"부자들은 무슨 장사를 하는가?"

"배를 가지고 바다를 건너 이집트나 바빌론까지 가서 귀걸이, 목걸이, 반지, 팔찌, 발찌 등을 팔아 구리나 바다표범 가죽 같은 물건과 바꾸어 온다고 합죠."

"뱃사람들이 많겠군."

"열 사람 중에 일곱 사람은 배를 타고 무역을 하는 뱃사람입니다요."

"배를 타고 무역을 한다는 것은 위험한 일이지."

"그렇습죠. 수나빠란따국은 남쪽을 빼고는 사막과 습지가 많아 농사를 지을 수 있는 땅이 적습니다요. 그래서 먹고살기 위해 바다로 나가 장사를 시작한 것입죠. 해적이나 풍랑과 싸우다 보니 사람들이 거칠고 맹수같이 사납죠."

하인은 그곳을 여러 번 다녀온 길잡이답게 모르는 것이 없었다. 선봉대장은 길잡이를 잘 선발했다고 생각했다. 다만 하인의 흠이라면 늙은이로서 민첩하지 못하고 코를 크게 골아서 밤마다 정찰조 군사들의 잠을 방해한다는 것뿐이었다. 정찰조 군사들은 하인 길잡이가 안내하는 대로 이동했다. 강이 나타나면 수심이 얕은 곳을 찾아서 먼 길로 돌아가기도 했고, 사막 같은 황무지를 지날 때는 샘이나 오아시스가 있는 길을 선택했다. 하인 길잡이가 아니면 엉뚱한 곳에서 몇 날 며칠을 미로처럼 헤맬지도 몰랐다. 뿐만 아니라 나무 한 그루 보기 힘든 황무지 길을 잘못 들어서면 맹수 떼를 만나 목숨이 위험할 수도 있었다. 굶주린 맹수 떼들이 사람들을 흔적도 없이 먹어치워 버리곤 했던 것이

149

다. 선봉대장은 하인 길잡이를 전적으로 믿었다. 그가 안내하는 길에는 이따금 말을 타고 길게 줄을 지어 가는 대상(隊商)들이 지나쳤다. 대상들이 오간다는 것은 웃제니에서 옛 수나빠란따국으로 가는 지름길이라는 방증이었다. 대상들은 정찰조 군사를 보고 몹시 긴장했지만 도둑이 아니라는 것을 확인하고는 음식과 마실 물을 내주고 갔다.

웃제니를 떠난 지 닷새만이었다. 정찰조는 벌써 옛 수나빠란따국으로 들어와 숩빠라까 항구 쪽으로 가고 있었다. 군사 한 명이 앞서가다가 돌아와 선봉대장에게 보고했다.

"강이 있습니다. 강을 건너려면 북쪽으로 올라가 건너야 할 것 같습니다."

선봉대장은 옆에 있는 하인 길잡이에게 물었다.

"보고가 맞는가?"

"예, 사바르마티강입니다요. 군사의 보고대로 수심이 얕은 곳을 찾으려면 북쪽으로 올라가야 합죠. 사바르마티강만 건너면 바로 숩빠라까입니다요."

하인 길잡이가 선봉대장이 더 묻지 않는데도 숩빠라까 항구도시의 특징에 대해서 설명했다. 숩빠라까는 부자들만 사는 상업도시였다. 저절로 형성된 도시가 아니라 상인들이 필요에 의해서 만든 일종의 계획도시였다. 숩빠라까 도시 좌우에는 부가보강과 사바르마티강이 북쪽에서 남쪽 바다로 흘렀는데, 강물은 인공수로를 통해 저수조에 갇히거나 숩빠라까 도시를 관통해서 흘렀다. 따라서 상인들의 배가 숩빠라까 도심까지 들어가서 정박하거나, 배를 수리하는 도시 안의 조선소로 갈 수 있었다. 선봉대장이 하인 길잡이에게 또 물었다.

"숩빠라까는 왜 바닷가에 있지 않고 강 옆에 있는가?"

"저도 처음에는 이해를 못 했습죠."

"이유가 있다는 말인가?"

"예, 대장님. 숩빠라까가 길쭉한 자루 같은 강 옆에 있는 이유가 있습죠."

"해적들 때문인가?"

"아닙죠. 해적들 때문이라면 바닷가나 강이나 마찬가지입죠. 해일 때문입니다요. 바닷가에 해일이 덮치면 배고 사람이고 간에 모든 것을 하나도 남김없이 쓸어가 버립죠. 그래서 도시가 강 옆으로 올라간 것입니다요."

"그럴 수 있겠군."

뭍에서만 살아왔던 선봉대장은 숩빠라까 도시가 강 옆에 만들어진 이유를 그제야 이해했다. 숩빠라까는 해항(海港)이 아니라 강항(江港)인 셈이었다. 선봉대장이 이끄는 정찰조 군사들은 잠시 쉬었다가 다시 북쪽으로 걸었다. 강을 따라 위쪽으로 올라갈수록 사막이나 다름없는 황무지가 나타났다. 나무가 드문드문 서 있을 뿐 풀밭은 찾아보기 힘들었다. 말먹이를 찾으려면 빨리 벗어나야 할 황무지였다. 바다 쪽에서 뜨거운 열풍이 불곤 했는데 흙바람으로 바뀌어 눈을 아프게 했다. 그래도 강을 낀 곳에 신기하게도 사람 사는 마을 몇 개가 보였다.

"근처 마을에서 배를 빌려 타고 강을 건너갈 수 있는 방법은 없는가?"

"마을에는 숨빠라까에 사는 부자들의 하인만 살고 있습죠. 부자들이 장사하는 보석을 가공하는 천민들인데 성질이 흉악해 잘못하면 낭패를 볼 수 있습니다요."

"그래서 이들을 피해 가고 있는 것인가?"

"예, 마을 사람들은 무기를 가지고 있습니다요. 보석을 훔치러 오는 해적을 막기 위해서죠."

서쪽 하늘에 노을이 나타났다. 노을은 순식간에 화염처럼 번졌다. 새들이 바람에 날리는 불티처럼 어지럽게 하늘을 날았다. 선봉대장이 정찰조에게 지시했다.

"숙영지를 찾아라."

"언덕이 하나 있습니다. 그곳이 안전할 것 같습니다."

"그곳이라면 마을이 없어서 안전합죠."

하인 길잡이가 정찰조 군사의 보고에 동조했다. 선봉대장은 강물 소리가 들리는 언덕 밑에 정찰조 군사들을 풀었다. 정찰조 군사들은 수통에 강물을 떠온 뒤 화톳불을 피웠다. 뜨거운 물에 보릿가루와 소금을 넣으면 한 끼가 되었다. 화톳불 연기가 사바르마티강 너머로 퍼졌다. 선봉대장은 한 끼를 해결하고 나서는 화톳불 옆에서 졸았다. 나이 들어 체력이 약해진 탓에 자리에 주저앉기만 하면 눈을 감았다. 군사 두 명은 좌우로 멀리 나가 경계를 섰고, 나머지 군사들은 강둑으로 말들을 데리고 가서 배불리 수초를 뜯겼다.

달이 잠깐 떴다가 사라졌다. 별이 몇 개 반짝거렸지만 캄캄한 밤이었다. 밤이 깊어지자 정찰조 군사들이 하나둘 화톳불 주위로 모여들었다. 화톳불이 꺼질 무렵에는 모두가 잠에 깊이 떨어졌다. 하인 길잡이가 코를 드르렁드르렁 골았지만 잠을 깬 군사는 아무도 없었다. 그런데 그때 언덕 뒤쪽에서 한 무리의 사람들이 나타나 정찰조 군사들을 덮쳤다. 선봉대장뿐만 아니라 정찰조 군사 모두가 눈 깜작할 사이에 당했다. 도둑 떼나 다름없는 무리였다. 그들은 칼과 몽둥이를 들고 있었다. 하인 길잡이가 선봉대장에게 작은 소리로 말했다.

"언덕 뒤쪽에 새로 마을이 생긴 모양입니다요. 예전에는 없었습죠."

하인 길잡이가 말을 하자, 무리 중에 칼을 든 사람이 다가와서 사정없이 발길질을 했다. 하인 길잡이가 비명을 지르며 나무토막처럼 나뒹굴었다. 선봉대장과 정찰조 군사들은 칼 한번 써보지 못한 채 손이 묶였다. 그 자리에서 움직일 때는 긴 헝겊으로 얼굴까지 가렸다. 하인 길잡이는 다리를 절었으므로 뒤처졌다. 정찰조 군사들은 언덕 뒤쪽 마을로 끌려갔다. 꼭두새벽인데도 마을 사람들이 몰려나와 정찰조 군사들에게 욕을 했다. 마을 사람들이 다 모이자 추장이 말했다.

"이자들은 우리가 잠들기를 기다렸던 도둑놈들이다. 이놈들은 말을 타고 멀리서 온 도둑들이니 죽여도 상관없다.”

하인 길잡이가 애원했다.

“이보시오. 우리들은 숩빠라까로 가는 웃제니 군사요. 부왕님께서 순행하시기로 해서 먼저 온 것뿐이오.”

“이놈아, 통행증도 없이 들어왔으니 도둑놈하고 무슨 차이가 있느냐!”

추장의 발길질에 하인 길잡이가 비명을 지르며 또 쓰러졌다. 이에 군사 한 명이 소리쳤다.

“우리들은 부왕님 명으로 가는 길이다. 너희들은 살아남지 못할 것이다.”

“저 고약한 놈부터 죽여라.”

추장이 지시하자 칼집에서 칼을 꺼내는 차가운 소리가 났다. 정찰조 군사가 끌려가면서 몇 번 고함을 질렀다. 그러나 곧 조용해지고 말았다. 선봉대장은 위험을 느끼고 부하들을 달랬다.

“오해가 풀릴 때까지 기다리자. 반항하지 마라.”

날이 밝아오고 있었다. 헝겊에 빛이 느껴졌다. 선봉대장과 정찰조 군사들은 큰 창고에 갇혔다. 마을 사람 두 명이 창고 문을 지켰다. 아침 일찍 머리카락이 허연 선봉대장과 하인 길잡이만 빼고 나머지 군사들은 모두 끌려 나갔다. 창고 문지기들이 말했다.

“부자 상인들에게 저놈들을 노예로 팔면 제법 받을 거야.”

“저놈들은 바다에서 노를 젓다가 늙어 죽거나 해적에게 붙잡혀 죽겠지.”

“이 늙은이들은 아무도 받아주지 않을 거야.”

선봉대장이 하인 길잡이에게 작은 소리로 말했다.

“우리는 팔려 가지 않을 것이다. 기회를 보아서 도망치자.”

“대장님, 기회가 오겠습니까?”

“뒤로 묶인 손만 풀리게 되면 얼마든지 기회를 만들 수 있을 것이다.”

“도둑놈들이 대장님이나 저를 굶겨 죽일 것 같습니다요.”

그때부터 하인 길잡이가 틈만 나면 입으로 선봉대장 등 쪽으로 가서 두 손을 묶은 끈을 물어뜯었다. 3일 만에 끈이 느슨해졌다. 이제는 선봉대장 혼자서 손가락을 움직일 수 있었다. 마침내 그날 밤 선봉대장은 끈을 풀었다. 뒤로 맨 하인 길잡이의 끈도 느슨해졌다. 뒤에서 손만 빼면 바로 팔을 휘두를 수 있었다. 이윽고 하인 길잡이가 문지기에게 말했다.

“여보시오, 나를 굶겨 죽일 셈이오? 배고파 죽겠소. 물이라도 좀 주시오.”

“너희들은 이래 죽으나 저래 죽으나 마찬가지다.”

문지기 한 명이 창고 안으로 들어와 하인 길잡이에게 잔소리하지 말라고 주의를 주었다. 선봉대장은 그 순간을 놓치지 않았다. 문지기를 발차기로 쓰러뜨린 뒤 재빨리 입을 틀어막았다. 그런 뒤 그의 급소를 주먹으로 때려 기절시켜 버렸다. 선봉대장이 재빨리 문지기의 옷으로 바꾸어 입었다. 창고 문지기로 변장

한 선봉대장이 하인 길잡이에게 쓰러져 있는 척하라고 지시했다. 하인 길잡이가 다리를 절룩거리기 때문에 함께 탈출작전을 펼 수는 없었다.

"손을 뒤로 하고 옆으로 누워 있거라."

"예, 대장님."

잠시 후 선봉대장이 창고 문을 두드렸다. 창고 문지기가 또 들어와 살피더니 코를 벌름거리며 쓰러져 있는 하인 길잡이에게 다가가려고 했다.

"내일 아침에는 추장님께서 너희들에게 자비를 베풀려고 했는데. 또 한 놈은 어디 있는 거야?"

그때 선봉대장이 또다시 창고 문지기를 가격해 쓰러뜨렸다. 그제야 하인 길잡이도 문지기 옷으로 갈아입었다.

"저놈들을 죽여버리고 가는 것이 안전하지 않겠습니까요?"

"저놈들이 깨어났을 때 우리는 벌써 이곳을 벗어나 있을 것이다."

"자비는 대장님께서 베푸십니다요."

"자, 어서 여기를 빠져나가자."

두 사람은 문지기의 칼을 빼앗아 옆구리에 차고 밖으로 나왔다. 마을 입구 추장의 집에는 말 한 마리가 말뚝에 묶여 있었다. 말먹이꾼 출신인 하인 길잡이가 말을 살살 달래가며 끌고 나왔다. 말에 먼저 올라탄 하인 길잡이가 말고삐를 쥐었다. 선봉대장도 말 등에 날렵하게 뛰어서 탔다. 두 사람은 뒤도 돌아보지 않고 웃제니를 향해서 달렸다. 한참 만에 아침 해가 떠올랐다. 두 사람은 땀을 비 오듯 흘렸다. 쏜살같이 달리는 말도 안개와 땀에 젖어 갈기와 목덜미가 축축해졌다.

해적 소탕

아소까는 선봉대장의 보고를 받고는 분기탱천했다. 사바르마티 강 강변 해적촌에서 겨우 탈출해 온 선봉대장을 나무라기보다는 자신의 권위를 손상한 해적들을 몰살시켜 버리겠다고 분개했다. 아소까는 큰소리를 몇 차례 더 지른 뒤에야 진정했다. 선봉대장은 숩빠라까 항구까지 정찰하지 못하고 돌아온 자신을 자책했다. 숩빠라까 항구까지 가서 유명무실한 그곳의 왕을 만나고 와야 했지만 그러지 못했던 것이다. 선봉대장은 해적촌 부근에 숙영지를 삼았던 것과 군사들의 경계소홀에 대해 아소까 앞에서 거듭 뉘우쳤다. 그러나 아소까는 측근 심복인 늙은 선봉대장을 위로했다.

"다른 사람보다 대장을 잃었다면 나는 실망이 더 컸을 것이오. 지금 대장이 내 옆에 있으니 그나마 위로가 되오."

"부왕님, 예부터 작전에 실패한 장수는 용서할 수 있어도 경계에 실패한 장수는 용서할 수 없다고 하였습니다. 소장은 한밤중에 경계군사들과 함께 잠을 자버린 실수로 임무를 완수하지 못했습니다."

"경계를 섰던 정찰조 군사들의 잘못이 크오. 그런데 정찰조 군사들은 이미 해적들에 의해 대가를 치렀소."

"아닙니다. 소장을 문책하여 주십시오. 소장은 빠딸리뿟따로 돌아가겠습니다. 이제는 늙어서 부왕님을 잘 모실 수가 없습니다."

"아니오. 이번 정찰이 실패한 것 같지만 사바르마티강 강변에 해적촌이 있다는 것을 발견한 것은 큰 성과요."

아소까가 선봉대장의 정찰 실패를 문책하기는커녕 용서해주자 경비대장과 호위대장도 한마디씩 거들었다.

"선봉대장님, 소장이 더 잘 모시겠습니다. 소장은 대장님께 아직도 전략과 전술에 대해서 배울 것이 많습니다."

"웨디사나가라 지형정찰 때 저는 호위대장으로서 작전상 용의주도하지 못했는데 대장님께서는 치밀하셨습니다. 그러니 부왕님 곁에 더 계셔야 합니다."

선봉대장은 아소까가 주재한 대장회의에서 지형정찰 실패에도 불구하고 유임되었다. 다만 순행시기 문제는 대장들끼리 이견이 생겼다. 호위대장은 건기가 곧 끝나니 다음 해 건기 때로 순행을 늦추자고 말했다.

"지금 순행하신다면 돌아오실 때는 혹서기일 것입니다. 혹서기 더위는 맹수보다 무섭습니다. 그렇다고 밤에만 행군할 수도 없는 일입니다. 며칠 만에 부왕님과 군사들은 지쳐버릴 것입니다."

그러나 경비대장은 이동을 빠르게만 한다면 혹서기가 막

시작하기 전에 돌아올 수 있다고 말했다.

"기병만 차출해서 순행하면 얼마든지 이동기간을 단축할 수 있습니다. 혹서기가 시작되기 전에 웃제니로 돌아올 수 있습니다. 더구나 선봉대장께서 발견하신 해적촌은 그대로 둘 수 없습니다. 응징을 철저하게 해야만 우리 상인들의 장삿길도 안전하고 피해가 없을 것입니다. 그러니 순행 길에 해적촌을 불살라 버려야 합니다."

아소까는 해적촌을 불살라 없애버리자는 경비대장의 말에 공감했다. 정찰조 군사를 노예로 팔아넘기고 지형정찰을 방해한 죄를 묻지 않을 수 없었다. 옛 수나빠란따국은 이미 마우리야 왕국에 복속된 나라인 까닭에 아소까 마음대로 중죄인을 처형하고 재산몰수를 명할 수 있었다.

순행하기 좋은 건기가 끝나가고 있었다. 아소까는 순행을 서둘렀다. 늙은 선봉대장은 제외시켰다. 기병군사로 빠르게 이동할 것이므로 늙은 선봉대장이 동행하기는 무리였다. 대신 선봉대장은 웃제니에 남아 경비대장의 임무를 대리케 했다. 경비대장은 하인 길잡이를 앞세우고 정찰조로 나서고, 호위대장의 군사는 아소까 부왕을 전후에서 호위하기로 했다. 순행 길에 동행할 데바 상인 수장도 선봉대장의 정찰조 군사들이 해적촌에서 불의의 사고를 당했다는 소식을 듣고 분노했다. 하지만 순행 길에서는 그런 사고뿐만 아니라 다른 돌발사고도 얼마든지 발생할 수 있었다. 데바는 아소까를 만나 건의했다.

"저의 산치 사원에는 비베까난다 사문이 계십니다. 기도를 잘하는 사문입니다. 사문을 데리고 가시면 순행 길이 무사할 것입니다."

"사문이 기도해서 순행 길이 무사하다면 마땅히 데리고 가야지요."

마침 비베까난다 사문은 데비 별궁으로 마힌다를 축원해 주러 와 있었다. 데바는 즉시 데비 별궁으로 가서 비베까난다 사문을 만났다. 그런데 비베까난다 사문은 데바가 부탁하자 선선히 허락했다.

"숩빠라까 항구를 가신다고 했습니까? 언젠가 소승이 꼭 순례하고 싶었던 도시입니다."

"잘됐습니다."

"소승은 고따마 붓다의 제자 뿐나 존자님이 교화를 펼쳤던 그곳으로 가서 여생을 마칠까도 생각했었습니다. 그래서 데바 상인 수장님을 따라 내 고향 짬빠성에서 산치까지 내려왔던 것입니다."

"뿐나 존자는 숩빠라까 출신이었습니까?"

"숩빠라까 분이었습니다. 그러니까 뿐나 존자님은 자신이 태어난 고향으로 돌아와 많은 사람들을 불법에 귀의시킨 분입니다."

데바와 비베까난다 사문 간에 오간 이야기를 옆에서 다 들은 데바 부인이 말했다.

"사문님이 기도해 주시면 아무 사고도 일어나지 않을 거예요. 당신 무역 일도 잘 성사될 거예요. 저는 사문님께 감사드릴 뿐이에요."

데바 부인이 고마워하자 비베까난다가 두 손을 이마까지 올리며 합장했다. 데비 역시 순행 길에 비베까난다 사문이 동행한다는 말을 듣고 안도했다. 남편 아소까와 아버지 데바를 위해 날마다 기도해 줄 것이기 때문이었다.

드디어 아소까는 옛 수나빠란따국으로 순행을 떠났다. 지난번에 지형정찰을 떠났던 하인이 다시 길잡이를 했다. 하인 길잡이는 경비대장과 함께 말을 타고 달렸다. 물론 물소 가죽으로 만든 말고삐는 그가 잡았다. 아소까는 일산을 펴지 않은 채 날쌘 전투코끼리를 탔다. 부왕의 권위를 상징하는 일산이지만 속도를 내서 달리려면 펼 수 없었다. 비베까난다는 호위군사의 건장한 말을 타고 정중한 예우를 받았다. 아소까 순행 일행은 밤잠을 줄이면서 서남쪽으로 이동했다. 몇 개의 강을 건너자 옛 수나빠란따국이 나왔다. 사막과 황무지가 이어지고 열풍이 수시로 부는 땅이었다. 하인 길잡이가 경비대장에게 말했다.

"좀 더 아래로 내려가면 큰 강이 나오고 나무와 풀이 자라는 들판이 나옵니다요. 지금 부는 열풍은 혹서기가 되면 흑풍으로 바뀌죠."

"흑풍이 뭔가?"

"검은 모래바람입죠."

"흑서기는 피해야 되겠군."

"그렇습죠. 흑서기에는 풀들이 말라버리고 들쥐들이 피를 토하고 죽습니다요."

멀리 나무들이 드문드문 보였다. 사바르마티강이 황무지 사이로 흐르고 있었다. 하인 길잡이는 스스로 놀랐다. 밤낮없이 달린 끝에 생각보다 훨씬 빨리 사바르마티강이 보였기 때문이었다. 하인 길잡이는 마음속으로 두 번 다시 해적들에게 붙잡히지 않겠다고 다짐했다. 하인 길잡이가 경비대장에게 말했다.

"대장님, 여기서부터는 조심해야 합니다요. 해적촌이 저 위쪽에 있습죠."

"지난번에 우리 군사를 살상한 해적들이 사는 마을이군."

"그렇습죠."

"숩빠라가 왕은 어째서 해적들이 그곳에 사는 것을 묵인하고 있는가?"

"상인들이 먼 바다로 나갈 때 해적들이 길잡이도 돼주고 보호해 주니까 그들에게 터를 내준 것 같습니다요."

"서로 돕고 사는 셈이군. 허나 우리에게 큰 피해를 주었으니 응징을 받아 마땅하지."

경비대장은 손을 들어 뒤따라오는 순행 군사들을 멈추게 했다. 그런 뒤 아소까에게 달려가 말에서 내린 뒤 보고했다. 아소까 뒤에서 군사들을 지휘하던 호위대장도 걸어왔다. 아소까는 코끼리에 탄 채 보고를 받았다.

"이곳에서 숙영해야 될 것 같습니다. 더 가면 해적촌이 가까우니 위험합니다."

"나는 해적촌에서 자고 싶네."

호위대장이 말했다.

"지난번에 우리 정찰조 군사들이 당한 곳입니다. 또 당할 수는 없습니다."

"대장은 생각이 짧소. 해적들을 몰살시켜 버리면 편하게 잘 수 있지 않겠소?"

"예, 알겠습니다."

아소까는 즉시 해적촌 소탕작전을 짰다. 한밤중까지 군사들을 촘촘히 횡대로 배치한 뒤 해적촌으로 들어가 불을 질러 해적들을 몰살시킨다는 작전이었다.

"해적 가족, 짐승들까지 하나도 남김없이 죽이시오."

"한 놈도 살아남지 못할 것입니다."

아소까는 임시 숙영지에 비베까난다 사문, 데바 상인 수장과 함께 남기로 했다. 해가 지자 기온이 빠르게 떨어졌다. 작전 중이므로 화톳불을 피울 수 없었다. 아소까와 비베까난다 사문은 긴 숄을 몸에 둘렀다. 데바는 벙거지 같은 모자를 눌러쓰고 겉옷을 하나 더 껴입었다. 아소까를 지키는 호위군사들은 임시 숙영지 사방에서 경계를 섰다. 달이 중천에 떠서 달빛을 뿌렸다. 순찰을 도는 호위군사 조장의 발걸음 소리가 저벅저벅 가까워졌다가 멀어지곤 했다. 이윽고 해적촌 쪽에서 불길이 치솟았다. 호위군사 조장이 아소까에게 다가와 보고했다.

"부왕님, 해적촌 소탕작전이 성공한 것 같습니다."

"나도 불길을 보고 행운의 여신이 우리 편임을 알았네."

아소까의 예상대로 해적촌 소탕작전은 한 치의 틈도 없었다. 경비대장의 군사들이 마을에 잠입해 불을 질렀고, 호위대장의 군사들은 해적촌 밖에서 은폐하고 있다가 도망치는 해적들을 잡아 죽였다. 해적들은 불길에 타죽거나 뛰쳐나왔다고 하더라도 호위대장 군사들이 휘두른 칼에 맞아 쓰러졌다. 조장 한 명은 해적들의 사지를 찢어 나뭇가지에 걸었다. 수십 채의 해적 움막은 순식간에 잿더미로 변했다. 타다 만 시체들은 누린내를 심하게 풍겼다. 수색은 달빛이 밝아서 용이했다. 그러나 경비대장과 호위대장 군사들은 수색을 하려다가 중지했다. 잔불까지 꺼진 잿더미이지만 열기가 확확 끼쳤다. 호위대장이 경비대장에게 말했다.

"몰살입니다."

"내가 보기에도 개미 새끼 한 마리까지 다 불에 타 죽은 것 같소. 부왕님께 보고하고 오겠소."

"소장은 여기서 더 수색을 하고 있겠습니다."

경비대장은 몇 명의 군사를 데리고 아소까가 머물고 있는 임시 숙영지로 달려갔다. 아소까의 임시 숙영지에도 몇 개의 작

은 불길이 치솟고 있었다. 아소까가 군사들에게 화톳불을 피워
도 좋다고 허락했기 때문이었다. 비베까난다 사문과 함께 화톳
불을 쬐고 있던 아소까가 경비대장을 맞았다. 경비대장이 보고
했다.

"부왕님, 이제 해적촌으로 가셔도 됩니다."

"불길이 치솟는 것을 보고 작전이 성공했음을 알았소."

"단 한 사람도 남기지 않고 응징했습니다."

"웃제니로 돌아가면 포상을 하겠네."

그러자 옆에 있던 데바가 말했다.

"포상금은 제가 후원하겠습니다. 순행 군사들이 강변에 거
주하는 해적을 소탕해 주었으니 상인 수장으로서 얼마나 든든
한지 모르겠습니다."

해적은 바다에만 있지 않았다. 무리 지어 땅으로 올라와 우
기와 건기를 나기도 했다. 그럴 때는 대상들의 물건을 갈취하는
도둑 떼와 다를 바 없었다.

"하하. 그래 주시면 군사들의 사기가 더 오를 것이오. 숩빠
라까에서 그곳 상인 수장을 만나 반드시 성과가 있기를 바라오."

"부왕님이시여, 고맙습니다."

아소까는 숙영지를 해적촌 부근 강가로 옮기라고 명했다.
군사들의 수통에 물을 채워야 했고 내일 아침 끼니를 해결하려
면 강물이 필요해서였다. 잠시 후 아소까 순행 일행은 사바르마
티강 강변으로 숙영지를 이동했다.

납치된 군사의 생환

사바르마티강 강변에서 숙영한 아소까 일행은 마음 놓고 화톳
불을 피웠다. 낮에는 열풍이 불만큼 뜨거웠지만 밤에는 기온이
껑충 떨어져 턱이 떨릴 만큼 추웠다. 일찍 일어난 데바와 비베까
난다도 화톳불을 만들어 줬다. 경계군사들도 경비대장의 허락
을 받아 화톳불을 피워놓고 몸을 녹였다. 아소까 곁에서 시중을
들어온 하인 길잡이가 말했다.

"부왕님, 정찰 나갔던 군사들이 돌아올 시각입니다요."

"해적촌을 불질러 버렸으니 거칠 것이 없겠지."

"해적들이 이곳에서 왕의 군사처럼 위세를 부렸습니다요."

"유명무실한 못난 왕이군."

"왕은 이름만 왕이지 평민이나 다름없습죠."

"수나빠란따국은 우리 마우리야왕조 전부터 아완띠국에 복
속됐던 나라니까. 앙가국이나 까시국, 왐사국, 꾸루국 등의 왕들
도 이름만 왕이지."

마우리야왕국 수도 빠딸리뿟따 주변의 소국들은 이미 마가
다국 때부터 사라지고 없었다. 다만 빈두사라왕이 나라 이름만
남은 소국들을 원만하게 통치하기 위해서 그 지역의 왕손을 왕

으로 내세워 이용하고 있을 뿐이었다. 앙가국이나 왐사국, 아완띠국, 수나빠란따국 등의 왕도 이름만 왕이지 아무런 실권이 없었다. 그것도 반란이나 소요가 일어나면 부왕이나 관리를 파견하여 실권 없는 왕의 예우마저 박탈해 버렸다. 하인 길잡이 말대로 하루 전에 숩빠라까로 들어간 정찰조 조장이 돌아와 아소까에게 보고했다.

"숩빠라까에서 왕을 만났습니다. 사람들은 왕보다는 상인 수장을 더 존경하고 따르는 것 같았습니다."

"군사는 없던가?"

"무기를 든 노비들뿐이었습니다."

"그러니 해적들이 활개 치고 다녔겠지."

"왕과 상인 수장이 사바르마티강까지 나와 부왕님을 영접할 것입니다."

정찰조 조장이 왕을 만나 협의했다기보다는 왕이 먼저 영접하겠다고 나섰던 것이다. 아소까를 만남으로 해서 숩빠라까 사람들에게 자신의 권위를 조금이라도 되찾겠다는 의도였다. 그러나 혈통만 왕손일 뿐이지 어디를 보아도 왕의 권위는 보이지 않았다. 왕의 복장은 평민이나 다름없었다. 왕에게 노비를 주고 물자를 후원하고 있다는 숩빠라까 상인 수장이 오히려 더 위세가 있어 보였다. 왕은 눈곱이 낀 늙은 낙타를 타고 다녔지만 상인 수장은 목덜미와 엉덩이가 반질반질한 말을 타고 있었다.

이윽고 아소까 일행은 사바르마티강을 건너기 시작했다. 순행 군사를 태운 말들이 얕은 강물에 발목을 적시며 경중경중 나아갔다. 강 건너에는 한 무리의 사람들이 아소까 일행을 기다리고 있었다. 아소까 일행이 강 중간쯤에 이르자 악기 연주 소리가 들려왔다. 왕이 데리고 온 악대였다. 데바는 강행군한 탓에 피곤했지만 머리가 맑아지는 느낌이 들었다. 상인들끼리 연회를 가질 때 자주 듣던 연주 소리였다. 낙타를 타고 있는 초라한 사람이 왕이었다. 왕 옆에는 하인 하나가 낙타가 그려진 붉은 깃발을 들고 있었다. 낙타는 사라진 수나빠란따국을 상징했던 문양이었다. 아소까가 강변에 이르자마자 왕이 쫓아와서 무릎을 꿇고 말했다.

"부왕님이시여, 저희를 찾아주시니 영광입니다. 저희들은 부왕님을 편하게 모시고자 정성을 다하겠습니다."

"고맙소. 마우리야왕국에 충성을 다하고 있는 것 같아 만족스럽소."

말에서 내린 아소까가 왕의 손을 잡아주었다. 그의 손은 주름살이 자글자글했고 거칠었다. 이름만 왕이지 평민의 손이었다. 그가 숩빠라까 상인 수장을 소개했다. 숩빠라까 상인 수장도 왕처럼 검은 피부였지만 체구가 왕보다 두 배쯤 컸다.

"숩빠라까 상인 수장입니다."

그러자 아소까가 데바를 돌아보면서 말했다.

"상인 수장은 상인 수장끼리 할 얘기가 많을 것이오. 서로

도울 수 방법을 찾아보시오.”

“뵙기를 고대하고 있었소.”

데바가 먼저 숩빠라까 상인 수장에게 손을 내밀었다. 그때 왕이 아소까에게 머리를 조아리며 말했다.

“지난번에 해적들이 부왕님 군사를 해쳤다는 소식을 듣고 얼마나 놀랐는지 모릅니다. 해적들의 만행을 제가 대신 사과드립니다.”

“해적들이 숩빠라까에 버젓이 산다는 것은 마우리야왕국 수도에서 너무 멀리 떨어진 변방이기 때문이오. 마우리야왕국 대왕님의 은혜가 미치지 못해 생긴 일이니 너무 미안해하지 마시오.”

아소까에게 면책을 받은 왕은 이번에는 공손하게 감사의 말을 했다.

“저희들이 손을 쓰지 못했던 해적들을 소탕해 주신 덕분에 이제부터 숩빠라까 항구는 평화를 되찾을 것 같습니다.”

“해적들이 흉악한 짓을 저지르고 다녔다는데 사실이군.”

“그자들이 광분하면 숩빠라까는 무법천지가 되고 말았습니다. 저희에게 정예군사가 없는 까닭에 당할 수밖에 없었습니다. 오히려 그자들에게 또 다른 해적을 막아달라고 부탁할 정도였습니다. 저희가 거느린 노비들이 무기를 가지고 있긴 했지만 오합지졸에 불과했습니다.”

숩빠라까 상인 수장도 한마디 거들었다.

"그자들이 다른 해적을 막아주어 고맙기는 했지만 너무 많은 돈과 물건을 갈취해 갔습니다. 그래도 그자들을 이용하지 않고는 바닷길 장사를 하기 어려웠습니다."

"병 주고 약 주는 해적들이었군."

"그렇습니다. 해적들은 오래전부터 대대로 숩빠라까에 터를 잡고 살아온 독버섯 같은 무리였습니다."

그제야 아소까는 하인 길잡이의 말을 이해했다. 하인 길잡이가 숩빠라까 사람들이 유독 사나운 맹수처럼 거칠다고 말해왔던 것이다.

왕이 데리고 온 악대는 빈약했다. 고물 같은 악기를 들고 있는 서너 명의 늙은 연주자들은 하나같이 멍하니 무표정했다. 흥이라곤 조금도 없었다. 마지못해 줄이 한두 가닥 떨어진 현악기를 들고 연주하다가 멈추고는 눈을 희번덕거리며 아소까 일행을 쳐다보곤 했다. 숩빠라까 상인 수장이 말했다.

"제가 숩빠라까 도시를 안내하겠습니다."

"고맙소."

아소까 순행단은 숩빠라까 상인 수장을 따라 강변에서 도시로 이동했다. 도시는 남쪽 둔덕과 북쪽 저지대로 나뉘어 있었다. 왕과 부자들은 둔덕에서 살았고, 장사를 하는 평민과 노비들은 저지대에서 살았다. 그런데 북쪽 저지대는 평민들의 주거지와 천민들이 외국으로 팔 물건들을 만드는 상업지구로 나뉘어 있었다. 숩빠라까 상인 수장이 말했다.

"저는 저 둔덕에 살고 있습니다."

둔덕은 저지대보다 조금 돌출됐을 뿐 아주 높지는 않았다. 그래서인지 긴 장대 한 개 정도의 높이로 벽돌을 쌓아 외성처럼 보호하고 있었다.

"둔덕이 있는데 왜 벽돌을 쌓은 것이오? 왕이 거주하는 곳을 아름답게 보이려고 그런 것이오?"

"아닙니다. 강물이 범람할 때를 대비해서 둔덕을 튼튼하게 한 것입니다. 둔덕에 오르면 강과 도시를 한눈에 볼 수 있습니다. 이 길로 가시면 바로 둔덕으로 오를 수 있습니다."

"아니오. 나는 저지대 사람들이 어떻게 사는지 직접 살펴보고 싶소."

아소까는 숩빠라까 상인 수장이 둔덕으로 안내하겠다고 했지만 평민들이 사는 저지대로 가고 싶어 했다. 아소까의 명을 거절할 사람은 아무도 없었다. 왕이 나서서 말했다.

"저지대 도시는 제가 안내하겠습니다."

"앞서시오."

왕은 도시 안의 조선소를 먼저 갔다. 조선소에는 저수조가 붙어 있었다. 저수조는 강물을 끌어들였다가 빼기도 하는 곳이었다. 수리할 배를 도시 안의 조선소까지 오게 하고, 새로 건조한 배를 밖으로 내보내는 시설이었다. 도시 안으로 들어서자 벽돌로 바닥을 깐 공동목욕탕 및 거주지 군데군데 여러 개의 우물과 빨래터, 그리고 사람들이 모여서 운동하는 운동장 등이 조성돼 있었다. 강물이 도시 외곽으로 흐르도록 인공수로가 있고, 거주지의 폐수가 빠져나가는 하수로도 따로 나 있었다. 모든 시설들은 붉은 벽돌로 조성되어 아주 아름답고 견고하게 보였다. 비베까난다는 숩빠라까의 편의시설들이 결코 빠딸리뿟따나 바라나시보다 뒤떨어지지 않는 것 같아 내심 놀랐다. 고따마 붓다 시절에도 이곳 사람들은 난폭하다고 했지만 이처럼 공공시설이 잘 갖추어진 도시에 뿐나 존자가 살았다는 것이 놀라웠다.

아소까 일행은 저지대 도시 중에서 천민들이 사는 거주지로 갔다. 천민들은 상인들이 주문한 구슬 목걸이, 조개를 가공한 팔찌와 발찌, 채색 도자기 등 수출품을 만들기도 하고 마노, 자수정, 상아, 대리석을 가공한 물건들을 좌판에 내놓고 판매를 했다. 아소까는 순행단에게 각자 마음에 드는 공예품을 살 수 있도록 휴식시간을 주었다. 숩빠라까 상인 수장이 데바를 통해 거듭 간청했다. 데바가 아소까에게 다가와 귓속말을 했다.

"부왕님, 숩빠라까 상인 수장이 부왕님을 기쁘게 해드리겠다고 합니다."

"무슨 일이 있소?"

"저도 궁금합니다. 이제 저 둔덕으로 올라가셔야 할 것 같습니다."

아소까는 데바의 권유에 둔덕으로 걸음을 옮겼다. 그제야 숩빠라까 상인 수장이 데바가 아소까의 장인이라는 사실을 알고 더 친근해지려고 다가왔다. 데바와 숩빠라까 상인 수장은 금세 허물없이 장사 이야기를 주고받는 사이로 변했다. 데바가 순행단 일원으로 숩빠라까에 온 것은 대성공이었다.

과연 둔덕에 오르자 숩빠라까 도시가 한눈에 들어왔다. 무엇보다 바빌론이나 이집트로 수출할 물품들이 가득 차 있다는 거대한 창고가 눈길을 사로잡았다. 아소까는 지금까지 보았던 창고 중에서 이보다 더 큰 창고를 보지 못했던 것이다. 비베까난다는 가끔 눈물을 흘리고 다녔다. 고따마 붓다 시절 뿐나 존자의 고향이라는 숩빠라까에 와 있다는 사실이 감격스러웠기 때문이었다. 비베까난다는 감격에 겨워 중얼거렸다.

'아, 뿐나 존자님께서 이곳 고향으로 돌아오시어 성질이 흉악하고 사납고 거친 숩빠라까 사람들을 5백 명이나 불법에 귀의시켰단 말인가? 그 사원 터는 어디쯤일까? 저지대 천민들이 살고 있는 곳이 아니었을까? 나도 산치 사원을 떠나 뿐나 존자님처럼 이곳 사람들을 불법에 귀의시킬까?'

숩빠라까 상인 수장이 말했다.

"부왕님께서 오신다고 해서 연회를 준비했습니다. 바라건대 순행 길의 피로를 푸시고 숩빠라까 도시까지 마우리야왕국 대왕님의 은혜가 충만하기를 바라옵니다. 부왕님께서 해적들을 단번에 제거해 주시니 저희 상인들은 얼마나 고마운지 모르겠습니다."

왕이 말했다.

"저의 궁으로 초대하자니 너무나 초라하여 우리 상인 수장 저택의 연회장으로 모시고자 합니다."

"알겠소. 환대를 잊지 않겠소."

아소까 일행이 숩빠라까 상인 수장 저택으로 들어서는 순간 악대의 연주가 울려 퍼졌다. 왕이 강변으로 데리고 온 허술한 악대와 규모가 달랐다. 모두 젊은 악사들이었고, 한 번도 보지 못했던 이집트와 페르시아에서 수입한 관악기를 들고 나와 연주를 했다. 하인들은 순행단 목에 일일이 향기로운 꽃목걸이를 걸어주어 기쁨을 주었다. 연회장은 웃제니의 궁중 연회장 못지않았다. 크고 화려했다. 진귀한 장식구와 이집트, 바빌론에서 수입한 조각품들이 연회장 가득 진열돼 있었다. 연회가 시작한 직후 왕이 환영사를 짧게 하고 난 뒤였다. 왕에 이어 숩빠라까 상인 수장도 환영사를 했다.

"지금 저 무대 뒤에는 부왕님께서 좋아하실 무엇이 있습니다. 여러분, 무엇이겠습니까?"

순행단을 이끈 경비대장이 말했다.

"부왕님께 선물할 진귀한 보석이오."

"아닙니다. 진귀한 보석보다 더한 것입니다."

왕이 눈을 찡끗하며 말했다.

"우리 숩빠라까의 아리따운 미녀요."

"아닙니다. 부왕님께서 미녀보다 더 바라시는 무엇입니다. 저는 더 이상 묻지 않겠습니다. 부왕님을 한시라도 빨리 기쁘게 해드리고 싶습니다."

숩빠라까 상인 수장은 물건값을 흥정하듯 순행단의 마음을 들었다 놓았다가 했다. 아소까가 궁금증을 참지 못하고 데바를 쳐다보았을 무렵이었다. 숫빠리까 상인 수장이 손을 치켜들자 악대가 다시 흥겨운 연주를 시작했다. 뒤이어 무대 뒤쪽에서 지난번 정찰 나왔을 때 해적들에게 붙잡혀 노예로 팔렸던 군사들이 등장했다. 모두 일곱 명이었다. 경비대장은 그들을 보자마자 무대로 달려 나왔다. 한 명 한 명 껴안으며 축하의 말을 건넸다. 아소까 역시 그들의 손을 잡아주며 몹시 흡족해했다. 숩빠라까 상인 수장이 말했다.

"저는 부왕님의 군사를 노예로 사지 않았습니다. 해적들에게 그런 척했을 뿐입니다. 저는 언젠가 부왕님이 오실 줄 알고 군사들을 저희 저택에서 편하게 머물게 했습니다. 해적들을 소탕시켜 준 부왕님의 은혜를 이렇게라도 갚아야 할 것 같았습니다."

아소까는 숩빠라까 상인 수장의 말을 듣고는 감격했다. 잠시 후 아소까는 숩빠라까에서 이뤄지는 모든 무역권을 그에게 주겠다고 선언했다. 웃제니와 바라나시, 꼬삼비, 빠딸리뿟따 등의 교역은 데바와 상의해 결정하라고도 명했다. 그러자 연회장의 모든 사람들이 박수로 환호했다. 박수 소리는 연회장 밖까지 간간이 터져 나왔다.

붓다의 제자 뿐나

아소까 순행단 일행은 숩빠라까 상인 수장 저택에서 묵기로 했다. 경비대장은 군사 두 명을 데리고 아소까가 묵게 될 방을 미리 가서 점검했다. 방은 크고 이집트와 페르시아에서 수입한 옷장, 책상, 탁자와 의자 같은 가구들의 조각이 정교했다. 목욕탕의 거울은 오만 지방에서 가져온 구리 제품이었다. 크레타섬의 크노소스 왕궁에서 유래한 천장으로 빛이 들어오게 하는 광정(光井)도 보였다.

　연회가 끝나자마자 아소까는 저택 2층 방으로 올라갔다. 상인 수장의 저택은 ㅁ자 형태로 가운데는 정원이었다. 경비대장은 바로 옆에 있는 자신이 머물 방도 살폈다. 아소까의 방보다는 규모가 작았지만 지금까지 보지 못했던 진귀한 장식품들이 많았다. 비베까난다의 방 역시 2층으로 정했다. 나머지 순행단 일행은 대부분 1층에 있는 방을 배정받았다. 데바 상인 수장의 방은 비베까난다 바로 옆에 있었는데, 데바는 바로 방으로 올라가지 않고 숩빠라까 상인 수장과 황금야자수가 우뚝우뚝 서 있는 정원으로 나가 의자에 앉았다. 연회장에서 미처 하지 못했던 이야기를 더 나누기 위해서였다. 보름달 달빛에 황금야자수 이파리들이 반짝였다. 하얀 대리석 의자는 딱딱했지만 팔걸이가 달려 있어 편안했다. 의자에 앉은 채 고개를 약간 숙이면서 데바가 말했다.

"상인 수장들 사이에 만나기 어려운 분이라고 소문났는데 실제로 뵈니 그렇지 않소. 몹시 친절한 분 같소."

"제가 덕이 부족해서 소문이 그렇게 났을 것이오. 손님 접대를 더 잘해야겠다는 생각이 드오. 준비한다고 했소만 오늘 연회는 어떠셨소?"

"부왕님께서 아주 흡족해하셨소. 더욱이 정찰조 군사를 보살펴 주신 것에 대해 저 역시 감동하지 않을 수 없었소."

"해적의 만행이 지나쳐서 그랬던 것이오. 그런데 부왕님께서 오늘 뜻밖의 말씀을 주시니 고맙기 그지없소."

숩빠라까 상인 수장은 좀 전에 아소까가 내렸던 명을 상기하며 말했다. 숩빠라까 안에서 이뤄지는 모든 무역권을 그에게 주었으며 다른 지역의 교역은 데바와 상의해 결정하라고 지시했던 것이다.

"이제 우리는 교역을 함에 있어서 한배를 탄 것이나 마찬가지라오."

"그렇소. 신의를 저버리지 않는다면 우리 앞에 무슨 장애가 있겠소?"

"부왕님께서 직접 명하셨으니 지금보다 더 큰 성업을 이룰 것 같소."

숩빠라까 상인 수장은 데바가 교역 분소를 숩빠라까에 두는 것을 허락했다. 데바 역시 숩빠라까 상인 수장이 웃제니에 교역 분소를 낼 수 있도록 도와주겠다고 약속했다. 이는 마우리야 왕국에 복속된 소국들끼리 교역하는 데 거물급 두 상인 수장이 상생의 첫발을 뗀 셈이었다. 그때 황금야자수 사이로 그림자 하나가 어른거렸다. 데바는 단번에 비베까난다인 것을 알았다. 데바가 일어나서 비베까난다에게 갔다.

"사문님, 무슨 일입니까?"

"저녁에는 아무것도 먹지 않아야 하는데 연회에서 조금 요기했더니 속이 더부룩합니다."

"아, 산책 나오셨군요. 이곳 상인 수장과 함께 있으니 사문님도 합석하시지요."

숩빠라까 상인 수장이 비베까난다를 서서 맞이했다. 데바가 말했다.

"비베까난다 사문님이오. 사문께서는 숩빠라까에 오시고 싶어 했소."

숩빠라까 상인 수장이 목소리를 높여 반색했다.

"사문이시여, 잘 오셨습니다."

"수장님 호의에 감사드립니다."

숩빠라까 상인 수장의 하인이 대리석 의자 가운데에 놓인 탁자에 따뜻한 짜이가 담긴 주전자와 잔을 들고 왔다. 하인이 잔에 짜이를 따르자 재스민 향이 진하게 코끝을 자극했다. 하인이 비베까난다의 말을 듣고는 짜이에 재스민 꽃가루를 넣어 끓였기 때문이었다. 하인은 재스민이 위장의 소화 기능을 돕는다는 것을 알고 있었다. 숩빠라까 상인 수장이 말했다.

"사문이시여, 언제든 숩빠라까에 오십시오. 저희 집이 편안하시다면 방을 내어드리겠습니다."

"아닙니다. 소승은 이곳에 사원 터가 있다면 찾아가서 머물면 됩니다."

비베까난다가 숩빠라까 상인 수장의 호의를 거절하자 데바가 말했다.

"사문님께서는 오늘은 별수 없이 이곳에서 머물지만 원래는 사원이나 사원 터가 아닌 곳에서는 주무시지 않습니다."

"아, 그렇습니까? 사바르마티강 강가에 뿐나라마가 있습니다. 지금은 폐허나 다름없지만."

비베까난다가 '뿐나라마'란 소리에 놀란 듯 벌떡 일어났다. 자신이 흠모했던 뿐나 존자의 이름을 딴 사원이 분명했기 때문이었다.

"정말로 뿐나라마가 있다는 말입니까?"

"저지대 천민들이 사는 곳에 사원 터가 하나 있습니다. 사람들은 뿐나라마라고 부릅니다."

데바는 비베까난다가 순행을 떠나기 전에 자신에게 한 말을 떠올렸다. 기회가 온다면 고따마 붓다의 제자인 뿐나 존자의 고향 숩빠라까에서 여생을 마치고 싶다고 말했던 것이다. 데바

180

가 숩빠라까 상인 수장에게 물었다.

"고따마 붓다의 제자였던 뿐나 존자를 아십니까?"

"전혀 모릅니다. 2백 년 전의 일입니다."

하인들이 큰 청동화로와 숯을 가져와 불을 피웠다. 기온이 떨어지는 밤에 사용하는 화로였다. 화기가 금세 세 사람을 따뜻하게 감쌌다. 하인들이 다시 세 사람 앞에 놓인 잔에 짜이를 따랐다. 숩빠라까 상인 수장이 말했다.

"사문이시여, 뿐나 존자가 어떤 분인지 말씀해 주실 수 있습니까?"

"상인 수장님들을 위해 얘기해 드리겠습니다."

청동화로 불의 열기에다 뜨거운 짜이를 마신 세 사람은 차가워지는 밤공기를 잊었다. 보름달은 중천에 떠서 세 사람을 내려다보고 있었다. 숩빠라까 상인 수장의 검은 얼굴이 달빛에 더욱 번들거렸다. 데바와 비베까난다의 얼굴에 비해 그의 얼굴은 숩빠라까 사람들같이 숯덩이처럼 까맸던 것이다. 황금야자수 이파리들도 달빛을 받아 사금처럼 반짝였다. 이윽고 비베까난다가 설법하듯 합장한 뒤 출가 전의 뿐나 가족 이야기부터 시작했다.

"뿐나는 아버지와 노비 사이에서 태어난 자식이었습니다. 그런 신분 때문에 아버지가 죽자 이복형제들이 뿐나를 멸시했지요."

이복형제들은 뿐나를 무시했을 뿐만 아니라 아버지가 남

긴 유산을 한 푼도 주지 않고 집에서 쫓아냈다. 뿐나는 알거지나 다름없었지만 상인이었던 아버지 친구를 찾아가 일자리를 얻었다. 아버지를 닮아 언변과 수완이 좋은 뿐나는 돈을 모아서 곧 독립했다. 작은 자본으로 전단향나무 장사를 했는데 크게 성공했다. 아버지처럼 해외무역을 해도 될 만큼 자산가가 되었던 것이다. 뿐나는 배를 타고 이집트도 가고 오만이나 페르시아를 다니면서 무역을 했다. 해상무역으로 거부가 된 뿐나의 명성은 꼬살라국 사왓티까지 소문이 났다.

어느 날 꼬살라국 사왓티 상인들이 뿐나를 찾아왔다. 뿐나의 큰 배는 웬만한 파도나 풍랑에도 견디는 상선이었다. 드디어 뿐나는 사왓티 상인들과 함께 배에 교역품을 싣고 숩빠라까를 떠났다. 뿐나로서는 뱃삯도 받고 그들이 가지고 온 꼬살라국의 물품을 값싸게 살 수 있었으므로 일거양득이었지만 이번에야말로 마지막 항해라고 생각했다. 해상무역이 부를 축적하기에는 용이했지만 한번 떠나면 몇 달간의 항해를 견뎌야 하는 고단함, 해적의 출현과 갑자기 맞닥뜨리는 풍랑 등 위험이 곳곳에 도사리고 있기 때문이었다. 상선이 숩빠라까 항구를 떠난 지 며칠 만이었다. 뿐나는 사왓티 상인들과 다른 나라 상인들의 다른 점을 발견했다. 사왓티 상인들은 아침저녁으로 한자리에 모여서 무언가를 소리 내어 읊조리곤 했다. 그날 밤 뿐나는 사왓티 상인들 중에 한 명을 불러서 물었다.

"함께 모여서 무슨 노래를 부르는 것이오?"

"장자님, 노래를 부르는 것이 아닙니다."

고따마 붓다 시절에는 큰 부자를 장자(長者)라고 불렀다. 상인 수장이란 말은 소국들 간에 교역이 아주 활발해지면서 상인들의 연합체가 만들어진 이후에 생긴 호칭이었다.

"그렇다면 무엇을 읊조리는 것이오?"

"고따마 붓다의 가르침을 외우는 것입니다. 저희들은 모두 수닷따 장자의 권유로 고따마 붓다께 귀의한 자들입니다."

뿐나는 수닷따 장자와 소식을 주고받는 사이였으므로 상인들의 말을 믿었다. 뿐나가 물었다.

"고따마 붓다는 어떤 분이오?"

"사끼야족으로 고따마 싯다르타 태자일 때 출가하여 6년 수행 끝에 깨달음을 얻은 분입니다. 생로병사의 괴로움에서 해탈한 분입니다. 그래서 우리들은 생로병사를 초월해 버린 그분을 고따마 붓다라고 부릅니다."

"생로병사의 괴로움에서 해탈할 수 있다고요? 고따마 붓다께서는 어떻게 해탈했다는 말이오?"

"예, 우리들은 오직 고따마 붓다께서만 생로병사의 고통에서 해탈했다고 믿고 있습니다."

뿐나는 자신의 귀를 의심했다. 아무리 부자라 하더라도, 권력이 있더라도, 결코 생로병사를 벗어날 수 없는 법인데 고따마 붓다만이 생로병사를 해탈했다고 하니 놀랄 수밖에 없었다.

"고따마 붓다는 어디에 계십니까?"

"꼬살라국의 사왓티 근교에 있는 제따 숲에서 수닷따 장자가 지어 바친 사원에 머물고 계십니다."

사왓티 상인들로부터 고따마 붓다의 이야기를 들은 뿐나는 자신도 모르게 어느 순간 결심했다. 거래로 정신이 없었던 바빌론에서도 그의 마음은 확고부동했다. 숩빠라까로 돌아가서는 고따마 붓다가 머물고 있는 사왓티로 가기로 작정했다. 고따마 붓다를 한번 만나봐야만 직성이 풀릴 것만 같았다. 몇 달 후 사왓티 상인들과 함께 숩빠라까로 돌아온 뿐나는 곧 자신의 저택과 땅은 믿을 수 있는 친척에게 맡기고 낙타와 말, 배 등은 그동안 자신에게 헌신했던 집사와 충직한 하인들에게 나누어 주었다. 그런 뒤 사왓티 상인들을 따라서 고따마 붓다를 만나기 위해 꼬살라국으로 떠났다. 마침내 뿐나는 사왓티에 도착해서 수닷따 장자부터 만났다. 평소에 소식을 주고받았던 수닷따 장자는 뿐나를 반갑게 맞이했다.

"먼 길을 오시느라고 고생하셨소. 어서 오시오. 사왓티에 교역소라도 내려고 오셨습니까?"

수닷따 장자보다 어린 뿐나가 대답했다.

"아닙니다. 이번에 온 까닭은 장사 때문이 아닙니다. 고따마 붓다의 가르침을 듣고자 왔습니다. 수닷따 장자시여, 저를 소개해 주실 수 있습니까?"

"물론이오. 고따마 붓다께서는 지금 제따와나에 계신다오."

두 사람은 고따마 붓다가 머물고 있는 제따와나로 갔다. 마침 고따마 붓다는 우안거를 나기 위해 제따와나에 와 있었다. 수 닷따 장자의 안내로 고따마 붓다를 친견한 뿐나는 그날부터 제 따와나에서 머물렀다. 빗줄기가 쉬지 않고 퍼부어 사왓티와 제 따와나를 오갈 수 없었다. 붓다의 제자들 중에서 지혜가 뛰어났 던 사리뿟따가 뿐나를 각별하게 배려해 주었다. 붓다에게 들었 던 설법을 밤이 되면 함께 되새겨 보곤 했는데, 뿐나는 쉽게 요약 하고 자기식으로 바꾸어 말하는 재주가 있어 사리뿟따를 놀라 게 했다. 결국 뿐나는 우안거가 끝나기도 전에 탐진치를 여읜 아 라한이 되었다. 드디어 우안거가 끝나자 각자 가고자 하는 곳으 로 떠날 날이 되었다. 그때 고따마 붓다가 뿐나에게 물었다.

"너는 어디로 가려고 하는가?"

"붓다시여, 저는 고향인 숩빠라까로 가서 불법을 전하고자 합니다."

고따마 붓다는 그곳 사람들이 몹시 사나운 기질을 지녔다 고 소문을 들어왔기 때문에 걱정했다.

"뿐나여, 그곳 사람들 중에는 거친 이들이 많다고 하던데, 만약 그들이 너에게 이교도라고 조롱하거나 험담한다면 어찌하 겠느냐?"

"붓다시여, 만약 그런 일이 생긴다면 '숩빠라까 사람들이 착 하구나. 주먹으로 나를 때리지는 않으니 얼마나 착한 사람들인 가' 하고 저는 생각하겠습니다."

고따마 붓다가 다시 물었다.

"뿐나여, 만약 그들이 너를 주먹으로 때린다면 너는 어찌하겠느냐?"

"그때는 '숩빠라까 사람들이 착하구나. 나에게 더러운 흙덩어리를 던지지 않으니 얼마나 착한 사람들인가' 하고 생각하겠습니다."

"만약 그들이 너에게 흙덩어리를 던진다면 그때는 어찌하겠느냐?"

"그때는 '숩빠라까 사람들이 착하구나. 몽둥이로 나를 두들겨 패지는 않으니 얼마나 착한 사람들인가' 하고 생각하겠습니다."

고따마 붓다가 또 물었다.

"그렇다면 뿐나여, 만약 그들이 몽둥이로 너를 두들겨 팬다면 그때는 어찌하겠느냐?"

"그때는 '숩빠라까 사람들이 착하구나. 칼을 가지고 나를 해치지는 않으니 얼마나 착한 사람들인가' 하고 생각하겠습니다."

고따마 붓다는 뿐나의 인격과 전법 의지를 믿고 허락했다. 무엇보다 물이 흐르는 듯 묻는 말에 대답하는 그의 설법 능력이라면 숩빠라까에 가더라도 아무런 문제가 없을 것 같았던 것이다. 고따마 붓다의 예감대로 뿐나는 숩빠라까로 가서 경이롭게 전법을 했다. 예전 자신의 땅을 뿐나라마로 조성한 뒤 우안거 기간에 5백 명을 불법에 귀의시켰다. 5백 명 중에는 해외무역을 할 때 데리고 있었던 집사와 하인들이 대부분이었다. 그런데 뿐나는 우안거가 끝나갈 무렵 알 수 없는 중병으로 눈을 감았다. 불행한 일이었다. 뿐나의 죽음은 숩빠라까에 불교가 일찍 쇠퇴한 이유가 되고 말았다.

바히야 아라한

바다 안개가 몰려와 달을 덮었다. 보름달 둘레에 둥그런 달무리가 졌다. 청동화로 잉걸불이 벌겋게 이글거렸다. 세 사람은 차가워진 밤공기를 들이마시면서도 추위를 느끼지 않았다. 하인들이 간간이 짜이를 따랐다. 짜이에서는 재스민 향이 은은하게 풍겼다. 숩빠라까 상인 수장은 비베까난다 사문의 긴 이야기를 듣고는 놀랐다. 숩빠라까 상인 출신인 뿐나가 고따마 붓다의 제자였다는 사실에 감동을 받았다. 숩빠라까에는 지금도 사바르마티강 강변에 뿐나라마 사원 터가 있는데, 왜 뿐나라마였는지도 알았다. 지명이나 부자의 이름을 빌려 쓴 사원 터이겠거니 했을 뿐 2백 년 전의 일에는 관심이 없었던 것이다. 무엇보다 뿐나가 고따마 붓다를 만나 아라한이 된 사실도 호기심을 당겼다. 숩빠라까 상인 수장이 비베까난다에게 물었다.

"붓다를 뵙기만 하면 아라한이 됩니까?"

"당시에는 그랬습니다. 그래서 우리 사문들은 지금도 붓다의 가르침을 믿고 있습니다."

"아, 고따마 붓다께서 지금도 살아계신다면 얼마나 좋을까요?"

"고따마 붓다께서 가르침을 남겨놓았으니 참으로 다행이지요. 붓다께서도 열반 전에 자기 자신과 진리를 섬으로 삼고 의지하라고 말씀하셨습니다."

짜이를 마시던 비베까난다를 쳐다보며 데바가 말했다.

"섬보다 안전한 곳이 많은데 왜 섬으로 삼고 의지하라는 것입니까?"

비베까난다가 웃었다.

"붓다께서 섬이라고 말씀하신 까닭이 있습니다. 우기 때 들판이 범람하면 섬 같은 산이나 구릉으로 올라가지 않습니까? 그래서 섬이라고 표현하신 것입니다."

비베까난다가 대답하는 사이 데바는 일어났다. 데바 맞은편에서 경비대장이 걸어오고 있었다. 데바가 말했다.

"순찰을 도는 시간인가요?"

"아닙니다. 부왕님께서 여기에 누가 있냐고 물으셨습니다."

"부왕님께서 이곳을 내려다보고 계신 줄 몰랐소. 우리는 사문님의 법문을 듣고 있었소."

경비대장이 돌아서자 숩빠라까 상인 수장이 말했다.

"짜이 한잔하고 가십시오."

"부왕님께 보고 드리고 오겠습니다."

하인들이 재빨리 탁자 하나와 청동화로를 가져왔다. 숩빠라까 상인 수장이 지시를 하지 않았는데도 눈치껏 움직였다. 잠시 후 아소까와 경비대장이 나타났다. 두 사람 뒤로는 무장한 경호군사 네댓 명이 뒤따라왔다. 경비대장이 손짓을 하자 경호군사가 가까이 오지 않고 황금야자수 뒤쪽으로 가서 보초를 섰다. 새로 가지고 온 청동화로 속의 숯덩이들이 이글이글 타올랐다. 열기가 아소까에게 훅훅 끼쳤다. 아소까가 고개를 뒤로 젖히면서 말했다.

"나도 사문의 얘기를 듣고 싶어 왔소."

아소까는 불교에 귀의하지는 않았지만 사문들에게 호감을 가지고 있었다. 어린 시절 한때 스승이었던 목갈리뿟따띳사, 꼬삼비에서 만난 순례승 우빠굽따, 산치 사원에 머물다가 빠딸리뿟따로 간 담마빨라 등도 모두 불교 사문들이었던 것이다. 비베까난다가 말했다.

"부왕이시여, 방금 이곳 출신 뿐나 존자 이야기를 했습니다. 뿐나 존자에 대해서 더 할 이야기는 이제 없습니다."

"부왕님께서 오셨으니, 뿐나 존자 말고 이야기해 줄 이곳 출신 사문은 더 없습니까?"

"사문은 없습니다. 다만 숩빠라까에서 살다가 고따마 붓다의 말씀을 듣고 단박에 아라한이 된 장사꾼이 있습니다."

"장사꾼이 단박에 아라한이 됐다고요?"

"그렇습니다. 장사꾼 바히야 다루찌야는 붓다를 친견한 뒤 바로 아라한이 되었습니다."

숩빠라까 상인 수장이나 데바는 장사꾼 바히야 다루찌야가 어떻게 한순간에 아라한이 됐다는 것인지 궁금했다. 그러나 두

190

사람은 자신들의 호기심을 억누르며 아소까의 말이 떨어지기를 기다렸다. 아소까가 바히야 다루찌야의 얘기에 흥미가 없다면 화제를 돌릴 수밖에 없었다. 아소까가 짜이를 한 잔 다 마시고 나서는 말했다.

"장사꾼이 아라한도 될 수 있는 것이오?"

"아라한이 되는 데 신분은 상관없습니다. 소승이 기억나는 대로 바히야가 어떻게 아라한이 됐는지 말씀드리겠습니다."

비베까난다는 아소까를 의식했음인지 목소리를 가다듬고는 바히야가 걸인이 된 사연부터 이야기했다. 비베까난다의 목소리는 차갑고 축축한 밤공기를 타고 경계군사가 서 있는 곳까지 퍼졌다. 달무리는 좀 전보다 더 크게 원을 그리고 있었다. 비베까난다가 읊조리듯 입을 열었다.

"장사꾼들이 항해하다가 불행하게도 큰 파도를 만났지요. 그리하여 배는 침몰하고 말았습니다. 배에 타고 있던 장사꾼들은 하나둘 죽어갔지요. 그때 유일한 생존자가 한 명 있었는데, 그는 배에서 떨어져 나온 나무판자를 붙들고 있었지요. 그는 나무판자를 붙잡고 표류하다가 가까스로 숩빠라까 항구에 닿았습니다."

구사일생으로 숩빠라까 항구에 나타난 장사꾼이 바로 바히야였다. 그런데 '바히야'란 원래 이름에 '다루찌야'가 붙은 사연은 이러했다. 숩빠라까 거리에 나앉은 그는 알몸뚱이였다. 헤엄을 치기 위해 거추장스러운 옷을 바다에 다 버렸던 것이다. 바히야는 나무판자로 자신의 그곳을 가린 채 사람들이 많이 다니는 거리로 나아가 앉았다. 사람들은 바히야가 나체 수행자인 자이나교 구루인 줄 알고 그릇에 쌀이나 죽을 주었다. 그러면서 나체 수행자 같은 바히야를 칭송했다.

"저 구루는 아라한일 거야."

"아무것도 걸치지 않은 자이나교 무소유 수행자가 분명해."

어떤 사람은 바히야에게 새 옷을 구해 주기도 했다. 그러나 바히야는 옷을 입지 않았다. 옷을 입으면 사람들이 쌀이나 죽을 주지 않을 것 같아서였다. 바히야는 옷을 구걸하는 거지에게 주어버렸다. 그러면서 바히야는 자신이 정말 본래는 아라한이 아니었을까 하고 착각했다. 자신의 그곳을 나무판자로 가리고만 있어도 사람들이 합장하며 존경을 표시하곤 했기 때문이었다. 사람들은 바히야를 존경하여 바히야 다루찌야라고 불렀다. 다루찌야란 '나무 옷을 입은'이란 뜻이었다. 어느새 바히야 다루찌야는 사람들이 자신에게 보시하는 것을 당연하게 받아들였다. 그런데 마하브라흐마는 사람들을 속이면서 사는 바히야를 발견하고는 몹시 안타깝게 여겼다. 바히야가 전생 친구였기 때문에 타락한 그를 바르게 인도할 책임감이 들었던 것이다. 마하브라흐마는 밤중에 바히야를 찾아가 충고했다.

"바히야여, 네가 아라한이라고? 너는 아라한이 되려고 어떤 수행도 한 적이 없지 않은가? 옷을 벗었다고 해서 아라한이 되는 것은 아니잖은가?"

그러자 바히야가 전생 친구 마하브라흐마에게 말했다.

"그래, 나는 아라한이 아니지. 사람들을 속여온 것도 사실이지. 그런데 마하브라흐마여, 너는 이 세상 어디에 아라한이 있다고 생각하는가? 나는 지금까지 아라한의 경지에 오른 사람을 본 적이 없다네."

"내 말을 믿는다면 아라한이 계시는 곳을 알려주지."

"마하브라흐마여, 나를 찾아온 친구의 말을 믿고말고. 알려준다면 나는 바로 그분께 달려서라도 갈 거네."

이에 마하브라흐마가 말했다.

"꼬살라국 사왓티에 고따마 붓다가 계신다네. 그분이 바로 진정한 아라한이시며 완전한 깨달음을 성취하신 분이라네."

비베까난다가 차가운 밤공기를 깊이 들이켜다가 기침을 했다. 그러더니 짜이로 목을 진정시킨 뒤에야 기침을 멈추었다. 아소까는 물론이고 숩빠라까 상인 수장과 데바 모두가 비베까난다의 입을 주시했다. 그러자 비베까난다가 기침을 쿨럭쿨럭 한두 번 더 하더니 바히야가 고따마 붓다를 친견하는 장면을 이야기했다.

"그제야 바히야는 자신의 타락을 깨닫고 고따마 붓다를 친견하기 위해 꼬살라국 사왓티로 향해 달려가기 시작했던 것이지요. 이때 마하브라흐마는 신통력으로서 바히야를 도와 120요자나 되는 거리를 단 하룻밤 만에 갈 수 있게 도와주었지요."

바히야 다루찌야는 전생 친구 마하브라흐마의 도움으로 아침 일찍 사왓티에 도착했다. 때마침 고따마 붓다는 사왓티 거리로 나와 탁발을 하고 있었다. 바히야 다루찌야는 한눈에 고따마 붓다를 알아보고 뒤를 따랐다. 그러다가 틈을 보아 "고따마 붓다시여, 가르침을 주십시오"라고 청했다. 그러나 고따마 붓다는 탁발 중이라고만 대답했다. 바히야 다루찌야는 고따마 붓다에게 더욱 다가가서 애원했다.

"붓다시여, 저는 늙어서 언제 죽을지 모릅니다. 제발 저에게 지금 가르침을 설해주십시오!"

고따마 붓다는 바히야 다루찌야가 120요자나 길을 단숨에 왔다는 것을 이미 알고 있었다. 그러나 몹시 흥분해 있는 그를 보고는 그의 마음이 고요하게 가라앉기를 기다렸다. 그런데도 바히야 다루찌야는 계속해서 끈덕지게 법문을 간청했다. 그래서 고따마 붓다는 할 수 없이 선 채로 법문했다.

"바히야여, 네가 어떤 것을 볼 때 보고 있는 그 자체에 마음을 집중하고 그것을 분명히 인식하거라. 네가 어떤 소리를 들을 때도 듣는 그 자체에 마음을 집중시키고 분명히 그것을 인식하거라. 네가 어떤 냄새를 맡을 때, 혹은 어떤 음식을 맛볼 때, 무엇을 만질 때, 또 네가 어떠한 것을 생각할 때도 너는 항상 그 대상에 마음을 집중시키고 그것을 분명히 인식하거라. 그러나 그렇게 하면서도 그것들이 다 마음의 대상일 뿐임을 알아 거기에 어떤 분별을 일으키지 말고 집착이나 싫어함도 일으키지 말아야 하느니라."

고따마 붓다의 짧은 법문을 듣자마자 바히야 다루찌야는

즉시 아라한과를 얻었다. 기적 같은 변화였다. 곧바로 바히야 다루찌야는 고따마 붓다에게 비구가 되고 싶다고 말했다. 그러자 고따마 붓다는 조건을 달아 허락했다.

"비구가 되고 싶으면 가사와 발우를 비롯한 물품들을 준비해 오거라."

바히야 다루찌야는 바로 물품들을 준비하기 위해 고따마 붓다 곁을 떠났다. 그러나 바히야 다루찌야는 얼마 가지 않아서 어린 송아지를 데리고 있던 암소에 밟혀 죽고 말았다. 바히야 다루찌야의 죽음은 결코 우연이 아니었다. 바히야 다루찌야에게 전생부터 원한을 품고 있었던 귀신이 암소로 변신해 있다가 달려들었기 때문이었다.

고따마 붓다와 비구들은 탁발을 끝내고 제따와나로 향하다가 바히야 다루찌야가 쓰레기더미 위에 죽어 있는 것을 발견했다. 고따마 붓다는 비구들에게 그를 아라한에 합당한 예로써 화장해 줄 것과 그의 유골이 나오면 탑에 안치하라고 말했다. 제따와나로 돌아온 뒤에야 그 이유를 비구들에게 밝혔다. 바히야 다루찌야가 길 위에서 법문을 듣고 즉시 아라한과를 성취했다고 알려주었던 것이다. 그러자 비구들은 어떻게 단 몇 마디의 법문을 듣고 아라한과를 성취할 수 있느냐고 의아하게 생각했다. 이에 고따마 붓다가 말했다.

"아라한과를 얻는 것은 법문을 듣는 횟수와 관계가 없느니라. 아주 짧은 단 한 차례의 법문일지라도 듣는 이에게 참으로 유익했다는 사실이 중요하느니라."

고따마 붓다가 더 이해하기 쉽게 비구들에게 게송을 읊었다.

열반을 이루는 것과 관련 없는

일천 편의 의미 없는 게송을 듣기보다는

단 한 편에 지나지 않을지라도

마음을 고요하게 해주는 게송을 듣는 편이 훨씬 낫다.

숩빠라까 상인 수장이 감동한 나머지 몸을 떨었다. 뿐나 존자와 늙은 장사꾼 바히야 다루찌야가 숫빠리까에 살았다는 사실만으로도 자부심이 마구 솟구쳤다. 숩빠라까 상인 수장은 비베까난다를 쳐다보면서 마음속으로 발원했다.

'숩빠라까 출신인 뿐나 존자를 기리는 뿐나라마를 복원하겠습니다. 고따마 붓다시여, 도와주십시오. 가장 짧은 법문을 듣고 가장 짧은 시간에 아라한이 된 바히야 다루찌야도 추모하겠습니다.'

데바 역시 숩빠라까 상인 수장처럼 감동이 치밀어 올라 달무리를 쳐다보며 마음을 진정했다. 그러나 아소까는 바히야 다루찌야 이야기를 가까이서 듣고도 설마 그런 일이 있을까 하고 반신반의했다. 그러면서 짜이가 담긴 잔을 코끝까지 들어 올렸다. 아소까는 짜이에서 나는 재스민 향에 동물처럼 코를 큼큼거렸다.

데비, 상가밋따를 잉태하다

비구름이 하늘을 순식간에 덮었다. 숩빠라까는 낮인데도 밤처럼 캄캄했다. 경비대장은 살갗을 스치는 축축한 바람을 느끼면서 아소까가 머무는 방으로 올라갔다. 사막에서 불어오는 뜨거운 열풍에 시달리곤 했으므로 습한 바람이 반가웠다. 그러나 경비대장은 숩빠라까를 곧 떠나야 한다고 생각하니 걱정이 앞섰다. 눅눅한 바람은 우기가 사막을 성큼성큼 건너오고 있다는 징후였다. 아소까가 창밖을 바라보고 있다가 경비대장을 맞았다.

"짐들을 챙기시오."

"예, 일행에게 지시하겠습니다."

"올해는 우기가 빨리 오는 것 같소."

"소장은 어제까지도 미처 생각지 못했습니다."

"숩빠라까의 날씨는 알 수가 없소. 바다가 인접해 있으니 그런 것 같소."

아라비아해의 기온이 상승하면서 생긴 비구름은 종종 숩빠라까에 폭우를 뿌렸다. 그런 데다 잠부디빠 중북부의 우기가 서서히 서쪽으로 다가오고 있었다. 아소까의 지시를 받은 경비대장은 곧 방을 나갔다. 이번에는 데바가 아소까 방에 들어왔다.

"경비대장에게 떠날 준비를 하라고 지시했소."

"방금 대장에게 들었습니다."

"무슨 일이 있는 것이오?"

"상의드릴 말씀이 있어 왔습니다."

아소까가 의자에 앉았다. 데바도 탁자 너머 맞은편 의자에 앉으면서 말했다.

"숩빠라까 상인 수장이 우리 정찰조 군사를 보호해 주었으니 우리도 그에게 뭔가를 보답해야 할 것 같습니다."

"내가 그에게 숩빠라까의 교역권을 선물하지 않았소?"

"교역권은 공식화시킨 것뿐입니다. 실제로는 그가 이곳의 교역권을 좌지우지해 왔습니다."

"그렇다면 줄 것이 또 있다는 말이오?"

"이곳 상인 수장은 뿐다라마를 복원하겠다고 말했습니다. 그런데 복원한다고 하더라도 사문이 없는 라마는 빈껍데기에 불과합니다."

"사문을 어디서 초빙해 해결해 준다는 말이오?"

"비베까난다를 이곳에 두고 가면 해결될 일입니다."

"사문이 거칠고 난폭한 이곳에 남으려고 하겠소?"

"옛 앙가국 짬빠성에서 올 때부터 사문은 뿐나 존자가 살았던 숩빠라까에서 여생을 보내려고 했습니다. 그러니 이 뜻을 전하면 아주 행복해할 것입니다."

데바의 말은 사실이었다. 비베까난다는 데바에게 몇 번이나 숩빠라까에서 뿐나 존자가 이루지 못한 전법의 꿈을 펼쳐보겠다고 말했던 것이다. 아소까는 즉시 데바의 뜻에 동의했다.

"비베까난다 사문의 일은 수장님이 결정하시면 됐지, 내가 간여할 일은 아닌 것 같소."

"아닙니다. 부왕님께서 이곳 상인 수장에게 말씀하셔야 더 빛이 날 것입니다."

"데바 수장님 말씀대로 하겠소."

아소까는 자신의 체통을 세워주려는 데바의 마음을 간파했다. 부왕의 명으로 비베까난다가 숩빠라까에 머문다면 그의 위상도 더 올라갈 터였다. 아소까는 경비대장을 시켜 비베까난다와 숩빠라까 상인 수장을 불렀다. 모두가 낮인데도 캄캄한 날씨 때문에 외출하지 않고 방에 있었으므로 금방 아소까 방으로 올라왔다. 아소까가 비베까난다에게 먼저 말했다.

"사문이여, 여기 숩빠라까에 남으시겠소?"

"데바 수장님이 허락해야 합니다. 소승은 산치 사원을 함부로 떠날 수 없습니다."

"데바 수장께서 벌써 허락했소."

아소까가 데바를 쳐다보자 데바가 말했다.

"사문께서는 이곳에서 여생을 보내고 싶다고 말씀하셨습니다. 자, 어찌하시겠습니까?"

"아, 데바 수장님께서 소승의 꿈을 이루어주시는군요."

"아닙니다. 꿈을 이뤄주신 분은 숩빠라까 상인 수장님입니다. 숩빠라까 상인 수장님께서 뿐나라마를 복원하신다고 해서 생각한 것입니다.”

숩빠라까 상인 수장이 놀랐다. 갑자기 뿐나라마에 상주할 사문이 결정되었기 때문이었다. 그는 놀란 채 입을 다물 줄 몰랐다. 잠시 후 숩빠라까 상인 수장이 말했다.

“어느 분께 먼저 감사드려야 할지 모르겠습니다.”

아소까가 말했다.

“데바 상인 수장님께 먼저 감사드리시오.”

데바가 손사래를 쳤다.

“아닙니다. 비베까난다 사문님께 감사드려야 합니다. 그리고 뿐나라마를 복원하시는 이곳 상인 수장님께 감사드려야 합니다.”

아소까가 데바의 말에 맞장구를 치듯 고개를 끄덕였다.

“이곳 사람들이 흉악하고 거칠다고 하니 비베까난다 사문께서 뿐나라마에 머물면서 교화하기를 바라오.”

“부왕이시여, 소승은 뿐나 존자께서 이루시려고 했던 전법의 꿈을 이어받겠습니다. 뿐나 존자께서 요절하지 않고 오래오래 사셨다면 이곳 사람들은 어느 지역보다 유순하고 자애로웠을 것입니다.”

아소까는 흡족한 미소를 지었다. 그제야 하인들이 은쟁반에 포도주와 코코아 음료수를 들고 들어왔다. 어느새 창밖은 검은 장막을 걷어버린 것처럼 밝았다. 창을 투과한 햇살이 유리 항아리에 비쳤다. 유리 항아리 속의 포도주가 붉은 안료처럼 선명하게 드러났다. 숩빠라까 상인 수장이 순서에 없는 건배사를 제의했다.

"부왕님의 건강과 비베까난다 사문의 행운을 위하여!"

경비대장이 아소까에게 다가와 물었다.

"날씨가 좋아졌으니 숩빠라까궁으로 가시겠습니까? 순행단 일행을 위해 환송연을 준비했다고 합니다."

"당연히 가는 것이 좋지 않겠소?"

아소까는 숩빠라까 상인 수장의 저택에만 머물다가 가는 것보다는 초라한 궁궐이지만 왕의 체면을 세워주는 것도 좋은 일이라고 생각했다. 오래전에 수나빠란따국은 마가다국에 복속된 나라지만 그 명맥은 마우리야왕조까지 이어지고 있었다. 빈두사라대왕은 사라진 옛 왕국들의 혈통을 인정해 주었는데 이름만 왕인 그들을 앞세워 통치하는 데 용이했기 때문이었다.

퇴락한 궁궐은 숩빠라까 상인 수장의 저택에서 가까운 고지대에 있었다. 상인 수장의 저택에 비해 궁궐은 처량한 생각이 들 정도로 초라했다. 관리가 안 된 정원은 잡초만 웃자라 있었다. 그래도 벽돌 건물로 된 연회장은 규모가 작을 뿐 기품이 느껴졌다. 입구는 아치형 돔으로 정문 양쪽에는 용 두 마리가 양각돼 있었다. 아소까 일행은 일부만 연회에 참석했다. 작은 무대에는 사바르마티강 강변에서 보았던 늙은 악사들이 현악기를 들고 있었는데, 그때나 지금이나 여전히 무표정했고 무기력했다. 연회장 밖에서는 하인들이 군사처럼 칼을 차고 경비를 섰다. 왕에게 군사를 운용할 만한 재력이 없기 때문이었다. 아소까는 경비대장을 불러 나지막하게 말했다.

"쯧쯧. 군사가 없으니까 해적들이 발호하는 것이오."

"부왕님, 이곳에 군사를 파견하실 의향이 없으십니까?"

"이곳 질서를 무력으로 바로잡는 것은 권장할 만한 방법이 아니오. 그런 방식은 비용도 많이 들뿐더러 오래가지 못하는 법이오."

"그렇다면 무슨 방법이 있겠습니까?"

"경비부대 조장이 이곳에 남아 하인들에게 군사훈련을 시키어 해적들을 막는 것이 좋겠소."

"경비부대 조장에게 지시하겠습니다."

"그렇게 하시오."

술이 몇 순배 돌자 연회가 무르익었다. 아소까가 옆자리에 앉은 왕에게 말했다.

"하인들은 얼마나 되오?"

"집으로 돌아간 하인까지 합친다면 1백 명이 넘습니다."

"하인들을 왜 집으로 돌려보낸 것이오?"

"이곳 상인 수장이 경비를 지원하긴 하지만 제가 감당하기에는 벅찹니다."

아소까는 숩빠라까 상인 수장에게 물었다.

"하인들에게 군사훈련을 시키면 어떻겠소? 해적이 더 이상

발을 붙이지 못할 것이오."

"이곳에는 군사훈련을 시킬 만한 사람이 없습니다. 저로서는 그것이 유감입니다."

"검술에 달통한 나의 경비부대 조장을 남기고 가겠소. 운용비를 지원하겠소?"

숩빠라까 상인 수장이 합장한 두 손을 이마까지 올리며 아소까에게 맹세했다.

"부왕님, 제가 지원하지 못할 이유가 없습니다. 숩빠라까를 지키는 군사가 생긴다면 가장 이득을 볼 사람은 바로 저입니다."

숩빠라까의 왕이 몹시 감격한 나머지 눈물을 흘렸다. 그동안 해적들에게 당한 수모와 피해가 떠올라 자신도 모르게 울컥했던 것이다. 아소까가 왕을 위로했다.

"숩빠라까가 평화로워야 마우리야왕국의 영광도 더하는 법이오. 내가 여기에 순행을 온 이유이기도 하오."

환송연이 끝나갈 무렵, 아소까가 웃제니에서 데리고 온 경비부대 조장을 불러 세웠다. 그런 뒤 연회장에 모인 사람들에게 명했다.

"나는 나의 경비부대 조장을 숩빠라까 군사를 훈련시키는 대장에 임명하겠소! 왕과 상인 수장은 조장을 믿고 협조하길 바라오."

"부왕님 만세!"

연회장에 박수가 터졌다. 마치 사라진 수나빠란따국이 다시 부활한 것처럼 숩빠라까 왕과 상인 수장, 주민 유지들이 환호했다. 젊은 경비부대 조장도 흡족한 표정을 지었다. 웃제니 궁궐에서 경비부대 조장을 하기보다는 숩빠라까에서 훈련대장을 하는 것이 자신에게 더 이익이라고 생각했다. 경비부대 조장은 아소까를 따라온 군사 중에서 누구보다도 야심만만했던 것이다.

이틀 뒤. 아소까 일행은 숩빠라까를 떠났다. 예전의 수나빠란따국 순행은 예상보다도 성공적이었다. 그러나 웃제니에 도착할 때까지는 방심할 수 없었다. 행군 중에 무슨 사고가 발생할지 몰랐다. 다행히 우기는 시작되지 않았고 아소까 일행 가운데 낙오한 군사는 아무도 없었다. 아소까 일행이 웃제니에 도착하자 성문을 열고 호위대장이 달려 나와 맞았다. 그가 말에서 내려 무릎을 꿇고 소리쳤다.

"부왕님, 그동안 성안은 아무 이상이 없었습니다."

성안에서 아소까를 기다리고 있던 군사들과 성민들이 환호성을 터뜨렸다. 아소까는 은근히 데비가 나와 맞아주기를 원했다. 그러나 데비와 아들 마힌다는 아소까 일행이 왕궁으로 들어갈 때까지도 나타나지 않았다. 아소까가 옆에 있는 호위대장에게 물었다.

"부왕비에게 무슨 일이 있는 것이오?"

"아닙니다. 궁 안에 계십니다."

"그런데 왜 나를 환영해 주지 않는 것이오?"

"기쁜 소식이 있습니다."

아소까가 호위대장을 날카롭게 쳐다보며 말했다.

"환영하지 않는 것이 기쁜 소식이란 말이오?"

"부왕님, 부왕비님께서는 아기를 잉태하고 계십니다. 데바 부인께서 알려주었습니다."

"오, 그것이 기쁜 소식이었군!"

아소까는 금세 표정을 바꾸었다. 데비는 시중드는 시녀들과 함께 접견실에 나와 있었다. 마힌다가 접견실 탁자를 붙잡고 아장아장 걸어 다녔다. 아소까는 데비와 마힌다를 보는 순간 순행길의 피로가 일시에 풀리는 것을 느꼈다. 아소까가 마힌다를 덥석 안으며 데비에게 다가갔다. 아소까가 눈치를 주자 시녀들이 접견실을 나갔다. 아소까가 데비의 배를 만졌다. 볼록한 배가 꿈틀거렸다. 마힌다가 아소까의 거칠거칠한 수염을 만지작거렸다.

"데비, 배 속의 아기야말로 나에게 주는 가장 큰 선물이오."

"어제 제관님이 말씀했어요. 딸일 거라고요. 딸이라면 우리가 지어놓은 이름이 있지요."

"당신이 원한 대로 상가밋따로 하시오."

상가밋따는 아소까가 지었지만 데비가 결정한 이름이었다. 아들 마힌다 이름을 지을 때는 몇 날 며칠을 고민했지만 상가밋따는 단 한 번에 합의했던 것이다. 사문을 믿고 의지하는 데비로서는 그보다 정겹고 아름다운 이름일 수 없었다.

4장

두 대신의 모사

빠딸리뿟따는 여전히 활기가 넘쳤다. 강가강을 통해 들어온 이집트나 페르시아의 물품들은 물론 잠부디빠의 토산품들이 외성 저잣거리에 넘쳐났다. 여인들은 까시산 붉고 노란 비단 사리를 화려하게 걸치고 다녔다. 흰색 도티 차림의 청년들은 달리는 수레 안에서 여인들에게 구애하듯 크게 손짓을 했다. 내성이건 외성이건 수백 군데의 화원에 분홍색 부겐빌리아와 노랗고 새빨간 1년생 꽃들이 만발했다. 마두말띠꽃들은 길바닥을 붉게 물들였다. 외국 상인들이 빠딸리뿟따에 들어오면 첫 번째로 눈을 사로잡는 것이 꽃일 정도였다. 그래서인지 히말라야를 넘어온 상인들은 빠딸리뿟따를 '꽃의 성(華氏城)'이라고 불렀다.

다만 활력이 넘치는 빠딸리뿟따 이면에 그늘이 하나 있다면 그것은 빈두사라왕의 오래된 지병이었다. 빈두사라왕은 정복전쟁을 치르면서 생긴 심장병을 앓았다. 병은 나이가 들수록 심해졌다. 심장을 쥐어짜는 듯한 통증이 오거나 갑자기 무기력해지곤 했다. 빈두사라왕의 지병이 재발할 때마다 측근 대신들은 초조해했다. 수년째 왕궁 의원들이 치료해 왔지만 지병이 개선될 기미는 보이지 않았던 것이다.

대신들 중에서도 수상 칼라따까와 제관 라다굽따는 특히
마음을 졸였다. 작년에 수시마가 특별 휴가를 받아 빠딸리뿟따
에 와 있을 때는 더욱 불안해했다. 수시마에게 반감을 품어온 칼
라따까와 아소까를 흠모해 온 라다굽따는 불안할수록 그만큼
더 가까운 동지가 되었다. 몇 년 전만 해도 서로의 저택으로 찾아
가 은밀하게 의논했는데, 작년부터는 왕궁 안에서도 둥근 대리
석 기둥 뒤에 숨어 머리를 맞대고 수군거렸다. 그날도 칼라따까
와 라다굽따는 왕궁 안에서 만나 이야기를 주고받았다.

　　"이러다가 수시마 왕자가 왕궁에 슬그머니 눌러앉아 버리
지 않겠소?"

　　"다르마 왕비님이 가만히 계시지 않을 겁니다. 아소까 왕자
가 웃제니에서 고생하고 있으니 몹시 불공평하다고 여기시지
않겠습니까?"

　　"제관 동지의 말씀을 듣고 보니 조금 안심이 되오."

　　"우리가 있으니 대왕님 마음대로 하시지는 못할 겁니다. 다
르마 왕비님의 눈치도 보지 않을 수 없겠지요."

　　"수시마 왕자가 딱사쉴라로 돌아가지 않으려고 한다는 소
문이 들리고, 대왕님께서는 수시마 왕자에게 왕위를 물려주고
싶어 하시니까 신경이 쓰여 그러지요."

　　두 사람은 맞은편에서 누가 오는 줄도 모르고 얘기를 주고
받았다.

　　"수시마 왕자가 곧 딱사쉴라로 떠난다고 하니 지켜봅시다."

"우리가 수시마 왕자에게 당할 수도 있소. 이번에야말로 서둘러 해결해야 해요."

칼라따까의 해결한다는 말은 아소까를 불러들이자는 뜻이었다. 아소까를 빠딸리뿟따로 불러들인 뒤, 아예 빈두사라왕의 유고 시까지 왕궁에 살도록 모사를 꾸민다는 것이었다. 그러나 두 사람은 그 자리에서 당장 묘수를 찾아낸 것은 아니었다. 아소까의 어머니인 다르마 왕비의 힘을 빌려야 했다.

"아무래도 아소까 왕자를 부르는 것은 다르마 왕비님께서 해주셔야 할 것 같소. 만약 우리가 대왕님께 직접 건의했다가는 눈 밖으로 벗어날 수 있으니까요."

"수상님께서 다르마 왕비님을 한번 만나보시겠습니까?"

"아니오. 다르마 왕비님은 제관님을 더 신뢰하시는 것 같으니 직접 가보시는 것이 어떠하겠소?"

"좋습니다. 그럼 제가 때를 보아 다르마 왕비님 별궁으로 가보겠습니다."

두 사람은 왕궁을 지키는 친위대장을 보고서야 헤어졌다. 친위대장은 두 사람의 동태를 수상히 여기고 가까이 왔다가 돌아섰다. 왕궁 안에서 그런 일이 한두 번이 아니었다. 어쩌면 빈두사라왕이 두 사람을 의심하고 친위대장에게 지시했는지도 몰랐다. 칼라따까가 수시마 왕자를 폄하하고 다닌다는 소문은 신하들 사이에 오래전부터 자자했던 것이다.

며칠 후. 라다굽따는 왕비 별궁으로 찾아갔다. 정원에서 비가따소까를 데리고 있던 끼사락슈미가 라다굽따를 맞이했다. 비가따소까는 키가 훌쩍 자라 제법 의젓했다. 외모는 커갈수록 빈두사라왕보다는 다르마 왕비를 닮아가는 것처럼 보였다. 그러나 라다굽따는 비가따소까가 집착이 유난히 강한 빈두사라왕을 닮은 것 같다고 다르마 왕비에게서 들었던 말이 생각나 하나밖에 없는 아소까의 친동생이었지만 약간은 조심스러웠다. 빈두사라왕은 영토확장이나 여인들에게 지나칠 만큼 끊임없이 집착했던 것이다. 충직한 궁녀 끼사락슈미가 다가와 말했다.

"요즘 왕비님은 아무도 만나지 않으시려고 합니다. 심기가 불편하십니다."

"대왕님 건강이 좋지 않아서인가?"

"그것도 이유입니다만 다른 고민이 있으신 것 같습니다."

라다굽따는 짐작하는 바가 있어서 물러서지 않았다.

"왕비님께 말씀을 드려보게. 지금 잠깐만 뵙고 가겠다고 말이네."

"제관님, 여쭤보겠습니다."

끼사락슈미가 왕비 별궁으로 들어가자 비가따소까가 다가와 말했다.

"저는 어머니께서 왜 아프신지 알고 있어요."

"왕자님, 왕비님께서 아프신 이유가 무엇인가요?"

"제 추측이 아니라 어머니께서 내게 말씀하셨어요."

열 살도 안 된 비가따소까는 어른스러웠다. 라다굽따 마음을 간파하고 있는 것도 같았다. 비가따소까가 말했다.

"어머니께서는 아소까 형님을 기다리시고 있어요. 몇 년째 기다리시다가 병이 나신 거예요. 어머니 꿈은 아소까 형님과 내가 우애 있게 지내면서 대왕님을 가까이서 보좌하는 거예요."

라다굽따는 속으로 혀를 내둘렀다. 비가따소까가 자기 생각을 확실하게 표현하는 태도는 어른과 흡사했다. 아소까와 비가따소까가 형제애를 발휘해서 합심한다면 마우리야왕조의 영광은 길이 빛날 것만 같았다.

"어머니는 제관님을 믿으시니까 반드시 만날 거예요. 조금만 기다려보세요."

"비가따소까 왕자님, 든든합니다."

"든든하긴요. 제관님은 우리 편이죠? 수시마 형님 편이 아니라는 것을 알아요."

"왕자님, 왕궁에서 절대로 그런 말씀을 해서는 안 됩니다."

"왜요?"

"아소까 왕자님이나 왕자님에게 피해가 갈지 모르니까요."

"알겠습니다. 걱정하지 마셔요. 저도 알 만큼 아니까요."

끼사락슈미가 웃으며 다가왔다.

"제관님, 왕비님께서 모시고 오라고 하십니다."

"왕자님, 약속을 지키셔야 합니다."

"제관님, 저는 담마빨라 스승님에게도 절대로 얘기하지 않을 거예요."

비가따소까는 왕비 접견실로 따라 들어오지 않았다. 담마빨라 스승을 만나 산스끄리뜨어와 별자리를 공부할 시간이라며 왕자들 별궁 쪽으로 뛰어갔다. 다르마 왕비는 며칠 동안 누워 있던 환자답지 않게 정갈한 모습으로 라다굽따를 반겼다.

"제관님, 어서 오세요."

"조만간에 아소까 왕자님을 반드시 빠딸리뿟따로 오시게 할 터이니 건강하셔야 합니다."

"아소까만 생각하면 속에서 뜨거운 것이 올라오는 것 같고 한숨이 나와요. 아무리 한숨을 내쉬어도 그저 가슴이 답답할 뿐이지요."

"느긋한 마음으로 기다리셔야 합니다. 대왕님의 마음을 움직여야 되는 일이니까요."

"대왕님 마음을 움직일 수 있을까요?"

수시마를 편애하는 것도 모자라 아소까를 경계하는 빈두사라왕이었다. 그러니 빈두사라왕의 마음이 바뀐다는 것은 불가능에 가까운 일이었다.

"왕비님, 수시마 왕자님이 특별 휴가를 받아 빠딸리뿟따에 왔다가 간 적이 있습니다. 아소까 왕자님도 특별 휴가를 달라고 대왕님께 말씀하십시오."

"그렇게라도 해서 내 아들 아소까가 다녀간다면 원이 없겠습니다."

"대왕님께서 특별 휴가마저 반대하실 이유는 없다고 생각합니다."

"아! 아소까가 빠딸리뿟따로 돌아와 사는 것이 아니기 때문에 대왕님께서 허락하실지 모르겠습니다."

"더구나 웃제니는 아소까 왕자님이 통치를 잘하시어 마우리야왕국의 어느 지방보다 평화롭습니다. 소요나 반란이 사라진 지 오래입니다."

다르마 왕비가 한숨을 길게 내쉬자 끼사락슈미가 찬물이 든 사발을 가져와 바쳤다. 다르마 왕비가 찬물을 들이켰다.

"제관님, 속에서 불 같은 뜨거운 것이 올라올 때는 찬물을 마시곤 한답니다."

라다굽따는 다르마 왕비를 위로했다.

"왕비님께서 아소까 왕자님의 특별 휴가만 허락받으신다면 그다음은 저희들이 책임지겠습니다."

다르마 왕비가 일어서려다 말고 다시 주저앉았다. 라다굽따의 책임진다는 말은 아소까가 웃제니로 돌아가지 않고 빠딸리뿟따에서 가족과 함께 산다는 의미였던 것이다.

"제관님, 믿어도 될까요?"

"왕비님, 최선을 다해보겠습니다."

왕비 별궁을 나온 라다굽따는 왕궁으로 가지 않고 자신의 저택에서 어두워질 때까지 시간을 보냈다. 강가강 쪽에서 시원한 바람이 불어왔다. 강바람이 낮 동안에 뜨거워졌던 대지를 식했다. 왕궁 정원의 나무와 꽃들이 생기를 되찾았다. 내성과 외성을 오가는 사람들의 발걸음도 사뭇 여유로워졌다. 젊은 남녀들이 탄 수레는 속도를 내어 달렸다. 그러다가 수레끼리 부딪치는 가벼운 사고가 나기도 했다. 라다굽따는 천천히 수레를 몰아 칼라따까 저택에 도착했다. 가끔 들렀던 칼라따까 저택이었으므로 지름길을 알았다. 칼라따까가 라다굽따를 귀한 손님처럼 정중하게 맞았다.

"제관이시여, 오늘은 무슨 희소식을 가지고 왔소?"

"왕비님께서 대왕님께 아소까 왕자의 특별 휴가를 허락받겠다고 말씀하셨습니다."

라다굽따는 칼라따까의 저택 2층으로 올라갔다. 칼라따까와 은밀한 대화를 나눌 때마다 사용했던 2층 거실이었다. 칼라따까가 야릇한 표정을 지으며 말했다.

"특별 휴가만 받으면 우리 계책대로 진행되겠지요."

"저도 그렇게만 된다면 그다음은 우리가 책임지겠다고 말씀드렸습니다."

"왕비님이 기뻐하셨겠소. 그러나 왕비님이 원하는 바는 우리와 다르지요. 왕비님은 아소까 왕자와 빠딸리뿟따에서 함께 살겠다는 것이고, 우리는 아소까 왕자를 왕으로 추대하겠다는 것이니까."

"수상이시여, 그것은 수시마 왕자를 딱사쉴라에 묶어두어야만 가능합니다."

라다굽따는 수시마를 딱사쉴라에 묶어두기만 한다면 빈두사라왕도 어쩌지 못할 것이라고 판단했다. 그런데 놀랍게도 칼라따까는 이미 계책을 세워두었다는 듯 미소를 지었다.

"걱정할 것 없소. 수시마 왕자가 특별 휴가를 받아 빠딸리뿟따에 와 있는 동안 딱사쉴라에 부왕 대리로 파견했던 특사가 나의 심복이라오."

"그가 수시마 왕자를 어떻게 움직이지 못하게끔 한다는 말이오?"

"물론 수시마 왕자는 부왕이고 그는 수시마의 명을 받아야 하는 특사일 뿐이오. 그러나 내 심복인 특사는 지금쯤 수시마 통치에 반감을 가진 성민들을 은밀하게 회유하고 매수했을 것이오. 내가 지시만 하면 소요를 일으킬 준비가 되어 있다는 말이오. 소요가 일어났는데 수시마 왕자가 어떻게 이곳으로 오겠소? 설령 대왕님께서 부르신다고 해도 오지 못하겠지요."

"기가 막힌 계책이오!"

라다굽따는 칼라따까를 보면서 무릎을 쳤다. 자신의 심복을 특사로 파견한 것부터 칼라따까의 계책은 한 치의 빈틈이 없었다. 더구나 빈두사라왕은 특사를 신임했다. 칼라따까가 특사를 추천했을 때 조금도 주저하지 않고 지명했던 것이다. 딱사쉴라 부왕 수시마도 마찬가지였다. 특사가 딱사쉴라를 떠나지 않고 날마다 토착 성민들을 만나는데도 의심하지 않았다. 특사는 칼라따까의 지시가 떨어지기만을 기다리고 있었다.

특별 휴가

다르마 왕비는 꼭두새벽 강가강에 나갔다. 머리가 무거운 탓에
한 달 보름 만이었다. 왕족들이 기도하는 가트에는 듬성듬성 작
은 천막들이 설치돼 있었다. 다르마 왕비가 먼저 차가운 강물에
들어갔다. 끼사락슈미도 토기 항아리를 들고 뒤따랐다. 검푸른
강가강은 시바 신의 왕궁이었다. 브라만들은 시바 신이 강가강
에 산다고 믿었다. 들판 너머에서 해가 솟구치려면 더 기다려야
했다. 강 저쪽에는 이미 다른 왕족들이 몸을 담그고 있었다.

다르마 왕비는 강물이 무릎까지만 차오르는 얕은 곳에 섰
다. 그런 뒤 두 손으로 강물을 한 번 얼굴에 끼얹고는 기도를 시
작했다. 빈두사라왕의 지병을 낫게 해달라는 발원을 먼저 했다.
그리고 손자 꾸날라와 아들 비가따소까가 무탈하게 자라기를
빌었다. 마지막으로는 몇 년째 반복하고 있는 기도였다. 아들 아
소까가 빠딸리뿟따로 돌아오기를 기원하는 기도였는데, 다르마
왕비는 자신도 모르게 눈물을 흘렸다.

동쪽 들판에 날빛이 번졌다. 들판의 수수밭과 목화밭이 푸
르스름하게 드러났다. 붉은 놀이 사라지면서 햇살이 부챗살처
럼 퍼졌다. 핏덩이 같은 해가 머리를 내밀자마자 들판은 순식간

에 밝아졌다. 다르마 왕비는 두 손으로 강물을 듬뿍 떠서 얼굴과 목에 묻혔다. 햇살이 강가강까지 달려왔다. 다르마 왕비는 눈이 부시어 잠시 눈을 감았다.

목욕하러 온 성민들이 강물에 첨벙첨벙 몸을 담갔다. 다르마 왕비는 끼사락슈미가 건네준 토기 항아리에 강물을 떠서 머리에 부었다. 푸른 비단 사리가 강물에 젖었다. 다르마 왕비는 다시 붉은 해를 바라보면서 기도했다. 이번에는 아소까를 위한 기도를 먼저 했다. 끼사락슈미가 말했다.

"왕비님, 비가따소까 왕자님은 오늘 여기 오지 못합니다."

"비가따소까도 이제는 내 말을 듣지 않는구나."

다르마 왕비가 실망하여 비가따소까를 원망하는 투로 말했다.

"아닙니다, 왕비님. 왕자님은 대왕님께서 부르시어 왕궁으로 가실 것입니다."

"열 살이 되더니 내 곁을 자꾸 떠나려고 하는 것 같아서 그래."

"왕자 별궁에 계시던 왕자님은 어제 오후까지도 강가강에 갈 거라고 했습니다. 그러다가 어젯밤에 대왕님께서 부르신다는 명을 받고 오지 못한 것입니다."

다르마 왕비는 원망하는 말투를 다소 누그러뜨렸다.

"그렇다면 할 말이 없지만. 꾸날라도 강가강에서 기도한다면 얼마나 좋을까."

"꾸날라 왕세손님은 딱사쉴라에서 언제 오실지 모릅니다."

꾸날라가 수시마를 따라서 딱사쉴라로 간 것은 빈두사라왕의 지시 때문이었다. 빈두사라왕은 꾸날라가 열한 살이 됐을 때 딱사쉴라 부왕 수시마 곁에 있으라고 보냈던 것이다. 꾸날라를 딱사쉴라로 보낸 이유는 다분히 정략적이었다. 빈두사라왕은 아소까의 아들 꾸날라가 딱사쉴라에 가 있으면 아소까를 옹호하는 대신들을 견제하는 데 용이하리라고 판단했던 것이다. 그러니까 꾸날라는 볼모로 가 있는 셈이었다. 그러나 수상 칼라따까는 별로 개의치 않았다. 자신의 심복인 특사가 꾸날라를 얼마든지 보호할 수 있다고 생각했다. 실제로 특사가 빠딸리뿟따로 돌아올 때 수시마를 설득해 꾸날라만 데리고 올 수도 있었다. 게다가 꾸날라의 나이가 아직 어렸으므로 어느 누구도 꾸날라를 경계하지 않았다.

꾸날라의 취미는 빈두사라왕이 생일선물로 준 현악기를 들고 다니며 노래 부르는 것이었다. 꾸날라는 빠딸리뿟따에 있을 때도 왕궁 어디에서나 궁중 정원의 새처럼 곧잘 구슬프게 노래하곤 했으므로 빈두사라왕은 "아, 꾸날라가 노래하는군!" 하고 그의 목소리를 바로 기억했다.

아침 일찍 비가따소까는 왕자 별궁으로 찾아온 친위대장을 따라서 왕궁으로 들어갔다. 빈두사라왕은 비가따소까를 예고 없이 부르곤 했으므로 어린 비가따소까는 놀라지 않았다. 늘상 있어 왔던 일이었다. 빈두사라왕은 수시마와 비가따소까를 편애했다. 아소까처럼 경계하지 않았다. 특별한 이유는 없었다. 다르마 왕비를 많이 닮기는 했지만 자신의 날카로운 눈매를 빼닮은 비가따소까에게 저절로 마음이 갔다. 빈두사라왕은 여러 왕자들 가운데 비가따소까 나이만큼은 정확하게 알고 있었다. 빈두사라왕이 접견실에서 비가따소까를 맞았다. 빈두사라왕이 말했다.

"비가따소까야, 갑자기 너를 보고 싶어서 불렀다."

"대왕님, 부모님이 아들을 보고 싶어 하는 것은 너무 당연한 일입니다."

"오호, 그렇지."

"오늘은 어머님과 강가강에 목욕하러 가는 날인데 대왕님께서 부르시어 취소했습니다."

"너는 어찌 내 마음에 흡족한 말만 하느냐."

"저는 대왕님께서 즐거우시다면 무슨 일이든 할 것입니다."

"너를 보니 또 수시마가 생각나는구나. 수시마 형같이 착한 너를 보니 말이다."

비가따소까가 눈을 둥그렇게 뜨고 말했다.

"대왕님, 저는 딱사쉴라를 통치하시는 수시마 형님과는 비교할 수 없습니다. 형님은 부왕이시고 저는 이제 검술과 승마를 훈련하기 시작한 왕자에 불과합니다."

"그렇지. 왕자라면 누구나 검술과 승마를 열 살 때부터 시작하지."

빈두사라왕이 탁자 위에 놓인 짧은 칼을 들고 말했다.

"나는 이 칼을 너에게 주려고 불렀다. 내가 정복전쟁을 치를 때 사용했던 칼이다. 이제는 피를 잊어버린 칼이다."

비가따소까는 감격해서 접견실 바닥에 엎드렸다.

"칼을 소중하게 간직하겠습니다."

"마우리야왕국을 위해 너무 많은 피를 묻힌 칼이다. 그러나 마우리야왕국의 평화를 가져온 칼이기도 하다. 그러니 칼을 보면서 마우리야왕국을 늘 생각하거라."

"예, 명심하겠습니다."

"일어나거라."

허리띠에 차는 용도의 칼에는 '정의를 실현하는 칼'이라는 명문이 마케도니아어로 쓰여 있었다. 칼은 아소까의 할아버지 짠드라굽따 선왕이 알렉산더 동방원정군을 물리칠 때 노획한 전리품이었다. 알렉산더에게 정의란 곧 통치행위였던 것이다. 빈두사라왕은 똑같은 칼을 두 자루 가지고 있었는데, 수시마에게 먼저 한 개를 주고 남은 칼을 비가따소까에게 선물한 셈이었다. 빈두사라왕이 말했다.

"너는 수시마 형을 도와서 마우리야왕국의 영광을 이어가도록 하거라."

"어머님께서 동생은 형님들을 도와야 한다고 늘 말씀하셨습니다."

"나는 너무 늙었다. 올해 죽을지 내년에 죽을지 모른다. 나는 내 목숨이 이제 끝에 다다랐다는 것을 느끼고 있다."

비가따소까는 깜짝 놀랐다. 너무 놀란 나머지 소리를 지를 뻔했다. 빈두사라왕의 목숨도 목숨이지만 어머니 다르마 왕비의 소원이 이뤄지지 못할 것 같아서였다. 기회가 되면 어머니 다르마 왕비를 반드시 기쁘게 해드리고 싶었던 것이다. 빈두사라왕이 말했다.

"당장 죽는 것도 아닌데 왜 그렇게 놀라느냐?"

비가따소까는 솔직하게 말했다.

"대왕님, 저는 어머님의 소원을 풀어드리고 싶습니다."

"그게 무엇이냐?"

"대왕님께서 수시마 형님과 저를 보고 싶어 하시듯 어머님께서는 아소까 형님을 보고 싶어 하십니다."

빈두사라왕이 이맛살을 찌푸렸다. 그러나 비가따소까는 어머니 다르마 왕비를 위해 용기를 내어 말했다.

"어머님은 아소까 형님이 빠딸리뿟따로 돌아와서 저와 잠깐 동안이라도 함께 살기를 원하시고 있습니다."

"이유가 무엇이냐?"

"저는 형님의 얼굴을 모르고 자랐습니다. 어머님께서 원하시는 것은 아소까 형님과 제가 만나는 것뿐입니다."

"너도 아소까가 보고 싶다는 말이냐?"

"보고 싶습니다. 웃제니와 딱사쉴라 반란을 진압하셨다는 형님을 보고 싶습니다."

"음…."

빈두사라왕이 신음하는 듯한 소리를 내뱉었다.

"어머님 만류로 무산되었습니다만, 제가 웃제니로 내려갈까도 생각한 적이 있습니다."

"어린 네가 가는 것은 위험하지."

빈두사라왕이 도리질을 하면서 또 한 번 더 신음소리를 내뱉었다. 비가따소까가 또 말했다.

"어머님은 대왕님께서 아소까 형님에게 특별 휴가를 내려주시기를 바라고 있습니다."

"그건 수없이 들어왔다. 칼라따까 대신도 말해 왔고."

"수시마 형님도 작년에 특별 휴가를 받아 오셨으니 아소까 형님도 그러셔야 합니다."

빈두사라왕이 태도를 누그러뜨렸다. 수시마와 아소까를 차별하지 말라는 비가따소까에게 반박할 말을 찾지 못했기 때문이었다. 빈두사라왕이 말했다.

"네 뜻이 정말 그러하냐?"

"아소까 형님이 오신다면 어머님은 무엇보다 기뻐하실 것입니다. 나빠진 건강이 좋아지실지도 모릅니다."

"내 아들 비가따소까야, 네 뜻대로 하마. 당장 특사를 웃제니로 보내 아소까 부왕에게 특별 휴가를 주겠다."

왕궁을 나온 비가따소까는 급히 왕비 별궁으로 달려갔다.

강가강에서 막 돌아온 다르마 왕비는 정원을 산책하며 젖은 몸을 말리고 있었다.

"어머님, 대왕님께서 아소까 형님께 특별 휴가를 주시기로 했습니다."

"정말이냐?"

다르마 왕비는 비가따소까의 말을 듣자마자 소리 내어 흐느꼈다. 끼사락슈미도 덩달아 눈물을 흘렸다. 몇 년 동안 마음 졸이며 기도했던 일이 성취된 것 같아서였다.

"오, 강가강에 계신 시바 신께서 들어주셨구나."

"예, 어머님. 강가강에 정말로 시바 신이 사시나 봐요."

"그런데 비가따소까야, 하나를 얻으면 하나를 잃는 법인가 보다."

"무슨 일이죠?"

"이별은 슬픈 거란다. 담마빨라 사문께서 떠나겠다고 하시는구나."

"사문께서는 저에게 더 가르칠 것이 없거든요. 산스끄리뜨어나 별자리 등을 이미 다 배웠어요. 검술이나 승마는 친위대장님께서, 점술은 라다굽따 제관님께서 가르쳐줄 것이고요."

"산치 동산 사원으로 다시 가신다고 하는구나."

"다른 왕자들의 스승이 될 수도 있을 텐데요."

"이곳 왕궁 생활이 힘들다고 하시는데 마냥 붙들 수는 없지 않느냐."

"이별은 슬픈 거지만 어쩔 수 없군요."

"그래, 이별하지 않고 사는 사람이 이 세상에 어디 있겠니. 사람은 누구나 다 이별을 하면서 사는 거란다."

며칠 후. 담마빨라는 빈두사라왕의 명을 받고 웃제니로 가는 특사 일행과 함께 떠났다. 담마빨라가 산치 동산 사원으로 돌아오기를 바란 사람은 상인 수장 데바가 아니라 데바 부인이었다. 데바 부인의 소식을 받은 담마빨라는 비가따소까에게 더 가르칠 것이 없었으므로 즉시 허락했던 것이다. 산치 동산 사원에 머물던 비베까난다가 숩빠라까의 뿐나라마 주지로 가버렸기 때문에 자연스러운 일이었다.

칼라따까와 라다굽따는 회심의 미소를 지었다. 딱사쉴라에 가 있는 심복에게 젊고 날랜 군사를 보냈다. 말고삐를 쥔 군사는 딱사쉴라 성민을 선동하여 소요를 일으키라는 칼라따까의 밀서를 가지고 달렸다. 수시마의 발을 딱사쉴라에 묶어두려는 모사였다. 소요나 반란이 일어나면 빈두사라왕이 명을 내리더라도 수시마는 빠딸리뿟따로 올 수 없을 것이었다.

아소까, 데비와 헤어지다

빠딸리뿟따를 떠난 특사 일행이 웃제니에 도착했다. 빈두사라
왕의 측근인 특사는 빠딸리뿟따 외성을 축조하는 데 총책임자
였다. 외성 경비대장인 특사는 왕궁과 내성 경비대장보다 대왕
의 신임이 더 두터웠다. 그런데 그도 역시 칼라따까 수상에게 매
수된 인물이었다. 빈두사라왕이 총애하는 딱사실라 부왕 수시
마가 특별 휴가를 받아 왔을 때 칼라따까의 지시를 받고 내성과
외성을 드나드는 수시마 가족과 측근 신하들을 일일이 칼라따
까에게 구두로 보고했던 것이다. 웃제니에 도착한 특사는 궁궐
접견실에서 아소까 부왕을 만난 뒤 바로 빈두사라왕의 목간 명
령서를 내밀었다.

"부왕님이시여, 대왕님의 명입니다."

대왕의 목간 명령서에는 아소까가 특별 휴가를 받아 빠딸
리뿟따에 와 있는 1년 동안 특사가 부왕을 대신하여 웃제니를
통치한다는 내용이 적혀 있었다. 아소까는 '아, 빠딸리뿟따의 모
든 것이 그립구나!' 하고 마음속으로 외쳤지만 기쁜 표정은 숨
겼다.

"대왕님은 안녕하시오?"

"지병으로 편치 않으십니다."

특사는 또 한 개의 목간을 내밀었다. 칼라따까가 보낸 목간이었다. 목간에는 특사를 신뢰해도 좋다는 내용이 담겨 있었다. 아소까는 칼라따까의 심복이 아니라도 군사를 지휘해 온 대장 출신이므로 웃제니를 1년 동안 맡겨도 무리가 없겠다고 판단했다.

"대왕님을 문병하고 싶었는데 특별 휴가를 받아 다행이오."

"대왕님께서 부왕님을 보시면 위로가 되실 것입니다."

"수시마 형님이 계신다면 더 위로를 받으시겠지요."

특사는 문득 칼라따까가 '대왕님은 수시마 왕자에게 왕위를 넘기려고 하지'라고 했던 말이 떠올라 잠시 침묵했다.

"수시마 형님께서 빠딸리뿟따 왕궁에 계신 동안 아무 일이 없었소?"

"겉으로는 조용했습니다."

"문제가 있었다는 말이오?"

"수시마 왕자님이 빠딸리뿟따에 남아야 한다고 빈두사라대왕님께 건의하는 신하들이 있었습니다. 그래서 수시마 왕자님께서는 딱사쉴라로 떠나시지 못할 뻔했습니다."

"칼라따까 수상이나 라다굽따 제관이었소?"

"그분들은 아닙니다. 수시마 부왕비님을 따르는 신하들이었습니다."

아소까의 얼굴이 잠시 어두워졌다. 형수인 부왕비를 부추기어 수시마를 왕으로 옹립하려는 신하들이 병고에 시달려온 빈두사라왕 주변에 있다는 특사의 보고 때문이었다. 빈두사라 왕이 아직 건재한데 있을 수 없는 망측한 일이었다. 뿐만 아니라 이는 어린 시절부터 사이가 좋았던 수시마와 자신을 이간질하는 모사이기도 했다. 아소까는 장자인 수시마가 당연히 왕위를 이어야 한다고 생각해 왔던 것이다.

"신하들에게 휘둘리는 형수님에게도 문제가 있소. 형님은 욕심이 없는 분인데 말이오."

"그렇습니다. 부왕비님이 대왕님의 총애를 이용하고 있다는 소문도 떠돌고 있습니다."

아소까는 자신을 늘 이중적으로 대하는 형수를 좋아하지 않았다. 겉으로는 친절한 척하면서 혹시나 수시마가 능력이 출중한 아소까에게 왕위를 빼앗기지 않을까 하고 경계했던 것이다. 수시마 역시 아내의 이간질 때문인지 아소까를 어딘지 모르게 멀리할 때도 있었다. 그러나 수시마에 대한 아소까의 호감은 예전이나 지금이나 변함이 없었다.

"형수님은 욕심이 많은 분 같소. 그러나 수시마 형님과 나 사이에는 갈등이 없으니 상관없소. 나는 어린 시절부터 수시마 형님을 따랐소. 수시마 형님의 뜻이라면 무슨 일이라도 나는 도울 것이오."

"두 분 사이를 의심하는 사람은 아무도 없습니다. 다만 부왕비님을 부추기는 일부 신하들이 정신을 차리지 못하고 있을 뿐입니다."

아소까는 특사와 이야기를 주고받으면서 그가 칼라따까의 심복이라는 것을 확신했다. 수시마와 부왕비, 그의 일파를 비난하는 어조로 보아 칼라따까의 측근임이 틀림없었다. 칼라따까가 그를 웃제니 특사로 보낸 이유도 분명했다. 아소까가 빠딸리뿟따에 와 있는 동안 웃제니를 잘 통치할 것이라고 믿었기 때문일 터였다. 아소까는 어머니 다르마 왕비와 동생 비가따소까에 대해서도 물었다.

"어머님과 동생도 잘 있겠지요."

"다르마 왕비님은 부왕님을 보시기만 해도 병석에서 바로 일어나실 것입니다. 비가따소까 왕자님도 잘 계십니다. 특히 대왕님께서 왕자님을 총애하십니다. 부왕님께서 특별 휴가를 받은 것도 비가따소까 왕자님께서 대왕님을 설득하셨기 때문입니다."

"아, 비가따소까 동생이 더욱 보고 싶소."

"아상디밋따 부왕비님도 잘 계십니다."

특사는 아소까의 아들인 꾸날라의 안부는 말하지 않았다. 꾸날라는 첫째 부인 빠드마바띠가 낳은 아들로 그녀가 죽자 둘째 부인 아상디밋따가 키웠는데, 지금은 빈두사라왕의 지시로 딱사쉴라에 가 있었으므로 차마 입 밖에 꺼낼 수 없었던 것이다. 그러나 아소까가 꾸날라를 들먹였다.

"꾸날라는 열두 살이 됐겠군. 열두 살이면 말도 타고 활도 잘 쏘겠지. 나도 그랬으니까. 그런데 꾸날라는 노래를 좋아했다오. 지금도 승마나 활쏘기보다 노래를 좋아하는지 모르겠군."

특사는 아소까가 꾸날라에 대해서 더 묻지 않자 안도했다. 잠시 고개를 돌리고 기침을 하는 척하면서 숨을 길게 내쉬었다.

"특사께서는 오늘은 푹 쉬시오. 내일 이곳 관리들에게 공무를 인계받으시오."

"부왕님, 천천히 인수해도 됩니다."

"아니오. 대왕님의 명이 내려졌으니 나는 모레라도 빠딸리뿟따로 떠날 것이오."

"알겠습니다. 부왕님을 대신하여 웃제니에 아무런 사고도 일어나지 않도록 최선을 다하겠습니다."

"고맙소. 그런데 담마빨라 사문도 특사 일행과 함께 왔다고 들었는데 사실이오?"

"그렇습니다. 사문께서는 데비 부왕비님의 부탁을 받고 왔기에 부왕비님 별궁으로 먼저 가신 것으로 알고 있습니다."

"사문이 왔으니 산치 동산 사원에 수행자들이 모이겠군."

"사문께서는 내일쯤 궁으로 들어와 부왕님께 면담을 요청하지 않겠습니까?"

"알겠소. 먼 길을 왔으니 오늘은 돌아가서 쉬시오. 내일 아침에 웃제니 관리들을 불러들이겠소."

특사가 접견실을 나간 뒤 아소까는 경비대장을 데리고 데비 별궁으로 말을 타고 갔다. 경비대장이 앞서 달려 나가자 경비병들이 재빨리 아소까가 탄 말을 앞뒤로 호위했다. 시프라강 너머에서 뿌연 회오리바람이 일었다. 회오리바람은 버섯 모양의 흙먼지 기둥을 일으켰다가는 허공에서 스러지곤 했다. 흙먼지는 강을 건너와 흩어지기도 했다. 사라졌던 경비대장이 다시 나타나 아소까 옆으로 왔다.

"부왕비님 별궁에 여러 마리의 말과 마차가 있습니다."

"담마빨라 사문도 거기 있다고 들었소."

아소까가 흙먼지 때문에 미간을 찌푸리며 말했다. 마차와 여러 마리의 말이 있다고 해서 경계할 일은 아니었다. 담마빨라가 데비 별궁으로 왔다는 소식에 데바와 데바 부인, 웨디사나가라 농원의 집사 따리시 등이 와 있었다. 따리시가 온 이유는 담마빨라를 산치 동산 사원으로 모셔 가기 위해서였다. 데비 별궁 접견실에 있던 사람들이 아소까를 맞이했다. 따리시만 밖으로 나갔고 나머지 사람들은 아소까가 손짓을 하자 의자에 앉았다. 아소까는 담마빨라에게 먼저 말했다.

"사문이여, 반갑소. 비가따소까 동생을 가르치느라고 수고가 많았소."

"총명한 비가따소까 왕자님과 함께 시간을 보낸 것이 소승으로서는 값진 경험이었습니다."

"산치 동산 사원에 머무신다고 하니 누구보다도 데비 부왕비가 좋아할 것 같소."

"저도 고향 사원에 온 것 같습니다. 이제부터 저는 오직 데바 수장님 가족을 위해 기도할 것입니다."

231

담마빨라는 아소까에게 합장한 뒤 접견실을 나갔다. 따리시는 벌써 말 등에 앉아서 담마빨라를 기다리고 있었다. 담마빨라가 말 등에 오르자, 그때 마힌다와 상가밋따가 시프라강 쪽에서 올라왔다. 마힌다와 상가밋따는 담마빨라를 향해 공손하게 합장했다. 데비를 따라 산치 동산 사원에 몇 번 다녀온 적이 있었으므로 합장 인사가 자연스러웠다. 마힌다와 상가밋따는 곧 데비 별궁 접견실로 들어갔다. 접견실 한가운데 앉아 있던 아소까가 마힌다와 상가밋따를 보더니 대견한 듯 미소를 지었다. 마힌다가 먼저 아소까 앞으로 나아가 무릎을 꿇고 인사했다. 이어서 상가밋따도 마힌다와 같이 고개를 숙였다.

"오! 마힌다야, 상가밋따야. 너희들을 잠시 보지 못할 것 같구나. 나는 1년 동안 빠딸리뿟따에 가 있을 것이란다."

"저는 걱정 마셔요."

아홉 살의 마힌다가 말했다. 그러나 일곱 살의 상가밋따는 슬픈 표정을 지으며 말했다.

"저는 빠딸리뿟따가 보고 싶어요."

"특별 휴가를 받아서 가는 것이니 가족과 함께 갈 수는 없단다."

데바와 데바 부인, 데비는 담마빨라에게 아소까의 특별 휴가 이야기를 전해 들었으므로 모두가 담담하게 듣기만 했다. 데바 상인 수장이 한마디 했을 뿐이었다.

"데비도 갑니까?"

"마힌다와 상가밋따가 아직 어리니까 웃제니에 남아 있어 야겠지요."

사실이었다. 두 남매는 지금도 데비에게 산스끄리뜨어와 베다의 기초를 배우고 있었다. 왕족으로서 기본적인 공부를 하고 있는 중이었다. 데비가 말했다.

"부왕님께서 돌아오실 때까지 기다리고 있겠어요. 다만 이곳을 떠나 산치 동산 사원에서 날마다 기도할 수 있도록 해주세요. 담마빨라 사문님도 오셨으니까요."

"웨디사나가라 농원에 가 있겠다는 것이오?"

"이곳 별궁에 있기보다 농원으로 가 있겠어요. 가족을 위해 기도하기도 하구요."

"아, 미처 거기까진 생각을 못 했소."

데바 부인이 데바를 쳐다보면서 아소까에게 부탁했다.

"부왕님, 빠딸리뿟따에 가 계시는 동안에도 데비와 마힌다, 상가밋따를 잊지 말아주세요."

아소까는 미소로 대답을 대신했다. 이윽고 데바가 부인에게 접견실을 나가자고 눈짓을 주었다. 데바 부인이 마힌다와 상가밋따에게 말했다.

"잠시 나가 있자꾸나."

"예, 내일 또 오겠습니다."

마힌다가 의젓하게 말했다. 데비는 상가밋따가 나가는 것을 보고는 눈물을 흘렸다. 아소까가 빠딸리뿟따로 떠난다는 담마빨라의 이야기를 듣고 나서부터 참았던 눈물이었다. 아소까가 데비에게 다가가 껴안으며 말했다.

"1년이란 시간은 우리에게는 결코 길지 않소. 반드시 돌아오겠소."

"빠딸리뿟따는 이곳과 다를 거예요. 화려하고 분주한 그곳에 가시면 저를 잊어버릴지도 몰라요."

"그런 말 하지 마시오. 한시도 당신을 잊어버리지 않겠소."

그래도 데비가 다시 눈물을 흘리자, 아소까가 자신의 손가락에 낀 반지와 목걸이를 꺼내 그녀의 손에 쥐여주었다.

"이것들을 보면 내가 항상 곁에 있다는 생각이 들 것이오."

아소까는 데비를 더욱 힘껏 껴안았다. 그제야 데비는 눈물을 멈추고 안심했다. 그 순간 데비는 산치 동산 사원에서 아소까를 처음 보았던 날의 가슴 두근거렸던 황홀한 순간이 떠올랐다. 데비는 아소까가 준 반지와 목걸이를 손에 꼭 쥐었다. 반지와 목걸이를 손에 쥔 데비는 반드시 돌아오겠다는 아소까의 약속을 믿었다.

빈두사라왕 알현

빠딸리뿟따에 도착한 아소까는 바로 왕궁으로 갔다. 빈두사라왕을 알현하기 위해서였다. 그러나 아소까는 빈두사라왕을 만나지 못했다. 빈두사라왕의 병이 위중해 우두머리 왕궁 의원과 친위대 군사가 면담을 막았기 때문이었다. 칼라따까와 라다굽따는 옛 마가다국과 앙가국을 순행 중이었다. 빈두사라왕의 안위는 1급 비밀이었다. 대왕의 안위를 발설하면 비밀누설죄로 극형에 처해졌다. 왕권을 수호하고 적국에 불리한 첩보를 주지 않기 위해서였다. 아소까는 접견실에서 한나절을 기다렸다. 친위대장이 다가왔지만 그는 빈두사라왕의 근황을 들려줄 뿐 건강 문제는 일체 말하지 않았다.

"부왕님, 특별 휴가를 받아 오신다는 얘기를 들었습니다."

"대왕님은 어디에 계시오?"

"소장은 잘 모르겠습니다. 왕궁 친위대 군사 일부를 강가강으로 불러서 오전까지 훈련시키고 있었습니다."

"왕궁 의원이 당장 알현할 수 없다고 해서 물어본 말이오."

"왕궁 의원이 그랬다면 무슨 급한 사정이 있을 것입니다."

"내가 돌아왔다는 보고도 할 수 없다는 말이오?"

"내일 알현하시면 어떻겠습니까?"

"나는 대왕님께 지금 인사를 드리고 싶소. 다르마 왕비님을 먼저 뵐 수야 없지 않겠소?"

"대왕님께서는 오랜 정복전쟁으로 심신이 지쳐 쉬고 계신 줄도 모르겠습니다."

친위대장은 끝내 빈두사라왕이 위중한 처지에 있다는 사실을 말하지 않았다. 그는 빈두사라왕으로부터 수시마를 지키라고 명을 받은 심복이었다. 그러니 아소까에게 빈두사라왕의 건강 상태를 선선히 말해줄 리가 없었다. 아소까는 친위대장과 몇 마디를 주고받으면서 결코 자신에게 호의적이지 않다는 것을 감지했다. 밖이 어둑어둑해지고 있었다. 이윽고 우두머리 왕궁 의원이 아소까에게 다가와 말했다.

"부왕님, 대왕님께서 허락하셨습니다."

"대왕님은 어디에 계시오?"

"대왕님의 안위는 절대로 말씀하지 마십시오."

"알았소."

"대왕님께서는 별궁 침실에 계십니다. 어제 오후에 갑자기 악화되어 침실로 모셨습니다."

"말씀은 하시오?"

"응급치료를 받으시어 지금은 가능하십니다."

아소까는 우두머리 왕궁 의원을 따라서 왕의 별궁 침실로 갔다. 정궁 뒤쪽 후원 속에 자리한 별궁은 예전보다 규모가 커진 것 같았다. 친위대장이 별궁 앞에서 친위대 경계군사들에게 지시봉을 흔들며 무언가 지시를 내리고 있었다. 아마도 경계를 강화하라는 지시인 듯했다. 이는 왕궁 안의 상황이 급박하게 돌아간다는 방증이었다. 아소까는 빈두사라왕을 보자마자 무릎을 꿇고 말했다.

"대왕님이시여, 아소까가 왔습니다."

"아소까….."

빈두사라왕이 침대에 누운 채 기어들어 가는 목소리로 말했다. 침실은 벌써 기름불이 사면에 켜져 밝지도 어둡지도 않았다. 빈두사라왕의 두 눈동자에 기름불 불빛이 비쳤는데 그의 눈동자는 힘을 잃고 반쯤 풀어져 있었다. 빈두사라왕은 아소까를 알아본 듯 희미하게 미소를 지었다.

"대왕님, 왕궁 의원이 곁에 있사옵니다. 아무 걱정하지 마십시오."

"아소까야, 나는 나를 안다."

옆에 있던 우두머리 왕궁 의원이 당황했다. 빈두사라왕의 '나는 나를 안다'라는 말이 '나는 곧 죽을 것이다'로 들렸기 때문이었다. 아소까도 놀라기는 마찬가지였다. 아소까를 만나서 정신이 돌아왔는지 빈두사라왕의 목소리는 웅얼거리지 않고 입 밖으로 나왔다.

"너는 수시마 형을 도와야 한다."

"예, 대왕님."

"수시마를 부르거라."

우두머리 왕궁 의원이 말했다.

"대왕님, 수시마 부왕님은 지금 딱사쉴라에 계십니다."

"그래? 내가 잠깐 정신을 잃었구나."

빈두사라왕은 수시마가 아직도 빠딸리뿟따에 있는 줄 알고 있는 듯했다. 특별 휴가를 받아 작년 초에 왔던 수시마는 현재 딱사쉴라로 돌아가서 그곳을 통치하고 있었다. 빈두사라왕이 친위대장을 찾았다.

"대장은 어디 있느냐?"

"침실 밖에서 대기하고 있습니다."

"부르거라."

우두머리 왕궁 의원이 나간 사이에 아소까가 말했다.

"아버님, 자리에서 꼭 일어나셔야 합니다."

"나는 전쟁을 하면서 수없이 많은 사람들을 죽인 사람이다. 이제는 내 차례가 된 것 같다."

"아버님."

아소까는 빈두사라왕의 말에 할 말을 잃고 말았다. 고개를 쳐들어 천장을 보고 있는 동안 갑자기 기름불이 흐리게 보였다. 눈물이 주르르 흘렀다. 친위대장이 침실로 들어왔다.

"대왕님이시여, 친위대장입니다."

"수시마를 부르거라."

"예, 명을 받들겠습니다."

빈두사라왕이 고개를 끄덕였다. 그런 뒤 무언가 말을 할 듯 입술을 움직이려다가 말았다. 깊은숨을 내쉬는 것으로 보아 비로소 안도하는 듯했다. 빈두사라왕이 눈꺼풀을 파르르 떨며 눈을 가만히 감자, 우두머리 왕궁 의원이 아소까와 친위대장에게 눈짓을 했다. 침실을 나가달라는 뜻이었다. 아소까와 친위대장이 침실을 나서는 사이에 우두머리 왕궁 의원이 빈두사라왕의 머리맡에 있는 기름불을 껐다. 왕의 수면을 방해하지 않기 위해서였다. 침실 밖에서 친위대장이 말했다.

"부왕님, 대왕님의 명을 받들어 지금 즉시 딱시쉴라로 친위대 조장을 보내겠습니다."

"대장은 상황이 위중하니 여기 계셔야겠지요."

"그렇습니다. 부왕님, 부탁이 하나 있습니다."

"무엇이오?"

"방금 대왕님의 명을 들은 사람은 부왕님과 저, 왕궁 의원뿐입니다. 그 밖의 사람들이 알아서는 안 됩니다. 왕궁이 혼란에 빠질 수도 있습니다."

"알았소."

아소까는 기분이 묘했다. 친위대장이 당연한 말을 했는데도 그에 대한 의심이 솟구쳤다. 왕궁의 평화를 위해서 하는 말인지 수시마를 위해서 하는 말인지 헷갈렸다. 그러나 틀린 말을 한 것은 아니었기 때문에 아소까는 받아들였다. 왕의 안위가 심각하다는 소문이 퍼지면 왕궁은 순식간에 혼란의 늪으로 빠질 수도 있었다. 아소까는 다르마 왕비 별궁으로 가면서 장탄식을 했다.

"아, 인드라 신이시여. 무심하십니다. 특별 휴가를 받아 온 날 이게 무슨 날벼락입니까? 마우리야왕국은 앞으로 어찌해야 합니까?"

별이 뜬 밤하늘도, 내성 너머 시바 신이 산다는 강가강도 무심했다. 강가강에서는 어부들이 고기를 잡는지 불빛 몇 개가 명멸했다. 아소까는 강바람이 불어오는 쪽으로 가서 혼란스러운 머리를 식혔다. 어머니 다르마 왕비와 아내 아상디밋따를 10여 년 만에 만나는데 심란한 마음으로 만나고 싶지 않았다. 아들 꾸날라도 기쁜 마음으로 안아보고 싶고, 동생 비가따소까도 반가운 마음으로 만나고 싶었다. 그때 누군가가 아소까에게 등불을 들고 다가왔다. 아소까는 목소리만 듣고도 누구인지 알 수 있었다. 낯익고 정겨운 목소리였다. 가족 같은 궁녀 끼사락슈미였다.

"부왕님, 끼사락슈미입니다."

"내가 여기 온 줄 어떻게 알았는가?"

"며칠 전부터 별궁에 계신 모든 분들께서 부왕님을 기다리고 있어요."

"대왕님을 먼저 뵀지."

"왕비님께서 밤길이 어두우니 저에게 마중을 나가보라고 하셨어요."

아소까는 끼사락슈미의 한마디에 주술에 걸린 듯 좀 전의 혼란스러운 상황을 잠시 잊어버렸다. 10여 년 만에 가족을 만난다고 생각하니 가슴이 뛰었다. 궁금한 것이 한두 가지가 아니었다. '어머니 다르마 왕비님은 늙지 않으셨을까, 주름살이 생기고 흰머리가 나지 않으셨을까. 두 번째 아내 아상디밋따는 여전히 마음이 곱고 말투가 친절할까. 아, 아들 꾸날라는 열두 살, 동생 비가따소까는 열 살이 되었겠군.'

"모두 잘 있겠지?"

"그럼요. 화목하게 지내고 계신답니다."

"가족이 없다면 누구나 세상이 공허해질 거야. 힘이 들 때 누구에게 위로받겠어. 가족이 있으니까 곤경에 처했다가도 벗어날 수 있어."

"왕비님은 부왕님께서 오신다는 소식을 듣고 나서부터 약을 끊으셨어요. 건강이 단박에 좋아지신 거죠."

"기쁜 소식이군."

"아상디밋따 부왕비님도 가끔 콧노래를 부르세요."

"끼사락슈미가 우리 가족의 기분을 속속들이 알고 있군."

"꾸날라는?"

"잘, 계시죠. 꾸날라 왕세자님은 어디든 여행할 수 있는 건장한 청년 같죠."

끼사락슈미는 꾸날라가 딱사쉴라에 가 있다는 소식은 전하지 않았다. 아소까가 실망할까 봐서 두루뭉술하게 대답했다. 아소까는 왕비 별궁에 다다라서야 동생 비가따소까를 들먹였다.

"비가따소까는 승마를 배울 나이겠군."

"대왕님께서 왕자님을 아주 사랑하신답니다."

"동생을 빨리 보고 싶어. 누구를 닮았을까?"

"외모는 왕비님 반 대왕님 반을 닮으셨어요."

"성격은?"

"왕비님 말씀에 의하면 대왕님을 더 닮으셨다고 하십니다."

별궁 접견실 문밖에는 다르마 왕비와 아상디밋따, 비가따소까 동생이 서 있었다. 모두가 환한 얼굴로 아소까를 맞았다. 아소까는 다르마 왕비에게 먼저 다가가 안았다. 그리고 아상디밋따, 비가따소까의 볼에 입맞춤했다. 접견실은 여기저기 기름불을 켜놓아 왕의 침실과 달리 대낮처럼 밝았다. 대형 화분에는 붉고 하얀 부겐빌리아꽃들이 만발했고, 화병에는 막 피어난 연꽃이 진한 향기를 퍼뜨리고 있었다. 다르마 왕비가 말했다.

"아소까야, 우리는 네가 하루 빨리 돌아오기를 바라며 날마다 기도했단다."

"어머니, 저는 여기에 1년쯤 있을 겁니다."

아상디밋따가 말했다.

"시바 신께서 기도를 들어주셨어요. 어머님께서 자주 강가 강으로 나가 기도하셨거든요."

"아니다. 네 동생 비가따소까가 대왕님께 부탁한 것이지."

비가따소까가 화병의 연꽃처럼 활짝 웃었다. 고른 치아가 하얗게 빛났다. 열 살이면 승마와 검술을 배우기 시작하는 나이였다. 아소까는 비가따소까를 보면서 자신의 어린 시절을 회상

했다. 수시마 형과 코끼리 경주 대회에 나가서 1등을 양보했던 기억이 문득 떠올랐다. 그때 비가따소까가 칼 한 자루를 아소까에게 내밀었다.

"형님, 대왕님께서 저에게 주신 칼입니다. 그런데 이 칼을 형님께 선물하겠습니다. 형님께서 오시는데 무슨 선물을 할지 이 칼을 보면서 몇 날 며칠 동안 고민했습니다."

"오, 비가따소까야. 그건 안 된다."

"대왕님께서 저에게 주신 칼이니 제 마음대로 선물해도 됩니다."

수시마에게도 한 자루 주었던 바로 그 칼이었다. 길이가 짧은 칼에는 '정의를 실현하는 칼'이라는 명문이 마케도니아어로 음각되어 있었다. 다르마 왕비가 말했다.

"동생이 얼마나 너를 기다렸으면 이 칼을 선물하겠니? 흔쾌하게 받아라."

칼을 보면서 선물할지 말아야 할지 몇 날 며칠 동안 고민했다고 하니 비가따소까의 설레는 마음을 알 것도 같았다. 아소까는 비가따소까가 내민 칼을 받았다. 아소까는 가족들에게 자정 무렵까지 웃제니의 이야기를 들려주었다. 모처럼 왕비 별궁 접견실에서 웃음소리가 밤공기를 타고 멀리 퍼져나갔다. 그러던 중에 아소까는 문득 꾸날라가 생각이 나서 물었다.

"꾸날라는 어딨소?"

아상디밋따가 대답을 못 하자 다르마 왕비가 말했다.

"대왕님께서 수시마 형을 도우라고 딱사쉴라로 보냈단다."

갑자기 분위기가 싸늘해졌다. 아소까는 열두 살의 꾸날라가 수시마를 위해 무엇을 돕는다는 것인지 의아했다. 자신이 빠딸리뿟따에 와 있는 동안 아들 꾸날라가 왜 딱사쉴라로 가 있어야 하는지를 이해하지 못했다. 그런데도 아무도 그 이유를 아소까에게 말하지 못했다. 아소까는 잠자리로 돌아와 밤새 뒤척거렸다. 꼭두새벽에 흐느끼고 있는 아상디밋따를 껴안았다. 그러나 아소까는 꾸날라 생각 때문에 벌떡 일어나고 말았다. 딱사쉴라에 가 있는 꾸날라가 눈앞에 어른거리는 것 같아 견딜 수 없었다.

아소까와 수시마의 갈등

아소까는 왕자 별궁으로 가지 않고 다르마 왕비 별궁에 머물렀다. 10여 년 동안 헤어져 있었던 어머니 다르마 왕비와 두 번째 아내 아상디밋따, 그리고 하나밖에 없는 동생 비가따소까와 가능한 한 함께 지내면서 특별 휴가를 즐기기 위해서였다. 병석에 누워 있는 아버지 빈두사라왕이 마음에 걸려 안타깝지만 어쩔 수 없는 일이었다. 자신이 할 수 있는 일이라고는 강가강으로 나가 기도하고 침실에 들러 문병하는 것밖에 없었다. 생사 운명은 오직 시바 신의 손에 달려 있을 뿐이었다.

꼭두새벽에 가족 모두가 함께 강가강을 나가보기는 참으로 오랜만이었다. 비가따소까의 손을 잡고 걷던 다르마 왕비가 아소까를 뒤돌아보며 감격했다.

"아소까야, 난 이 시간을 기다려왔단다! 대왕님만 병석에서 일어나신다면 나는 더없이 행복하겠구나."

"우리 가족이 모두 기도하니까 강가강의 시바 신께서 들어주실 겁니다."

"그래, 시바 신이 계시니까 나는 절망하지 않는단다."

다르마 왕비는 비가따소까에게 빈두사라왕의 안부를 물었

다. 가족 중에서 비가따소까가 빈두사라왕을 가장 많이 친견하고 있기 때문이었다.

"비가따소까야, 대왕님께서는 어떠시더냐?"

"대왕님께서는 곧 일어나실 거라고 말씀하지만 왕궁 의원님 얼굴은 늘 어두워요."

"별말씀은 없으셨느냐?"

"수시마 형님께서 언제 오느냐고 자주 물으셔요."

아소까가 말했다.

"친위대 조장이 딱사쉴라로 갔으니 머잖아 수시마 형님께서 올 것입니다. 우리 가족만 알고 있어야 합니다. 비밀입니다."

"수시마 부왕이 대왕님 곁에 있어서 위로가 된다면 빨리 돌아와야지."

강가강 모래밭에는 벌써 기도하러 나온 왕족들이 웅성거렸다. 여기저기에 일산을 펴놓고 해가 뜨기를 기다렸다. 갈매기 떼가 검푸른 어둠 속에서 흰 헝겊처럼 희끗희끗 날았다. 등불을 켜놓고 고기 잡는 배들이 듬성듬성 보였다. 화장터에서는 벌써 연기가 솟구쳤고 잠시 후에는 불길이 날름거렸다. 누군가의 시신이 장작더미 위에 놓인 채 태워지고 있었다.

강물 속으로 들어간 아소까는 세수를 한 뒤 가족을 위해 기도했다. 가족 모두를 위해 기도해 보기는 처음이었다. 아소까는 기도하는 순간 행복을 느꼈다. 그러고 보니 기도는 특별 휴가가 주는 행복이나 다름없었다. 아소까는 꾸날라를 낳아놓고 눈을 감은 첫째 부인 빠드마바띠의 영혼을 위해서도 기도했다. 꾸날라를 키워준 두 번째 부인 아상디밋따에게도 고마움의 기도를 했다. 어머니 다르마 왕비와 동생 비가따소까가 건강하기를 바라는 기도도 시바 신에게 했다. 이윽고 동쪽 하늘에 희부연 날빛이 돌았다. 그러더니 동쪽 지평선에 붉은 놀이 번졌다. 강가강에 나온 왕족들이 일제히 일출 직전의 동쪽 하늘을 향해 두 손을 모았다. 아소까의 가족도 강물에 발을 담근 채 떠오르는 해를 기다렸다.

브라만과 끄샤뜨리야 왕족은 일출 때까지만 강가강에서 기도했다. 그다음은 바이샤 계급의 상인들이 강가강으로 들어갔고, 수드라 계급의 천민들은 강가강 저편 화장터 아래의 강물에 몸을 적셨다. 화장터에서는 타다만 시신을 강물에 던지기도 했는데, 그때마다 독수리 몇 마리가 나타나 강물에 뜬 시신을 쪼았다. 기도를 마친 아소까 가족이 다르마 왕비 별궁 언덕으로 올라가는 동안 반대편 쪽에서 두 마리의 말이 다가왔다. 말에는 칼라따까와 라다굽따가 타고 있었다. 두 사람이 말에서 내렸다. 칼라따까와 라다굽따가 차례로 말했다.

"부왕님께서 빠딸리뿟따에 오셨다는 얘기를 듣고 서둘러 왔습니다."

"저도 일정을 당겨서 왔습니다."

"어디서 오시는 길이오?"

"저희들은 부왕님께서 빠딸리뿟따에 계신다는 소식을 듣고 옛 마가다국과 앙가국을 순행하다가 급히 돌아왔습니다."

빈두사라왕이 병석에 눕자 대왕을 대신하여 옛 마가다국과 앙가국으로 순행 나갔다가 아소까가 빠딸리뿟따에 있다는 소식을 듣고 두 사람 모두 일정을 바꾸어 왔다는 말이었다. 아소까를 만나는 것이 그곳의 현안과 민심을 파악하는 순행보다 더 중요하고 급하다고 판단했던 것이다.

"순행 중인 두 분이 만나서 이렇게 와주시다니 고맙소."

"옛 마가다국과 앙가국은 가깝습니다. 한나절이면 소식을 주고받을 수 있는 거리입니다."

라다굽따의 말 등에 오른 아소까는 내성 안에 있는 칼라따까의 저택으로 갔다. 아소까가 칼라따까의 저택을 방문하기는 두 번째였다. 어린 왕자 시절에 스승 목갈리뿟따띳사를 따라서 우연히 들렀던 것이 첫 번째였다. 아소까가 칼라따까의 저택 앞에서 말했다.

"대왕님은 뵀소?"

"별궁 침실로 갔지만 너무 이른 시간이라 뵙지 못했습니다."

라다굽따가 투덜거렸다.

"친위대장이 알현을 막는데 별수 없었습니다. 그러나 오후에는 순행 결과를 보고할 것입니다."

"저와 함께 가시면 될 것이오. 오후에 대왕님을 문병할 생각이오."

"부왕님, 고맙습니다."

칼라따까의 저택 2층은 라다굽따와 칼라따까가 수시로 만나 은밀한 이야기를 나누던 장소였다. 2층으로 올라가는 계단 입구에서 충직한 하인이 언제나 지키고 있었으므로 누구도 함부로 올라갈 수 없었다.

"부왕님, 저희 집에 오신 것을 환영합니다. 감사드립니다."

"저도 수상님과 제관님에게 감사드릴 일이 있소."

"무슨 말씀이십니까?"

"두 분께서 제가 특별 휴가를 받아 빠딸리뿟따에 올 수 있도록 노력하셨다는 얘기를 어머님에게 들었소."

"아, 그것은 비가따소까 왕자님의 청이 결정적이었습니다."

라다굽따가 비가따소까의 공으로 돌렸다. 라다굽따는 칼라따까보다 솔직했다. 그러나 큰일을 해결하는 데 있어서 노련함에는 칼라따까가 라다굽따를 앞섰다. 짜빠띠와 짜이, 바나나, 사과 등이 나왔다. 하인들이 둥근 탁자 위에 조심하면서도 날렵하게 놓고 갔다. 뜨거운 짜이를 한잔한 뒤 칼라따까가 말했다.

"부왕님, 빠딸리뿟따에 와 계시는 기분이 어떻습니까?"

"10여 년 만에 왕비님, 아내, 동생을 만나는 행복이 크다오."

"저희가 바라는 바였습니다."

"그동안 변방에서 잊고 살았는데 가족에게 미안한 생각이 드오. 내게 주어진 특별 휴가 기간만이라도 가족들에게 기쁨을 주고 싶소."

"누구보다도 다르마 왕비님과 아상디밋따 부왕비님께서 기뻐하실 것 같습니다.”

“물론이오. 다만 꾸날라를 보지 못하는 것이 아섭소.”

아소까는 꾸날라가 수시마 부왕을 보좌하라는 빈두사라왕의 명으로 딱사쉴라에 가 있다지만, 그래도 아들이 보고 싶은 것은 어쩔 수 없었다. 가족이 모두 모여 있을 때 사랑하는 꾸날라의 빈자리가 더없이 크고 허전했던 것이다. 잠시 후 칼라따까가 말했다.

“부왕님, 제가 한 말씀드려도 되겠습니까?”

“말하시오.”

“이제는 사실을 말씀드려야 할 것 같습니다.”

“나의 아들 꾸날라가 어떻다는 것이오?”

“왕궁에는 수시마 부왕님을 추종하는 신하들이 있고, 또 저와 제관님같이 아소까 부왕님을 따르는 신하들이 있습니다. 수시마 부왕님을 추종하는 신하들은 아소까 부왕님이 특별 휴가를 받아 빠딸리뿟따에 계시는 것을 경계하고 있습니다. 그런 이유로 아소까 부왕님께서 특별 휴가를 받아 빠딸리뿟따에 계시는 동안 꾸날라 왕세자님을 딱사쉴라로 보낸 것입니다.”

“그럼 내 아들이 볼모로 가 있다는 말이오?”

아소까는 언성을 높여 물었다.

“사실입니다. 불행한 일이지만 대왕님도 동조했습니다. 꾸날라 왕세자님을 딱사쉴라로 보내라고 명하셨으니까요.”

아소까가 탁자를 치며 일어났다. 그 바람에 사발에 놓여 있던 사과가 바닥에 굴러떨어졌다. 아소까가 턱을 부르르 떨며 말했다.

"대왕님의 눈과 귀를 가리는 신하들이 누구요?"

"친위대장이 앞장서고 있습니다. 수시마 부왕비님을 찾아다니면서 대왕님의 눈과 귀를 가리고 있습니다. 외람된 말씀입니다만, 그자들은 대왕님 유고 시를 대비하고 있습니다. 그래서 대왕님을 부추긴 것입니다. 딱사쉴라에 계신 수시마 부왕님을 이곳으로 오도록 말입니다. 세상에 비밀은 없습니다. 친위대 조장이 저에게 보고한 사실입니다."

아소까는 피가 거꾸로 솟구쳤다. 얼굴이 붉어진 아소까가 소리쳤다.

"내가 왕권에 욕심이라도 있다는 말이오? 수시마 형님과 나를 이간질하다니!"

"진정하셔야 합니다, 부왕님. 저희도 이미 대책을 세워놓았습니다."

"무얼 세워놓았단 말이오?"

"수시마 부왕님이 빠딸리뿟따로 오시게 되면 결국 피를 부르게 될 것입니다. 그래서는 안 됩니다. 그러니 수시마 부왕님께서 이곳으로 오셔서는 안 됩니다."

칼라따까의 얘기를 듣고만 있던 라다굽따가 말했다.

"수시마 부왕님이 딱사쉴라를 떠나지 못하게 하는 방법은 있습니다."

"형님을 감금하겠다는 것이오?"

"그것은 하수입니다. 수시마 부왕님을 감금하지 않고도 목적을 달성할 수 있습니다. 소요를 일으켜 부왕님의 발을 묶어놓는 방법입니다. 소요를 진압해야 할 수시마 부왕님께서 어떻게 빠딸리뿟따로 오실 수 있겠습니까? 대왕님의 명을 받았다고 하더라도 딱사쉴라를 떠나시지 못할 것입니다."

아소까는 대왕의 유고를 설정해 놓고 말하는 자체가 언짢았다. 빈두사라왕의 아들로서 듣고 있기가 거북했다. 대왕 유고 시 장자인 수시마 부왕에게 왕권이 넘어가는 것은 자연스러운 일인데 무엇이 문제란 말인지 이해가 되지 않았다. 아소까가 말했다.

"나는 특별 휴가가 끝나면 웃제니로 돌아가겠소. 수시마 형님도 딱사쉴라로 돌아가셨소."

"부왕님, 무책임한 말씀입니다. 송구합니다만 대왕님 유고가 생긴다면 마우리야왕국은 어찌 되겠습니까? 한 치 앞도 내다볼 수 없게 될 것입니다. 선왕의 대업을 잇지는 못할망정 그래서야 되겠습니까?"

"수시마 형님이 잘 해결할 것이오."

"저희들은 수시마 부왕님께서 마우리야왕국을 잘 이끌어 갈 수 있을지 의문입니다. 딱사쉴라에 반란이 일어났을 때 누가 진압을 했습니까? 아소까 부왕님께서 딱사쉴라로 가시어 진압하시지 않았습니까?"

칼라따까의 지적이 사실이었으므로 아소까는 대꾸를 못 했다. 라다굽따가 말했다.

"부왕님, 수상의 말씀은 우애가 좋은 두 부왕님 간의 이간질이 아닙니다. 마우리야왕국의 흥망이 걸린 중대하고 엄중한 문제입니다."

칼라따까가 다시 말했다.

"아소까 부왕님, 사태가 이러하니 웃제니로 돌아가신다는 말씀은 하지 마십시오. 빠딸리뿟따의 안정과 평화가 더 우선입니다."

"알겠소. 그런데 나는 꾸날라가 보고 싶소. 방법이 없겠소?"

"걱정 마십시오. 친위대 조장에게 꾸날라 왕세자님을 모시고 올 것을 지시해 두었습니다."

친위대장의 직속부하 친위대 조장은 칼라따까가 오래전에 매수한 자였다. 그러니 수시마의 운명은 딱시쉴라에 먼저 가 있는 특사와 친위대 조장 손에 달린 셈이었다. 아소까는 형제간의 우애와 라다굽따가 말한 대의명분 사이에서 갈등했다. 칼라따까와 라다굽따의 진심을 헤아릴 수는 없지만 그들의 충정만큼은 확인할 수 있었기 때문이었다. 아소까는 칼라따까의 저택을 나서면서 자신이 미궁에 빠져드는 것 같아 몸을 떨었다. 순간, 어쩌면 이제는 웃제니로 돌아가는 것이 불가능할지도 모르겠다는 생각도 뇌리를 스쳤다.

딱사쉴라 소요

딱사쉴라에 도착한 빠딸리뿟따 왕궁 친위대 조장은 칼라따까 수상의 지시대로 특사를 먼저 만났다. 특사는 원래 수시마 부왕이 특별 휴가를 받아 빠딸리뿟따에 와 있을 때 대리 통치를 위해서 부임해 왔는데 아직까지 남아서 활동하고 있었다. 특사의 임무는 수시마 부왕을 보좌하면서 통치를 자문하는 일이었다. 그런데 특사나 친위대 조장 모두 칼라따까 수상의 심복이라고 할 수 있었다.

딱사쉴라의 날씨는 햇볕이 강하지도 약하지도 않았다. 하늘은 낮고 흐렸다. 그러나 건기였으므로 비는 오지 않았다. 특사가 친위대 조장이 입은 두꺼운 옷이 더울 것이라며 얇은 비단 도티를 내주었다. 친위대 조장은 빈두사라왕의 건강 소식부터 전했다.

"대왕님께서는 매우 위중하십니다. 갑자기 어떤 상황을 맞을지 아무도 모릅니다."

"칼라따까 수상님은 어떠시오?"

"자나 깨나 마우리야왕국 걱정을 많이 하고 계십니다."

"대왕님께서는 아직도 여전히 수시마 부왕님을 총애하고

계시지요?"

"그렇습니다. 제가 여기 온 것도 대왕님의 명령서를 수시마 부왕님께 전달하기 위해서 왔습니다."

특사는 목간의 내용을 보지 않고서도 예견했다.

"귀국 명령서겠지요."

"예, 대왕님께서는 수시마 부왕님을 곁에 두고 싶어 하십니다."

"수시마 부왕님께 왕위를 물려주고 싶으신 것이오. 그러나 그렇게 된다면 마우리야왕국의 흥망은 아무도 장담할 수 없게 될 것이오."

"특사님, 그렇다면 대왕님의 명령을 어떻게 처리해야 됩니까?"

"대왕님 명령이니 달리 방법은 없소."

"명령 목간을 꺼내 불살라 버리는 방법도 있습니다."

특사가 의자에서 일어나더니 손사래를 쳤다.

"대왕님 명을 이행치 않는 것은 왕명거역죄로서 극형에 처해지는 중죄지요. 그대는 대왕님을 지근거리에서 호위해 온 친위대 조장이오. 그러니 그럴 수는 없소."

특사의 차가운 말투에 친위대 조장이 당황했다. 칼라따까가 딱사쉴라 특사는 자신이 보낸 심복이라고 했는데, 빈두사라 왕의 명령을 수시마 부왕에게 전하라고 하니 특사가 누구 편인지 잠시 헷갈렸다. 친위대 조장의 얼굴에 당황한 기색이 역력하자 특사가 말했다.

"대왕님 명을 거역하지 않으면서도 우리의 목적을 달성할 수 있는 방법은 있소."

"특사님, 그 방법이 무엇입니까?"

"내가 생각해 낸 비책은 아니오. 칼라따까 수상님께서 나에게 알려준 것이오."

"칼라따까 수상님께서 방법을 알려주셨다니 안심입니다."

"그럼 조장은 나를 의심했다는 말이오?"

"부왕님께 명령 목간을 전달하라고 하니 왜 의심하지 않겠습니까?"

"우리는 칼라따까 수상님의 충정을 믿고 나선 사람들이오. 그래서 나는 2년 동안 딱사쉴라에 머물면서 오늘을 기다렸던 것이오."

친위대 조장이 고개를 숙였다. 칼라따까를 믿고 2년 동안 딱사쉴라에서 기회를 노리고 있었다는 특사에게 존경하는 마음이 들어서였다.

"나는 그동안 수시마 부왕님의 통치에 불만을 가진 토착 성민들에게 다가가 달래는 일을 해왔소. 그것도 어쩌면 부왕님을 돕는 일이었소. 이제 그들은 내 편이 되어 내가 시키는 대로 하게 돼 있소."

특사가 토기 사발에 짜이를 따라 친위대 조장에게 권했다. 짜이는 염소젖에 사탕수수즙을 탄 피로회복제나 다름없었다.

친위대 조장은 짜이를 단번에 마셨다. 특사가 웃으며 말했다.

"빠딸리뿟따에서 오는 길이 쉽지는 않았을 것이오."

"큰 어려움은 없었습니다. 말을 잘 타는 기병들을 차출해 왔습니다."

"군사들이 충분한 휴식을 취하게 하시오. 다시 빠딸리뿟따로 돌아가야 하니까."

"특사님께서 회유한 성민들을 앞으로 어떻게 이용하실 생각이십니까?"

"농사짓는 성민들인데 그들을 동원할 것이오. 작년 메뚜기 떼 습격으로 밀과 옥수수 농사를 망쳤는데 세금을 그대로 내야 하니 불만이 많소. 소요가 일어나면 수시마 부왕님은 딱사쉴라를 떠나지 못할 것이오. 소요가 발생했는데 어떻게 빠딸리뿟따로 출발하겠소?"

친위대 조장은 또다시 고개를 숙였다. 마우리야왕국을 위해서 빠딸리뿟따에서의 호의호식을 버린 채 자신을 희생하고 있는 특사가 달리 보였다. 그러나 특사는 대의명분을 지키고자 딱사쉴라에 와 있는 것은 아니었다. 칼라따까에게 은혜를 갚기 위해 고생을 감수하고 있었다. 그는 원래 양치기였는데 운이 좋아 칼라따까의 수족과 같은 집사가 되었고, 나중에는 왕궁으로 들어가 빈두사라왕의 눈에 띄어 신하가 된 사람이었던 것이다.

"놀랄 것은 없소. 내가 생각해 낸 것이 아니라 칼라따까 수상님의 비책이오."

"아, 저에게도 칼라따까 수상님께서 내린 특별한 지시가 있습니다."

"무엇이오?"

"꾸날라 왕세자님을 모시고 오라는 지시를 받았습니다."

"그건 어렵지 않은 일이오. 부왕님께서도 꾸날라 왕세자님을 빠딸리뿟따로 보내고 싶어 하시니까."

"어째서 그렇니까? 꾸날라 왕세자님이 부담스러워져서 그러신 것입니까?"

특사가 천천히 도리질을 하면서 말했다.

"내가 보기에 꾸날라 왕세자님이 향수병에 걸린 것 같소. 밤이 되면 두견새처럼 구슬픈 노래를 부르며 성안을 돌아다닌다고 하오. 부왕님도 조카가 그러하니 마음이 아프지 않겠소?"

"향수병이 나으려면 다르마 왕비님이나 아소까 부왕님을 만나는 수밖에 없겠습니다."

"대왕님 명으로 와 있으니 마음대로 보낼 수 없었겠지요."

친위대 조장이 방법을 찾았다는 표정으로 말했다.

"특사님, 수시마 부왕님께서 빠딸리뿟따로 돌아가실 때는 가능하지 않겠습니까?"

수시마 부왕 편에 슬쩍 얹히는 방법이었다. 특사가 말했다.

"나도 그렇게 생각하오. 그러나 그 시기는 알 수 없소. 소요가 언제 끝날지 모르니까."

"성민들을 언제 만나실 것입니까?"

"그대가 수시마 부왕님께 귀국 명령 목간을 전달하는 그 시각이오. 준비는 다 되어 있소."

"예, 알겠습니다."

딱사쉴라는 빠딸리뿟따처럼 내성과 외성이 따로 없었다. 궁궐은 작았고 궁 주변에는 성민들의 크고 작은 벽돌집과 진흙집들이 다닥다닥 붙어 있었다. 특사가 거주하고 있는 관사도 크지 않았다. 정원이 단정하게 가꾸어져 있었고 담은 관사가 훤히 보일 만큼 낮았다. 정문에는 군사 두 명이 보초를 서고 있었다. 친위대 조장은 보초 한 명을 따라서 딱사쉴라궁 안으로 들어갔고 특사는 상인들이 사는 거리로 내려갔다. 상인들 중에는 무역으로 부호가 되어 용병과 사병을 둔 사람도 있었다. 빠딸리뿟따나 바라나시 같은 먼 도시로 무역하러 떠날 때는 호위군사가 필요했던 것이다.

친위대 조장은 왕궁 정문에 이어 부왕 접견실 문 앞에서도 간단한 검문을 받았다. 그러나 빈두사라왕 이름으로 된 통행증을 가지고 있었으므로 거칠 것이 없었다. 부왕 접견실은 초라했다. 가구들은 낡았고 화병에 꽂힌 꽃들은 시들어 있었다. 그런 탓인지 활기는커녕 침울한 공기가 감돌았다. 친위대 조장은 창 옆에 서서 수시마 부왕을 기다렸다. 그러나 수시마 부왕은 바로 오지 않았다. 대신 소년이 나타났다. 친위대 조장은 왕족만 입는 남색 비단 도티를 보면서 꾸날라라고 짐작했다. 소년이 말했다.

"빠딸리뿟따에서 오셨지요?"

"예, 대왕님 명을 받고 부왕님을 뵈러 왔습니다."

"백부님께서 말씀했어요."

"아, 꾸날라 왕세자님이시군요. 부왕님께서는 어디에 계십니까?"

"경비대장을 데리고 성 밖으로 나가셨어요. 오늘은 승마하는 날이거든요."

"승마는 얼마나 하십니까?"

"길게 하실 때도 있고 짧게 하실 때도 있어서 잘 모르겠어요."

"대왕님 명을 전달해야 하는…."

꾸날라가 갑자기 애처로운 목소리로 말했다.

"빠딸리뿟따로 돌아갈 때 나를 데려가 주세요."

"그건 제가 결정할 수 없습니다. 그러나 부왕님께서 허락하실 수 있도록 힘써 보겠습니다."

친위대 조장은 진심으로 대답했다. 아소까 부왕이 아들 꾸날라를 얼마나 보고 싶어 할지 상상이 되어서였다. 특사의 말대로 꾸날라가 향수병에 걸려 있다면 빠딸리뿟따로 돌아가는 것이 옳다고 생각했다. 자신도 딱사쉴라에 오는 동안 내내 아내와 꾸날라 또래의 아들이 그리워지곤 했던 것이다. 친위대 조장이 호의적으로 대답해 주자 꾸날라가 기뻐하면서 부왕 접견실을 나갔다.

"백부님이 어디 계신지 알아볼게요!"

친위대 조장은 긴장을 풀었다. 수시마 부왕을 바로 만나지 않았으므로 여유가 생겼다. 수시마를 만나는 부담스러운 상황이 늦어졌기 때문이었다. 지금쯤 특사는 성민들을 만나고 있을 터였다. 이윽고 수시마가 경비대장과 함께 접견실에 나타났다. 친위대 조장은 무릎을 꿇고 보고했다.

"위대한 마우리야왕국 대왕님의 명을 받고 왔습니다. 저는 빠딸리뿟따 왕궁 친위대 조장이옵니다."

"먼 거리를 오느라 수고가 많았소. 대왕님의 목간 명령을 보여주시오."

친위대 조장이 품속에서 빈두사라왕의 수결이 있는 목간 명령을 꺼내 내밀어 올렸다. 목간에는 빠딸리뿟따로 돌아오라는 것과 특사에게 딱사쉴라 통치를 위임하라는 것, 두 가지가 적혀 있었다. 수시마 부왕은 믿어지지 않는 듯 두 번을 읽고 나서는 소리쳤다.

"아! 이제 빠딸리뿟따로 돌아가 대왕님을 뵙게 됐소. 희소식을 가지고 온 그대를 무슨 말로 치하할지 모르겠소."

"부왕님, 저는 대왕님의 명을 받고 온 것뿐입니다. 대왕님 명대로 했으니 부왕님을 모시고 무사히 돌아갈 날을 기다리겠습니다."

"기다릴 것 없소. 당장 내일이라도 떠날 것이오. 특사가 있으니 이곳을 맡기고 떠나도 아무 일이 일어나지 않을 것이오."

수시마는 흥분을 감추지 못했다. 향수병에 걸린 사람은 꾸날라가 아니라 수시마 같았다. 수시마의 신임을 받아왔던 딱사쉴라 출신 경비대장은 빈두사라왕의 명령이므로 아무 말도 못 했다. 친위대 조장이 말했다.

"제 생각입니다만, 꾸날라 왕세자님도 함께 가시는 것이 좋을 듯합니다."

"당연하지요. 조카도 데리고 가겠소."

그런데 그때 왕궁 밖 멀리서 고함 소리가 들려왔다. 고함 소리뿐만 아니라 북소리까지 둥둥둥 울려왔다. 수시마 부왕은 딱 사쉴라에서 반란을 겪었던 기억이 선명했으므로 놀란 채 의자에서 벌떡 일어났다.

"무슨 소리요?"

"제가 나가보겠습니다."

"무슨 일인지 빨리 알려주시오."

경비대장이 나가려는 순간 특사가 달려 들어왔다. 수시마가 특사에게 다가가 물었다.

"성민들이 왜 소리치고 있소?"

"소요입니다. 누군가가 성민들을 선동한 것 같습니다."

경비대장은 다시 접견실로 들어와 앉았다. 수시마는 특사와 경비대장에게 대책을 물었다.

"어찌했으면 좋겠소?"

"수괴가 일으킨 반란이 아니라면 성민 대표와 대화를 하는 것이 좋을 것 같습니다."

"경비대장은 어떻게 생각하시오?"

"특사님 말씀이 옳습니다. 무력진압보다는 대화로 수습하는 것이 상책입니다."

수시마의 얼굴은 어두워졌다. 평정심을 잃어가는 듯 시선을 한곳에 두지 않고 두리번거렸다. 경비대장도 심각한 표정을 지었다. 특사는 무슨 말을 하려다가 멈추었다. 모두가 입을 다물고 있자 수시마가 참지 못하고 말했다.

"대왕님 명은 어찌해야 할 것 같소?"

"명을 따르시되 소요가 있으니 조금 미루시는 것이 어떻겠습니까?"

"소요를 수습하신 뒤에 가셔야 할 것 같습니다."

"그렇소. 급한 불을 먼저 끄는 것이 부왕의 임무일 것 같소."

결국 수시마는 빠딸리뿟따로 가는 출발 날짜를 늦추었다. 소요가 일어났는데도 방치하고 떠날 수는 없었다. 수시마는 경비대장을 성민들에게 보냈지만 성민 대표는 수시마와 직접 대화하겠다고 주장했다. 그들이 주장하는 것은 작년에 메뚜기 떼 습격으로 농사를 망쳤으므로 세금을 감면해 달라는 것이었다. 그러나 수시마로서는 혼자 결정할 수 없었다. 빠딸리뿟따 왕궁에서 허락해 주어야 가능한 일이었다.

5장

수시마, 딱사쉴라를 떠나다

독살당한 수시마

왕권 탈취

아소까, 마우리야국 왕이 되다

칼라따까 대신 환송연

살해당하는 신하들

수시마, 딱사쉴라를 떠나다

소요를 일으킨 대다수 성민들은 밀이나 옥수수 농사를 짓는 농민들이었다. 상인들은 소요에 가담하지 않았다. 상인들이 나서면 소요는 들불처럼 걷잡을 수 없이 커지게 마련이었다. 상인들 중에는 용병과 사병을 거느린 부호가 많았던 것이다. 그런 이유로 상인들이 나서면 군사 간의 대결이 돼버리므로 사상자가 발생하고 따라서 그 후유증은 오래갔다. 농민들의 소요는 다소 평화롭기 때문에 언제든 대화가 가능했다. 농민들이 들고 있는 것은 무기가 아니라 농기구나 지팡이 등이었으므로 위협적이지도 않았다. 그러나 수시마는 이틀이 지나도 성민들의 소요가 잦아들지 않자 불안해했다. 수시로 긴급회의가 열렸다. 수시마가 경비대장에게 말했다.

"대장, 성민들을 만나보았소?"

"무리한 요구를 하고 있습니다. 메뚜기 떼 습격으로 농사를 망쳤다고 세금을 감면해 달라고 합니다."

"들어주고 싶지만 빠딸리뿟따 왕궁에서 허락이 떨어져야 하오."

"누군가가 선동한 것 같습니다. 성민들의 요구를 들어주게 되면 앞으로도 계속 끌려다니게 됩니다. 그러니 하루 이틀 더 지켜봤다가 군사를 투입해 해산시켜야 합니다."

"그건 대장이 원치 않았던 일이오."

"부왕님, 이제는 단호하게 처리해야 할 때입니다."

특사가 군사개입을 반대했다.

"성민들이 아직 왕궁까지는 오지 않았습니다. 광장에서만 집회를 하고 있습니다. 나름대로 질서를 지키고 있는 것 같으니 이번에는 제가 성민들을 만나보겠습니다."

"특사께서 그렇게 해주시오. 대왕님 명을 받았으니 하루빨리 빠딸리뿟따로 가야 하는데 마음이 초조하오."

특사가 군사개입을 반대한 까닭은 자신이 성민들을 부추겼으므로 성민들이 다치지 않아야 했기 때문이다. 수시마의 발을 묶어두는 것이 목적이었으므로 특사는 단 한 사람이라도 사상자가 나는 것은 원치 않았다. 그러나 무한정 시간을 끌면서 소요를 방관할 수는 없었다. 딱사쉴라 부왕의 권위는 엄하게 살아 있어야 했다. 성민들에게 우왕좌왕 끌려다니는 부왕이라면 그 권위는 마침내 땅에 떨어질 수밖에 없을 터였다. 특사는 부왕과 성민들 간의 접점을 찾아 타협해야 한다고 판단했다.

"부왕님, 성민들이 요구하는 것이 무엇인지 확실하게 파악하고 그에 대한 대책을 세우겠습니다."

"특사는 이곳에서 2년을 살았고, 그동안 성민들을 접촉해 오면서 나를 보좌했으니 분명 성과가 있을 것 같소."

특사는 친위대 조장과 함께 왕궁을 나섰다. 빠딸리뺏따에서 온 친위대 군사가 십여 명 따랐다. 궁궐 정문을 나온 뒤 친위대 조장이 물었다.

"어찌하시겠습니까?"

"성민들을 설득하겠소. 세금을 감면해 주되 빠딸리뺏따 왕궁에서 허락이 떨어질 때까지 기다려달라고 하겠소."

"성민들이 믿겠습니까?"

"부왕님께서 직접 빠딸리뺏따로 가신다면 누구라도 믿을 수밖에 없을 것이오. 부왕님께서 움직이는데 믿지 않을 사람이 어디 있겠소?"

"특사님 계책은 빠딸리뺏따로 가시려는 부왕님을 막는 것이 아니었습니까?"

"그랬소. 하지만 사정이 바뀌었소. 부왕님의 귀국 의지가 워낙 강하기 때문이오. 대왕님 건강을 걱정하는 부왕님의 마음을 어찌할 수가 없소."

"부왕님이 가신다면 왕위는 어떻게 되는 것입니까?"

"칼라따까 수상님의 비책은 무용지물이 되고 말겠지요. 대왕님은 심중으로 수시마 부왕님을 왕위 후계자로 생각하고 계시니까요."

"수시마 부왕님께서 특별 휴가를 받아 빠딸리뺏따에 계실 때 모든 왕자님들이 대왕님과 친위대장이 보는 앞에서 수시마 부왕님께 충성맹세를 했습니다. 그러니 부왕님이 가신다면 왕권은 수시마 부왕님께 넘어가고 말 것입니다."

친위대 조장은 자신이 목격했기 때문에 자신 있게 말했다. 특사도 칼라따까의 목간 사신을 받아 보았던 터라 그러한 사실을 이미 알고 있었다. 빈두사라왕이 수십 명의 왕자들을 불러놓고 충성맹세를 시켰다는 것은 왕위를 수시마 부왕에게 물려주겠다는 속마음을 드러낸 것이나 다름없었다.

"성민들의 소요를 가라앉히는 가장 확실한 방법은 수시마 부왕이 빠딸리뿟따로 가시는 것이오. 또한 왕위 이양을 저지하는 가장 확실한 방법은 수시마 부왕을 빠딸리뿟따로 가지 못하게 하는 것이오. 자, 그대는 어찌했으면 좋겠소?"

칼라따까의 심복인 특사와 친위대 조장은 진퇴양난에 빠지고 말았다. 수시마 부왕이 빠딸리뿟따로 간다면 왕권은 아소까 부왕에게서 아주 멀어져 버릴 터였다. 수시마 부왕을 옹립하려는 친위대장과 수시마 부왕비가 모든 왕자들과 긴밀하게 내통하고 있고, 무엇보다도 빈두사라왕의 마음이 오래전부터 수시마 부왕에게 기울어져 있기 때문이었다.

"제 머리로는 알 수 없습니다."

"칼라따까 수상님이 지금 이 자리에 계신다면 바로 비책이 나올 텐데 아쉽소."

"아직 시간이 있습니다. 더 생각해 보겠습니다."

"그러시오."

특사는 동문 쪽으로 갔다. 상인들 저택들이 있는 언덕을 지나면 농민들이 모여 사는 거리가 나왔다. 상인들은 정원이 딸린 붉은 벽돌집에서 거주했고, 농민들은 흙벽돌이나 갈대를 얽힌 움막 같은 곳에서 옹색하게 살았다. 광장은 남문과 동문이 보이는 지점에 있었다. 광장에는 농민 수십 명이 모여서 웅성거리고 있었다. 농민들은 특사에게 호의적이었다. 성민 대표가 특사를 맞아주었다. 특사와 그는 밤에 자주 만나 술을 마시곤 했던 친구나 다름없었다.

"특사시여, 좋은 소식을 가지고 왔소?"

"부왕님께서 빠딸리뻣따 왕궁으로 가시어 대왕님의 허락을 받아 오시겠다고 하오."

"감면을 해주신다는 말이오?"

"그렇소. 다만 빠딸리뻣따 왕궁으로 가셨다가 오실 때까지 기다려주시오."

"그거야 얼마든지 기다릴 수 있소."

성민 대표는 부왕이 세금감면을 위해 먼 길을 다녀오겠다고 하자 감격한 듯 농민들을 향해서 두 손을 번쩍 들었다.

"여러분, 부왕님께서 해결해 주신다고 합니다. 다만 부왕님께서 대왕님의 허락을 받아 오실 때까지 기다려달라고 합니다!"

"와아와아!"

성민들이 북을 치면서 화답했다. 그러나 특사는 벌레 씹은 얼굴을 했다. 성민 대표가 특사를 보고 말했다.

"특사님은 기쁘지 않소?"

"그대는 웃지만 나는 울고 있소."

"무슨 말씀이오?"

특사는 끝내 농민 출신인 성민 대표에게 마음을 털어놓지 못했다. 오히려 성민 대표에게 투덜거렸다.

"나는 성민들이 농사를 잘 지었을 때 세금을 더 내겠다고 주장한 사람을 본 적이 없소. 아마도 영원히 볼 수 없을 것이오."

그래도 특사는 소요가 끝날 것 같아서 안도했다. 지난 2년 동안 자신을 믿고 따라준 농민들이 고맙기조차 했다. 관계가 껄끄러운 상인들과 부딪쳤다면 소요가 어떤 방향으로 흘러갔을지 알 수 없었다. 상인들은 순진한 농민들에 비해 교활하고 속임수에 능했다. 그러니 상대하기가 까다롭고 힘들었다. 상인 수장은 특사보다는 부왕만 상대하려고 했다. 그렇다고 성 밖으로 추방할 수도 없는 무리가 상인 집단이었다. 그날 오후 특사는 왕궁으로 돌아와 수시마에게 보고했다.

"부왕님, 성민 대표를 만나 집회를 끝내겠다는 약속을 받았습니다. 부왕님께서 빠딸리뿟따 왕궁에서 돌아오실 때까지 기다리겠다고 했습니다."

"수고했소. 특사가 나서니 바로 해결되었소. 그동안 성민들을 우호적으로 만나왔던 것이 주효했던 듯하오."

"부왕님, 과찬이십니다."

"그럼 나는 내일 바로 빠딸리뿟따로 출발하겠소."

"예, 친위대 조장이 부왕님을 호위할 것입니다."

"친위대 조장이 나를 호위한다고 생각하니 믿음이 가오."

바로 그날 밤이었다. 친위대 조장이 특사의 관사로 찾아왔다. 두 사람은 탁자에 마주 앉았다. 하인이 뜨거운 짜이 두 잔을 가져왔다. 특사가 짜이를 마시지 않고 말했다.

"부왕님께서 내일 출발하니 준비하시오."

"결국 부왕님을 호위하는군요. 칼라따까 수상님은 저의 은인인데 뵐 면목이 없습니다."

"부왕님이 빠딸리뿟따로 가시는 것을 막아야 하는데 나도 난감하기만 하오."

"특사님, 계책이 없겠습니까?"

"부왕님께서 가신다는데 내가 어찌 막겠소. 며칠 동안은 소요를 핑계로 막았지만 이젠 이도 저도 못 하게 됐소. 아무리 생각해도 좋은 계책이 떠오르지 않소. 일이란 궁하면 통하는 법인데 말이오."

특사는 좀 전에 생각해 둔 계책을 차마 입 밖에 꺼내지 못했다. 친위대 조장이 특사의 마음을 간파하고는 말했다.

"궁하면 통한다는 말씀이 의미심장합니다."

"그렇게 들었소?"

"특사님, 변죽만 울리지 마시고 말씀하십시오. 저는 칼라따까 수상님을 위해서 어떠한 위험한 일도 감수할 것입니다."

"정말이오? 이제는 어쩔 수 없이 최악의 계책을 쓸 수밖에 없소."

특사의 얼굴이 기름불 불빛에 번들거렸다. 마치 짜이를 마신 것이 아니라 독주를 들이켠 것 같은 얼굴이었다. 친위대 조장은 특사의 얼굴을 보고는 움찔했다.

"최악의 계책은 무엇입니까?"

특사가 비수처럼 날카롭게 말했다.

"독살하는 것이오."

"저더러 부왕님을 죽이라는 것입니까?"

"부왕님이 사느냐 죽느냐에 우리 마우리야왕국의 흥망이 달렸소."

친위대 조장이 물었다.

"부왕님께서 빠딸리뿟따에 입성하시면 우리는 어떻게 되는 것입니까?"

"아소까 부왕님을 옹립하려고 했던 우리 모두는 친위대장 손으로 처형될 것이오. 칼라따까 수상님, 라다굽따 제관님, 나, 친위대 조장까지."

"반대로 부왕님께서 입성하지 못하시면 어떻게 됩니까?"

"아소까 부왕님께서 왕위를 잇고 그대는 친위대장이 될 것이오. 수시마 부왕님께 충성맹세를 했던 왕자님들도 모두 다 지옥 같은 우물 감옥에 던져져 죽을 것이오."

그제야 친위대 조장이 결심했다.

"그렇다면 부왕님을 제 손으로 죽이겠습니다. 마우리야왕국을 위해서 제 손에 피를 묻히겠습니다."

"행운을 비오."

특사가 탁자 서랍에서 무언가를 꺼냈다. 거무죽죽한 빛깔로 변색한 조그만 은갑이었다. 장미 장식이 새겨진 은갑에는 독약이 들어 있었다.

"조금만 삼켜도 살아남지 못하는 독약이오."

"특사님, 빠딸리뿟따에 가서는 뭐라고 보고합니까?"

"부왕님이 오시는 도중에 음식을 드시다가 급사했다고 보고하시오. 칼라따까 수상님이 뒷일을 봐줄 터이니 문책당할 일은 없을 것이오."

은갑을 받아든 친위대 조장은 일어서면서 온몸을 부르르 떨었다. 살기가 온몸을 스치는 것 같아 몸서리쳤다. 특사가 친위대 조장 등 뒤에서 말했다.

"부왕님을 마지막까지 잘 모시시오. 마음이 아프지만 마우리야왕국의 미래를 위하는 일이어서 어쩔 수 없소. 장례는 예를 갖추어 정중히 지내주시오."

밖은 동굴 속처럼 컴컴했다. 초저녁에 잠깐 나타났던 초승달은 이미 사라지고 없었다. 친위대 조장은 군사들이 머물고 있는 임시 막사로 휘적휘적 걸어갔다. 어디선가 개들이 어둠을 물어뜯듯 컹컹 짖어댔다.

다음 날 새벽. 수시마와 아소까의 아들 꾸날라는 딱사설라 성을 조용히 벗어났다. 수시마의 뜻에 따라 일부러 행사를 생략했다. 평소와 달랐다. 부왕이 장도에 오를 때는 궁중 악대가 도열

해서 연주하고 성민들이 모두 나와서 환송했던 것이다. 친위대 조장의 기병들은 수시마가 탄 말을 앞뒤에서 호위했다. 수시마 일행은 새벽안개 저편으로 사라졌다.

독살당한 수시마

수시마 일행은 밤낮으로 쉬지 않고 달렸다. 그 바람에 3일쯤 걸리는 거리를 이틀 만에 달려 옛 꾸루국 땅을 밟았다. 석양이 지평선 위로 떨어지고 있었다. 친위대 조장은 야무나강 상류를 건너기 전에 야영지를 찾았다. 강이 가깝고 밤에는 불을 피울 수 있는 강변이 야영지로서는 좋았기 때문이었다. 친위대 군사들이 강변에 임시 군막을 설치했다. 수시마 부왕과 꾸날라 왕세자가 하룻밤 묵을 임시 군막이었다. 수시마가 말했다.

"조장, 강을 건너지 않기를 잘했소."

"이쪽 모래밭이 넓습니다. 야영하기에 그만입니다."

수시마가 강 쪽으로 걸어간 뒤 꾸날라도 한마디 했다.

"군사들이 여기까지 달려오느라고 고생했으니 오늘 밤 제가 피리를 가지고 아름다운 곡을 들려드릴게요."

"왕세자님, 아마도 대부분 군사들은 경계를 나가고 없을 것입니다."

"그렇다면 부왕님과 조장님에게 들려드릴게요. 빠딸리뿟따로 돌아간다고 생각하니 행복해요."

"왕세자님, 들뜨신 마음을 가라앉히셔야 합니다."

"조장님, 왜 그렇죠?"

"빠딸리뿟따까지는 아직 멀고, 가는 동안 뜻밖의 사고가 발생할지도 모릅니다. 긴장을 놓으셔서는 안 됩니다."

친위대 조장은 뜻밖의 사고라는 말에 은근히 힘을 주어 말했다. '뜻밖의 사고'란 딱사쉴라에 남은 특사와 자신만이 알고 있는 비밀이었다. 그러니까 '뜻밖의 사고'란 꾸날라에게 마음의 준비를 시켜두기 위해 미리 건넨 말이나 다름없었다.

"먼 길이니 돌발사고가 날 수도 있겠네요."

"그렇습니다. 사고가 나더라도 왕세자님은 의연하셔야 합니다. 그래야 군사들이 동요하지 않습니다."

"조장님, 알겠어요."

친위대 조장은 요리담당관을 불렀다. 요리담당관은 궁중 요리사들 중에서 차출한 친위대 조장이 아끼는 사람이었다. 콧수염을 길러 나이 들어 보였지만 실제로는 서른 살을 갓 넘긴 요리사였다. 요리담당관은 친위대를 이끄는 중요한 인물이었다. 먼 거리를 이동할 때 먹는 것이 부실하면 사기가 떨어져 전력이 약화되기 때문이었다. 친위대 조장이 말했다.

"오늘 저녁과 내일 아침은 특식으로 준비하게."

"알겠습니다. 마침 이곳으로 오다가 군사들이 잡은 공작새 두 마리가 있습니다."

"부왕님과 꾸날라 왕세자님께는 공작새 요리를 올리고, 군사들은 새끼 말을 잡아 배불리 먹이게."

친위대 기병들이 타고 온 어미 말이 딱시쉴라에 머무는 동안 낳은 새끼 말이었다. 친위대 조장은 새끼 말을 빠딸리뽯따까지 몰고 갈 생각이 없었다. 가는 길에 잡아서 특식으로 요리할 계획이었던 것이다. 요리담당관은 임시 군막 가까이에 있는 경계 군사들을 불러 서둘러 요리를 시작했다. 석양이 지평선 너머로 떨어지기 전에 공작새와 새끼 말을 잡아야 했다. 공작새는 경계 군사 한 명이 강가에서 털을 뽑았고, 수건으로 눈을 가린 새끼 말은 군사 서너 명이 모래밭 멀리 끌고 가더니 도끼를 든 군사가 새끼 말의 정수리를 내리쳤다. 새끼 말은 짧게 비명을 지른 뒤 맥없이 쓰러졌다. 말가죽은 요리담당관이 강가에서 능숙하게 벗겼다. 강물이 핏물로 벌겋게 물들었다. 요리담당관과 칼을 잘 쓰는 군사가 뼈와 말고기를 쓱쓱 발라냈다.

솥단지를 걸고 장작에 불을 붙이자 강변은 야외 요리장으로 변했다. 솥에서는 말고기가 삶아지고 고소한 냄새가 진동했다. 공작새는 요리담당관이 따로 정성 들여 요리했다. 말고기와 달리 털이 뽑힌 공작새를 통째로 화톳불에 구웠다. 뜨거운 불길에 기름이 지글거리고 연기가 스며들면서 공작새 훈제구이가 담백하게 만들어졌다. 임시 화덕에서는 짜빠띠가 노르스름하게 부풀었다. 친위대 조장은 요리 현장을 둘러보면서 특사의 말을 떠올렸다.

'부왕님을 마지막까지 잘 모시오. 마음이 아프지만 마우리야왕국의 미래를 위하는 일이어서 어쩔 수 없소. 장례는 예를

갖추어 정중히 지내주시오.'

수시마가 산책을 마치고 돌아왔다. 그러자 군사 한 명이 재빨리 손 씻는 물을 떠 와 바쳤다. 친위대 조장이 수시마에게 다가가서 보고했다.

"오늘 저녁과 내일 아침에는 특식을 준비하여 군사들 사기를 높이려고 합니다."

"좋은 생각이오. 군사들 덕분에 나도 특별한 요리를 먹는 것 아니오?"

"오늘 저녁에는 공작새 훈제구이, 내일 아침에는 공작새 커리로 준비하려고 합니다."

"꾸날라 조카가 좋아하겠군."

"공작새 훈제구이는 대왕님께서 품평하셨던 방식으로 만든 요리입니다. 요리담당관은 궁중 요리사 출신입니다."

"아, 아버님께서 좋아하시던 공작새 훈제구이를 여기서 먹게 되다니 정말로 기대가 크오."

실제로 공작새 훈제구이는 빈두사라왕이 자주 먹는 요리였다. 어느 날 궁중 행사 때 빈두사라왕이 직접 공작새 훈제구이가 만들어지는 과정을 지켜본 적도 있었다. 우두머리 궁중 요리사가 공작새를 불에 굽고 연기에 그을리고 있었는데 빈두사라왕이 즉석에서 맛을 보며 품평했던바, 이후 궁중에서 요리하는 공작새 훈제구이는 그날 그 맛이 기준이 되었던 것이다. 수시마가 임시 군막으로 들어가자 친위대 조장은 요리담당관을 격려했다.

"부왕님께서 그대의 요리를 기대하시고 있소."

"제가 만든 공작새 훈제구이를 부왕님께서 인정해 주시기를 바랄 뿐입니다."

"궁중에서 요리하던 대로만 하면 되네."

"야생 공작새이기 때문에 고기가 싱겁고 질길지 모릅니다. 그것이 걱정입니다."

"싱거우면 소금을 뿌리고 질길지 모른다면 센 불에 살짝만 굽게."

"저도 그렇게 생각하고 있습니다. 조장님께서 부왕님의 음식까지 신경 쓰시다니 참으로 대단하십니다."

"나를 미화시키지 말게. 부왕님을 잘 모시라는 특사의 지시를 받았다네."

이윽고 공작새 훈제구이와 짜빠띠 2인분이 친위대 조장의 눈을 거쳐 임시 군막으로 들어갔다. 잠시 후 요리담당관이 수시마 부왕에게 칭찬을 받았는지 어깨를 으쓱하며 나왔다.

"요리담당관, 부왕님께서 만족하시던가?"

"공작새 훈제구이를 한번 맛보시더니 빠딸리뿟따에 가면 저를 우두머리 궁중 요리사로 추천해 주신다고 했습니다."

"축하하네. 꾸날라 왕세자님은?"

"맛있다고 소리를 질렀습니다."

요리담당관은 후식을 준비한다며 군사들이 있는 곳으로 갔다. 잠시 후 꾸날라가 임시 군막에서 나와 말했다.

"백부님께서 공작새 훈제구이를 드시면서 하늘의 신들이 먹는 요리가 이럴 거라고 했어요. 짜빠띠를 네 장이나 먹었더니 배불러요. 저는 산책 좀 하고 올게요."

"멀리 가지 마십시오. 후식이 곧 올 겁니다."

새끼 말을 잡은 강 쪽에서 바람이 불어왔다. 강바람에 피비린내 같은 것이 실려 오는 듯했다. 석양이 진 서쪽 하늘의 붉은 놀은 시나브로 검붉게 변하고 있었다. 그제야 친위대 조장은 긴장했다.

'아, 내 임무를 깜박 잊고 있었구나!'

두말할 것도 없이 친위대 조장의 임무는 수시마를 독살하는 것이었다. 그때 요리담당관이 짜이 두 잔과 바나나와 포도가 든 은쟁반을 들고 왔다. 친위대 조장이 임시 군막으로 들어가는 그를 막았다.

"꾸날라 왕세자님이 들고 가시도록 놓고 가게. 부왕님께서 옷을 갈아입고 계시네."

"예, 알겠습니다. 저는 군사들이 말고기 요리를 먹고 있는 곳으로 가 있겠습니다."

"꾸날라 왕세자님만 오시면 나도 그곳으로 가겠네."

친위대 조장은 품속에서 독약을 꺼냈다. 그런데 두 잔의 짜이 중에 어느 잔에 독약을 넣을지 망설여졌다. 실수하면 꾸날라가 독약이 든 짜이를 마실 수도 있었다. 수시마 부왕이 살고 꾸날라가 죽는다면 자신은 빠딸리뿟따에서 살아남지 못할 것이었다.

'내일로 미룰까? 그건 안 되지. 좋은 기회는 언제나 단 한 번 뿐이었어.'

친위대 조장은 짜이 두 잔을 놓고 당황했다. 어느 잔에 독약을 넣을지 결정하지 못했다. 그때 꾸날라가 콧노래를 부르며 다가왔다.

"후식이군요. 내가 가지고 들어갈게요."

"왕세자님, 짜이 맛이 어떤지 먼저 맛보시겠습니까?"

꾸날라가 아무 의심 없이 짜이 잔을 들어 천천히 마셨다. 친위대 조장은 그 순간 다른 짜이 잔에 독약을 넣으려고 했지만 손이 떨려 기회를 놓쳐버렸다. 꾸날라가 말했다.

"염소젖 맛이 나는군요. 딱사쉴라에서 질리도록 마셔본 짜이에요."

"아, 네. 빠딸리뿟따로 가시면 소젖으로 끓인 고급 짜이를 마실 수 있으실 겁니다."

친위대 조장은 군사 두 명에게 임시 군막의 경계를 맡기고 군사들이 있는 곳으로 갔다. 군사들은 화톳불을 피워놓고 교대해 가면서 저녁 특식을 먹고 있었다. 요리담당관이 말했다.

"조장님, 저녁을 드십시오. 말고기 가슴살 구이를 남겨놓았습니다."

"난 생각이 없네. 내일 부왕님 식사는 뭔가?"

"공작새 커리입니다. 추운 아침에는 뜨거운 수프를 드시는 것이 좋을 것입니다."

"부왕님 그릇은 준비해 두었는가?"

"예, 딱사쉴라에서 가져온 동제 그릇이 있습니다."

"부왕님께는 늘 예를 갖추도록 하게."

"예, 조장님께 음식을 확인받은 뒤 임시 군막 안으로 들어가 겠습니다."

친위대 조장은 임시 군막 옆으로 돌아와 화톳불을 피웠다. 경계를 서는 군사 두 명이 친위대 조장의 눈치를 보며 화톳불을 쬐곤 했다. 친위대 조장은 자정이 지나서야 졸았고 친위대 군사들은 임시 군막에서 멀리는 반 요자나, 가깝게는 수십 걸음 거리에서 경계를 섰다. 다음 날. 사방에 안개가 끼어 지척을 분간할 수 없는 이른 아침이었다. 군사 두 명이 수시마 부왕과 꾸날라의 아침 음식을 들고 왔다. 군사 한 명이 말했다.

"조장님께 먼저 보이고 임시 군막 안으로 가져가라고 했습니다."

"너희들은 임시 군막 안으로 들어갈 수 없다. 그러니 요리담당관을 불러오라."

"요리담당관께서 갑자기 배탈이 나서 저희들이 대신 왔습니다만 지시하신 대로 하겠습니다."

두 명의 군사는 곧 안개 속으로 사라져 버렸다. 친위대 조장은 동제 그릇을 보자마자 수시마 부왕의 아침 음식이라고 직감했다. 꾸날라의 그릇은 한 번 사용하고 버리는 토기였다. 놀랍게도 친위대 조장은 태연했다. 품속에서 달콤한 독약을 꺼내 아무

렇지 않게 공작새 커리에 넣었다. 그때 요리담당관이 허둥지둥 나타났다.

"죄송합니다."

"괜찮네. 아침 음식을 가지고 들어가게."

"음식은 아직 식지 않았습니다."

친위대 조장은 임시 군막 보초군사에게 경계를 잘 서도록 지시하고는 그 자리를 떠났다. 차가운 안개 속에서 밤새 경계를 선 군사들이 화톳불을 피워놓고 몸을 말리고 있는 곳으로 갔다. 빠딸리뿟따에서 함께 출발한 기병 출신들로서 모두 낯익은 군사들이었다. 친위대 조장은 그들에게 말고기 커리를 배불리 먹도록 지시했다.

"밤새 추위에 떨었으니 뜨거운 말고기 커리를 실컷 마셔라. 여기서 배불리 먹고 출발하자."

"예, 조장님."

마침내 군사들이 모두 모여 솥 안의 말고기 커리와 짜빠띠를 다 먹어치웠다. 그런데 그때 짙은 안개 속에서 요리담당관이 뛰어와 소리쳤다.

"조장님! 부왕님께서 갑자기 쓰러지셨습니다."

"천천히 말해보게."

"꾸날라 왕세자님이 울면서 임시 군막을 뛰어나오셔서 들어가 보니 부왕님께서 쓰러져 계셨습니다."

친위대 조장과 군사들은 임시 군막으로 달려갔다. 꾸날라가 임시 군막 밖에서 울고 있었다. 친위대 조장을 본 꾸날라가 울먹였다.

"백부님이 음식을 드시다가 쓰러지셨어요. 지금은 꼼짝을 안 해요. 돌아가신 것 같아요."

군사들이 크게 술렁였다. 수시마를 안전하게 호위하지 못한 죄를 지었으니 모두 극형에 처해질 터였다. 벌써 도망치려고 고개를 두리번거리는 군사도 보였다. 친위대 조장은 동요를 막기 위해 명했다.

"부왕님께서 드신 음식은 공작새 훈제구이와 커리다. 이 음식에 문제가 있었는지도 모르겠다. 너희들은 죄가 없다. 책임이 있다면 나와 요리담당관이다. 그러나 책임은 내가 다 지겠으니 동요하지 마라."

"조장님은 죄가 없습니다. 부왕님께서 요리를 드시고 급체하셨는지도 모릅니다."

"여기서 부왕님께서 왜 돌아가셨는지 따져봐야 무슨 소용이 있겠느냐. 그런다고 다시 살아나시지 않는다. 우리가 할 일은 장례를 잘 치러드리는 일이다. 잘 보내드리는 것이 우리가 당장할 일이다."

친위대 조장이 단호하게 말하자 웅성거림이 수그러들었다. 꾸날라도 울음을 멈추었다. 시신은 빠딸리뿟따까지 운반할 수 없었다. 가는 도중에 시신이 부패하여 악취를 풍길 것이기 때문이었다. 친위대 조장 판단대로 시신을 화장하는 것이 군사들의 할 일이었다. 군사들은 화장할 나무를 구하러 흩어졌다. 그제야 요리담당관이 친위대 조장 앞에 무릎을 꿇고 용서를 빌었다.

"조장님, 공작새의 날카로운 뼈가 부왕님의 장기를 찌른 것 같습니다. 뼈를 걸러내지 못한 저를 처벌해 주십시오. 죽여서 강에 던져주십시오."

"우리가 빠딸리뿟따로 돌아갈 때까지 음식을 책임질 요리사이니 그럴 수 없네."

꾸날라가 한마디 했다.

"조장님, 공작새 뼈를 삼키면 정말 죽기도 합니까?"

"왕세자님, 아직 그런 얘기를 들어본 적이 없습니다."

안개가 강 너머로 조금씩 물러가고 있었다. 군사들이 강변에 생나무와 마른 나뭇가지를 모았다. 한나절은 타고도 남을 나뭇단이 쌓였다. 친위대 조장은 수시마를 나뭇단 위로 옮기도록 지시했다. 그런 뒤 바로 망설이지 않고 불을 질렀다. 친위대 조장은 군사 네 명에게 지시했다.

"우리는 꾸날라 왕세자님을 모시고 사왓티에 먼저 가 있을 것이다. 부왕님께서 남긴 재를 강물에 뿌려 시바 신에게 바치고 오너라."

친위대 조장은 충격받은 꾸날라를 위해 가능한 한 그곳을 빨리 벗어나려고 했다. 불에 타는 수시마 부왕을 지켜본 뒤 떠나고 싶었지만 꾸날라를 위해 서둘렀다.

왕권 탈취

친위대 조장이 딱사쉴라로 떠난 지 두 달을 넘기자 가장 불안해하는 사람은 친위대장이었다. 수시마가 돌아와야만 병석에서 일어나지 못하는 빈두사라왕에게 왕위를 물려받을 수 있기 때문이었다. 물론 칼라따까나 라다굽따도 친위대 조장을 초조하게 기다리기는 마찬가지였지만 속셈은 전혀 달랐다. 그들은 수시마가 오지 않기를 바랐다. 그래야만 아소까에게 기회가 생길 수 있어서였다. 그러니까 친위대장과 칼라따까는 수시마 부왕을 놓고 서로가 동상이몽을 하고 있는 셈이었다.

빈두사라왕은 하루가 다르게 병세가 악화되었다. 정궁 집무실에 보관하던 국새를 별궁의 침실 머리맡에 갖다 놓고 있을 정도였다. 왕권을 상징하는 것 중에 국새만 한 것은 없었다. 국새를 보관한 조그만 상자 뚜껑에는 마우리야왕국 국조(國鳥)인 공작새 두 마리가 음각돼 있었다. 칼라따까나 라다굽따, 그리고 친위대장과 수시마 부왕비는 우두머리 왕궁 의원에게 매달렸다. 그가 진단하는 소견에 따라 일희일비했다.

그날도 우두머리 왕궁 의원이 빈두사라왕 침실에서 나오자 별궁 회랑에서 대기하고 있던 대신들이 우르르 몰려가 물었다.

"대왕님은 어떠시오?"

"외람된 말씀입니다만, 마음의 준비를 하고 계셔야 할 것 같습니다."

"최선을 다해주시오."

"아무것도 드시지 못하니 의원으로서 한계를 절감합니다."

"특단의 치료는 없는 것이오?"

"음식은 물론 물도 못 드신 지 보름도 더 지났습니다. 그런데도 정신이 맑으신 것은 그나마 불행 중 다행입니다."

우두머리 왕궁 의원은 머리를 절레절레 흔들었다. 음식과 물을 끊은 지 보름도 더 지났지만 마치 몸과 정신이 분리된 것처럼 빈두사라왕의 의식은 아직까지도 분명하다는 것이었다. 몸속의 장기는 이미 기능이 마비되어 입에서 심한 악취가 났지만, 의식은 오랫동안 지병을 앓아왔던 사람 같지 않게 또렷하다는 것이 우두머리 왕궁 의원의 전언이었다. 아들 수시마를 기다리는 의지가 너무도 강해서 그럴 수도 있겠지만 칼라따까나 라다굽따는 빈두사라왕의 초인적인 정신력에 혀를 내둘렀다.

우두머리 왕궁 의원이 급히 침실을 나간 뒤 칼라따까와 라다굽따, 친위대장은 별궁에 딸린 다실에서 구수회의를 했다. 칼라따까가 말했다.

"어쩔 수 없는 일이오. 수시마 부왕님께서 언제 빠딸리뿟따에 도착할지 모르오. 그때까지 아소까 부왕님이 왕권을 대리할 수 있도록 대왕님께 허락받는 것이 어떻겠소?"

"우두머리 왕궁 의원이 마음의 준비를 하라고 했소. 무슨 뜻이겠소? 만에 하나 왕권의 공백이 있어서는 안 되니 칼라따까 수상님의 의견에 나는 동의하오."

칼라따까나 라다굽따가 왕위는 수시마 부왕이 잇도록 하되 잠시만 아소까 부왕에게 왕권을 맡기자고 하는 의견에 친위대장이 반대했다.

"수시마 부왕님께서 오늘 도착할지도 모릅니다. 그런데 왕권을 아소까 부왕님께 잠시 넘긴다면 두 형제간의 우애를 깨뜨리는 일이 될 수도 있습니다. 그러니 조금 더 기다리는 것이 좋을 것 같습니다."

칼라따까가 친위대장을 설득했다.

"우두머리 왕궁 의원의 말을 믿어야 하오. 단 하루라도 왕권의 공백이란 있을 수 없는 일이오. 수시마 부왕님께서 빠딸리뿟따에 오늘 내일 도착한다는 보장이 없지 않소? 그래서 궁여지책으로 하는 말이오."

"소장이 알기로는 대왕님의 뜻은 분명한 것 같습니다."

"우리도 대왕님의 뜻을 잘 알고 있소. 다만 수시마 부왕님의 도착이 늦어지고 있기 때문에 대비하자는 것이지 대왕님의 뜻을 거스를 생각은 추호도 없소."

"소장은 여기서 뭐라고 결정할 수 없습니다. 수상님께서 대왕님의 허락을 받으신다면 소장은 따르겠습니다."

"나를 믿어주니 고맙소. 나와 제관님이 대왕님을 알현해서 건의해 보겠소."

친위대장은 짜이를 마시지 않고 일어났다. 자신의 뜻이 관철되지 않자 분하게 여기고는 다실을 나가버렸다. 그러나 칼라따까와 라다굽따는 짜이를 느긋하게 마시면서 이야기를 나누었다.

"대왕님 침실에 들어가 허락받는 일만 남았소."

"수시마 부왕이 올 때까지만 아소까 부왕에게 왕권을 위임한다면 반대하시지는 않을 것 같소."

칼라따까가 친위대장을 거론하며 말했다.

"친위대장이 반대할 줄 알았는데 한 발 물러나는 것을 보니 이상하오."

"대왕님을 믿고 그런 것 같소."

"그러나 나는 우리의 건의를 대왕님께서 받아들이실 거라고 생각하오. 우리가 대왕님께 수시마 부왕을 왕으로 옹립할 것이라는 믿음만 준다면 왜 반대하시겠소?"

그제야 라다굽따가 확신이 든 듯 말했다.

"수시마 부왕이 올 때까지만 아소까 부왕이 왕권을 행사한다면 왕권의 공백은 걱정하지 않아도 되겠지요."

그날 오후. 칼라따까와 라다굽따는 우두머리 왕궁 의원을 따라서 빈두사라왕의 침실로 들어갔다. 빈두사라왕은 탈진한 사람처럼 누운 채 꼼짝을 않고 있었다. 칼라따까와 라다굽따가 가까이 다가가 신분을 밝히자 눈을 껌벅거렸다가 감았다. 우두머리 왕궁 의원이 말했다.

"대왕님께서는 두 분을 알아보고 계십니다."

"지금 보고드려도 되겠소?"

"의식은 분명하시니 다 알아들으실 겁니다. 대왕님 귀에 대고 말씀하십시오."

칼라따까가 무릎을 꿇은 채 말했다.

"대왕님, 보고드릴 말씀이 있습니다. 수시마 부왕님께서 오고 계십니다."

수시마 부왕이란 말에 빈두사라왕이 눈을 떴다. 그러나 눈동자가 천장을 응시할 뿐 칼라따까를 보지는 않았다.

"다만 수시마 부왕님이 언제 오실지 알 수 없습니다. 그래서 드리는 보고입니다. 수시마 부왕님이 오실 때까지 아소까 부왕님이 대왕님 곁에 계셔야 할 것 같습니다."

라다굽따도 한마디 했다.

"수시마 부왕님은 반드시 오십니다."

빈두사라왕이 두 사람을 확인하듯 바라보고는 고개를 좌우로 힘겹게 흔들었다. 허락한다는 뜻이었다. 그래도 칼라따까와 라다굽따는 빈두사라왕이 입으로 허락해 주기를 기다렸다. 우두머리 왕궁 의원도 거들었다. 빈두사라왕의 팔을 주무르며 말했다.

"대왕님이시여, 수상님과 제관님께 말씀하소서."

한참 만에 빈두사라왕이 분명한 발음으로 말했다.

"아소까를 믿는다. 수시마를 도울 것이라고…."

칼라따까는 준비해 간 흰 천에 쓴 문서를 빈두사라왕에게 보여주었다. 그러자 우두머리 왕궁 의원이 빈두사라왕에게 읽어주라고 말했다.

"지금 대왕님께서는 문서를 보시기보다는 듣고 판단하셔야 합니다."

"그렇게 하지요."

칼라따까가 문서를 또박또박 읽었다. 자신과 라다굽따가 작성한 문서에는 '이 시간 이후부터 수시마 부왕이 빠딸리뿟따 왕궁에 올 때까지만 아소까 부왕이 빈두사라왕을 대신하여 이 세상에서 가장 위대한 마우리야왕국을 통치한다'라고 쓰여 있었다. 칼라따까가 문서를 다 읽고 나자 빈두사라왕이 머리맡에 둔 작은 국새 상자를 손짓으로 가리켰다. 그러자 우두머리 왕궁 의원이 국새 상자를 들고 칼라따까에게 건네주었다. 그 순간 빈두사라왕의 눈가에는 눈물이 비쳤다. 우두머리 왕궁 의원이 얼른 다가가 빈두사라왕의 머리를 바르게 해주었다.

칼라따까는 국새를 꺼내 들고 흰 천의 문서 끝에 찍었다. 이제 왕권은 아소까에게 넘어간 것이나 다름없었다. 칼라따까와 라다굽따는 국새가 찍힌 문서를 들고 다르마 왕비 별궁으로 달려갔다. 아소까에게 문서를 전해주기 위해서였다. 그러나 아소까는 다르마 왕비 별궁에 없었다. 동생 비가따소까를 데리고 강가강으로 나가 목욕을 하고 있었다.

한편 친위대 조장 일행은 빠딸리뿟따를 향해서 거침없이 달려오고 있었다. 웨살리까지 왔지만 친위대 조장은 왕궁에서 무슨 일이 벌어졌는지 아무것도 몰랐다. 웨살리는 빠딸리뿟따로 내려가기 전 마지막으로 큰 도시였다. 상술에 능한 왓지족이 사는 곳으로 다른 도시보다 활기가 넘쳤다. 거리에는 마차를 타고 다니는 유녀(遊女)들이 많았고, 사람들은 붉고 파란 옷을 화려하게 입고 다녔다. 또한 2백여 년 전 붓다가 사랑했던 도시답게 크고 작은 사원들이 많았다. 붓다는 열반에 들기 3개월 전쯤 웨살리에 들렀다가 꾸시나가라로 가서 눈을 감았던 것이다. 친위대 조장 일행은 밤새 완고한 안개를 뚫고 달렸다.

"남서쪽으로 달려라!"

다음 날 새벽. 친위대 조장 일행은 예정대로 빠딸리뿟따에 입성했다. 친위대 조장은 외성 성문을 지나 내성으로 들어가 꾸날라를 다르마 왕비 별궁으로 보낸 뒤 친위대 기병들은 내성 군막에서 푹 쉬게 하고 자신은 칼라따까 저택으로 갔다. 안개가 날벌레처럼 눈썹에 달라붙었다. 친위대 조장은 말에서 내려 잠입하듯 걸었다. 칼라따까 저택 2층은 불이 켜져 있었다. 칼라따까가 벌써 일어나 무언가 일하고 있음이 분명했다. 저택 입구 베란다까지 불빛이 새어 나와 희미하게나마 밝았다. 짙은 안개 속에서 정문을 지키던 하인이 다가와 친위대 조장임을 알아보고는 문을 열어주었다.

"수상님은 어디 계신가?"

"2층에 계십니다."

친위대 조장은 하인을 따라 2층으로 올라갔다. 발을 디딜 때마다 나무 계단이 삐걱거리는 소리가 날카롭게 울렸다. 칼라따까가 벌떡 일어나서 친위대 조장의 두 손을 맞잡았다. 칼라따까의 첫 일성은 수시마 부왕의 행방이었다.

"수시마 부왕님은 여전히 딱사쉴라에 계시겠지?"

"아닙니다. 오시다가 급사하셨습니다. 아침으로 꾸날라 왕세자님과 공작새 커리를 드시고 난 뒤 갑자기 돌아가셨습니다."

"꾸날라 왕세자님은 무사하신가?"

"이곳에 도착한 뒤 바로 다르마 왕비님 별궁으로 보내드렸습니다."

"잘했네. 수시마 부왕님 시신은 어디에 있는가?"

"야무나강 상류에서 정중하게 장례를 치러드렸습니다."

"잘했네. 그런데 꾸날라 왕세자님과 같은 커리를 드셨는데 어째서 수시마 부왕님만 돌아가셨다는 것인가?"

"딱사쉴라 특사님께서 지시하신 대로 했습니다."

"음, 그래서 특사는 내 심복 중의 심복이지."

칼라따까는 단번에 직감하고는 오히려 친위대 조장에게 입단속을 지시했다.

"이 일을 절대로 입 밖에 내서는 안 되네. 알겠는가?"

"제 입으로 말할 일은 영원히 없을 것입니다. 수상님, 이제는 친위대장께 보고해야 합니다."

"대장은 항시 대왕님 별궁에 있네. 어서 가보게. 나를 만났다는 말은 하지 말고."

"대장님은 바보같이 아직도 저를 믿고 있습니다."

친위대 조장이 야릇한 웃음을 흘리면서 일어났다. 직속상관인 친위대장에게 보고하는 것은 그의 직무였다. 장막 같은 안개 때문에 왕궁 안의 길들이 잠시 헷갈렸지만 친위대 조장은 곧 빈두사라왕 별궁으로 향했다. 왕궁 안을 낱낱이 숙지하지 못하면 친위대 간부가 될 수 없었다. 마침 빈두사라왕 별궁 밖을 순시하고 있던 친위대장이 친위대 조장을 보고는 달려왔다.

"대장님, 방금 내성에 도착했습니다."

"수시마 부왕님은 아직 이곳에 오시지 않았는데?"

친위대 조장이 바로 대답하지 못하자 친위대장이 다그쳤다.

"사고인가?"

"예, 오시다가 옛 꾸루국에서 돌아가셨습니다."

"이런 날벼락이 있나!"

친위대장은 한동안 말을 못 했다. 왜 돌아가셨는지, 시신은 어떻게 처리했는지도 묻지 못했다. 당황한 채 몸을 부들부들 떨었다. 얼마나 허둥대는지 허리에 차고 있는 칼이 이리저리 흔들거렸다.

"대장님, 고정하십시오."

"내가 이럴 때가 아니지. 난 지금 다녀올 데가 있네."

친위대장이 급히 자리를 떴다. 친위대장이 달려가려고 한

곳은 수시마 부왕비가 사는 별궁이었다. 수시마 부왕이 죽었으니 부왕비의 운명도 어떻게 될지 몰랐다. 그렇다면 수시마의 아들 니그로다를 살려두어야 미래를 기약할 수 있을 것 같았다. 친위대장은 수시마 부왕비와 갓난아기 니그로다가 살아남으려면 외성 밖의 천민촌에 숨어 있어야 한다고 판단했다. 그런 판단이 들자 친위대장의 마음은 더 조급해졌다. 친위대장은 말을 타고 수시마 부왕비 별궁으로 달렸다. 몰려오는 안개 때문에 말발굽 소리가 더 크고 길게 공명했다.

아소까, 마우리야국 왕이 되다

수시마 부왕비가 피신한 곳은 강가강 하류의 달리뜨들이 사는 짠달라 천민촌이었다. 달리뜨들은 외성 밖에서 거주하는 천민들이었다. 달리뜨들은 염소 등을 도살하거나, 성민들의 빨래와 이발을 해주거나, 강가강에서 물고기를 잡아 겨우 연명했다. 그들은 대부분 강가 동굴이나 엉성한 움막에서 살았다. 수시마 부왕비가 친위대장에게 안내를 받은 집도 지붕에 갈대를 얹은 움막이었는데, 검은 흙바닥 방에는 대나무 침상이 하나 달랑 놓여 있었고 대낮인데도 창이 없어 어두컴컴했다.

수시마 부왕비는 아들 니그로다를 안고 하염없이 흐느꼈다. 하루아침에 강가강이 내려다보이는 별궁에서 시궁창 악취가 풍겨오는 움막으로 이유도 모른 채 옮겨 왔으니 가슴이 무너져 내렸던 것이다. 움막 주인 도비왈라는 친위대 군사들의 빨래를 대물림으로 해왔던 천민이었고 불교 신자였다. 친위대장이 도비왈라에게 빨랫거리를 많이 주는 것도 일종의 특혜였다. 석양이 기울 무렵에 또다시 찾아온 친위대장은 도비왈라를 믿고 말했다.

"너는 부왕비님을 잘 모셔야 한다. 부왕비님과 니그로다 왕세자님이 이곳에 계신다는 것은 비밀이어야 한다. 누구도 알아서는 안 된다."

"대장님께서 저를 믿어주시니 고맙습니다. 저는 무슨 일이 있어도 약속을 지킬 것입니다."

도비왈라의 세 칸 띳집은 다른 움막과 달리 작은 베란다와 대나무 침상이 놓인 침실과 부엌, 고방이 갖추어져 있었다.

"여기 마을 달리뜨들에게도 부왕비님이나 왕세자님이란 말을 절대로 꺼내서는 안 되네."

"오갈 데 없는 친척이 와서 산다고 하겠습니다."

"그게 좋겠군. 부왕비님께 가끔 위로를 드릴 수 있는 사람은 없는가?"

"예, 우리 마을을 자주 찾아오시는 마하와루나 아라한님이 계십니다."

"아라한이라면 사문을 말하는가?"

"여기서는 장로님을 아라한님이라고 부릅니다."

달리뜨 마을에서는 수행승 중에서도 덕이 높은 사문을 아라한이라고 불렀다. 마하와루나는 성안으로 들어가지 않고 주로 천민촌을 돌아다니며 설법을 하는 장로였다. 그는 강가강 동굴에 살면서 달리뜨들이 부르면 달려와 그들을 위로하고 용기를 주곤 했다. 그러니까 마하와루나는 고달픈 달리뜨들에게 스승이나 다름없었다.

"잘됐네. 장차 니그로다 왕세자님의 스승이 될 수도 있을 테니까."

친위대장은 안심이 되자 곧 도비왈라 움막을 나갔다. 그러
더니 잠시 후 다시 돌아와 도비왈라를 찾았다.

"대장님, 제게 더 하실 말씀이 있습니까?"

"부왕비님을 뵙고 가야겠네."

"예, 모시고 오겠습니다."

도비왈라 움막 마당은 제법 넓었다. 빨랫줄에 빨래들이 가
득했고 땅바닥에도 여기저기 널려 있었다. 수시마 부왕비가 든
움막은 도비왈라의 띳집 뒤에 있어 오가는 행인들의 눈에 띄지
않았다. 수시마 부왕비가 갓난아기 니그로다를 안고 나왔다. 그
러자 도비왈라가 슬그머니 자리를 비켜주었다. 친위대장은 수
시마 부왕비의 통통 부은 눈을 바로 보지 못하고 말했다.

"부왕비님, 힘을 내셔야 합니다. 어제도 말씀드렸습니다만
니그로다 왕세손님을 위해서도 낙심하셔서는 안 됩니다."

"대장님은 괜찮습니까?"

"세상이 바뀌어 저도 제가 어찌 될지 모르겠습니다."

"이곳에 언제까지 있어야 하나요?"

"도비왈라 움막은 가장 안심할 수 있는 곳입니다. 부왕비님
께서 여기에 계신 줄은 누구도 알지 못합니다. 특히 도비왈라는
부왕비님을 충직하게 잘 모실 것입니다. 저에게 약속했습니다."

"대장님, 자주 오세요. 저는 무섭고 외로워요."

"저는 이곳에 다시는 오지 못할지도 모릅니다."

"무슨 말씀입니까?"

"저도 왕궁을 떠나야 하기 때문입니다. 수시마 부왕님께서 왕궁에 안 계시니 제가 있어야 할 이유도 없어진 것입니다."

"아, 그런가요?"

"이제 니그로다 왕세손님만이 마우리야왕국의 희망입니다. 그러니 잘 키우셔야 합니다."

수시마 부왕비가 또 눈물을 흘렸다. 친위대장은 수시마 부왕비가 측은해서 차마 그 자리에 더 있지 못했다. 도비왈라를 부르지 않고 바로 말을 탔다. 친위대장이 말에 올라타고 달리자 흙먼지가 일어났다. 땅바닥에 널어놓은 빨래들이 흙먼지를 뒤집어썼다.

열흘 후. 빠딸리뿟따 왕궁에서 한밤중인데도 종소리가 댕그랑댕그랑 울려 퍼졌다. 북소리도 밤새 둥둥둥 쉬지 않고 일정한 간격으로 울렸다. 전쟁이 발발했거나 나라의 중대한 일이 생겼을 때 나는 종소리와 북소리였다. 칼라따까는 직감했다.

'아, 대왕님께서 운명하셨구나!'

라다굽따도 마찬가지였다. 몇 년 동안 지병을 앓으시더니 이제야 다른 세상으로 가셨구나, 하고 담담하게 받아들였다. 내성 문과 외성 문들이 수문장의 지시로 열렸다. 라다굽따는 안개 낀 거리를 내려다보았다. 안개 속에 흐릿한 그림자들이 보였다. 벌써 성 안팎의 사람들이 왕궁을 향해서 가고 있었다. 칼라따까와 라다굽따는 관복을 입고 왕궁으로 달리듯 걸었다. 장례의 예를 갖추기 위해 말을 타지 않았다. 친위대장은 보이지 않았다. 대신 친위대 조장이 바삐 움직였다. 친위대 조장의 지시로 군사들이 왕궁 안의 빈두사라왕 별궁을 몇 겹으로 에워싼 채 비상경계를 섰다. 칼라따까와 라다굽따는 친위대 조장의 안내를 받아 바로 빈두사라왕의 침실로 갔다. 미리 와 있던 아소까가 말했다.

"대왕님께서는 아주 편안하게 가셨소."

아소까의 표정은 침통했지만 말투는 차분했다. 왕궁 정전에 있다가 우두머리 왕궁 의원의 연락을 받고 가장 먼저 침실로 달려와 빈두사라왕의 임종을 지켜보았던 아소까였다. 임종을 지켰다는 것은 상징성이 컸다. 유언이 있었다면 그것이 바로 빈두사라왕의 마지막 왕명이었다. 칼라따까가 어렵게 입을 열었다.

"대왕님 마지막 말씀은 무엇이었는지요?"

"마우리야왕국 백성들을 부탁한다고 말씀하셨소."

칼라따까는 아쉬웠다. '백성들을 부탁한다'는 왕명은 애매했다. 왕위를 물려준다는 의미로 해석할 수도, 그러지 않을 수도 있기 때문이었다. 그러나 그 문제를 해석하고 있을 만큼 여유로운 시간은 아니었다. 당장에 장례를 어떻게 치를지, 조문을 어떤 순서로 받을지 정해야 했다. 칼라따까가 그 문제에 대해서 의견을 명쾌하게 내놓았다.

"짠드라굽따 선왕님의 예를 따르는 것이 합당한 도리라고 생각합니다."

"수상께서 장례위원회를 소집해서 처리하시오."

라다굽따도 칼라따까의 제언에 동의하면서 한마디 더 붙였다.

"장례는 예를 다해 갖추되 짧게 치르는 것이 나라의 안정을 위해 좋다고 생각됩니다."

"조문 순서는 왕실부터 받고 장례는 닷새 동안 치르시오."

짠드라굽따대왕의 장례는 그의 유언에 따라 길게 끌지 않고 닷새 만에 서둘러 끝냈다. 자이나교 수행자의 경우처럼 단순하고 소박했다. 실제로 짠드라굽따대왕은 왕위를 아들 빈두사라에게 물려주고 자이나교에 귀의하여 극심한 가뭄으로 굶어 죽은 백성을 위해 자신도 단식하다가 죽었던 것이다. 빈두사라왕이 닷새째 되는 날 아침에 전단향나무를 쌓아놓고 아버지 짠드라굽따의 시신을 불태웠는데 석양이 지는 동안 타다만 뼈와 재를 강에 뿌렸던바, 아소까도 선왕의 선례를 떠올리면서 칼라따까와 라다굽따에게 명했다.

아소까는 빈두사라왕의 장례를 진두지휘하면서 자연스럽게 왕위를 이었다. 빈두사라왕의 장례 기간에 호칭도 부왕에서 왕으로 바뀌었다. 아소까가 집무를 보는 정궁에서 칼라따까가 먼저 나서서 충성을 서약했다.

"왕이시여, 저희들은 절대복종할 것을 맹세합니다."

"고맙소. 나는 그대들을 믿고 선왕께서 못다 이룬 꿈을 이룰 것이오."

"왕이시여, 마우리야왕국의 영광은 영원할 것입니다."

라다굽따의 말에 아소까가 마우리야왕국의 비원을 말했다.

"나는 잠부디빠를 통일할 것이오. 선왕께서 이루지 못한 깔링가국부터 정복할 것이오."

아소까는 전쟁의 야욕을 숨기지 않았다. 선왕이 이루지 못한 꿈을 자신이 해결하고 싶다는 아소까의 욕망이었다. 라다굽따는 아소까의 말에 등골이 서늘해짐을 느꼈다. 깔링가국은 짠드라굽따대왕도, 빈두사라왕도 정복하지 못한 작은 소국이었다. 강력한 코끼리부대를 보유하고 있는 군사 강국인 데다 해상무역으로 부자가 많아 왕국의 재정도 늘 넉넉했다. 또한 대부분 사람들이 불교를 신봉하여 남녀차별이나 신분계급 의식이 희박해 나라의 분위기가 다른 소국들보다 활기차고 역동적이었다.

라다굽따는 아소까가 왕정을 펴는 데 순서 조율이 필요하다고 생각했다. 왕권이 확고하게 다져지지 않았는데 정복전쟁을 치른다는 것은 무리였던 것이다. 수시마를 지지했던 왕자들이 아직도 수십 명이나 왕궁에 살고 있었고, 여전히 군권을 쥐고 있는 사람은 친위대장인 것이었다. 아소까가 친위대장을 찾았다.

"친위대장은 어디 있소?"

"오늘 새벽부터 보이지 않습니다."

"엄중한 시기에 친위대장이 보이지 않다니 이상하오."

"친위대 조장이 임무를 잘 수행하고 있으니 안심하셔도 됩니다.”

“왕이시여, 소신이 친위대 조장을 불러오겠습니다.”

칼라따까가 친위대 조장을 부르러 간 사이에 라다굽따가 말했다.

“왕이시여, 지금은 장례 기간일뿐더러 수시마 부왕님 편의 사람들이 저희들의 행동을 지켜보고 있습니다. 기회가 되면 언제든지 나서지 않겠습니까? 그러니 지금은 왕권을 반석처럼 다져야 하는 시기라고 판단됩니다.”

“당장에 정복전쟁을 치르자는 말은 아니었소. 어떻게 왕궁을 함부로 비울 수 있겠소. 수시마 형님을 옹립하려던 왕자들이 있는데.”

친위대 조장이 들어오자 아소까는 즉시 그를 친위대장으로 임명했다.

“대장이 세운 공을 수상에게서 다 들었소. 대장은 마우리야 왕국을 위해 활약한 공이 크오.”

“왕이시여, 소장은 임무를 다했을 뿐입니다. 과분한 칭찬이십니다.”

“아니오. 대장은 지금 이 순간부터 나를 호위하시오.”

“왕이시여, 목숨을 아끼지 않겠습니다.”

그런데 그날 오후 석양빛이 내성 안을 뒷걸음치듯 물러갈 때였다. 새벽부터 보이지 않던 친위대장의 시신이 내성 끝 숲속에서 발견되었다. 순찰을 돌던 군사가 발견하여 경비대장에게 보고했고 그 보고는 곧 칼라따까 수상에게 전해졌다. 그리고 칼라따까는 빈두사라왕 시신 옆에서 기도하고 있는 라다굽따를 찾아가 친위대장의 자살 소식을 알렸다.

"제관님, 친위대장이 목을 매어 죽었소."

"자신의 운명을 알고 자살한 것 같소."

"아소까왕께서도 그가 어떤 인물인지 잘 알고 있소. 그러니 우두머리 옥리에게 명하여 시신도 찾지 못하는 우물 감옥에 던져버리겠소."

빠딸리뿟따 내성 입구에 지옥인 양 한없이 깊게 판 감옥이 있는데, 사람들은 우물 감옥이라고 불렀다. 우물 감옥에 던져진 시신은 영원히 찾을 수 없었다. 친위대장이 스스로 목숨을 끊었다는 소문은 금세 성안에 퍼졌다. 다음번에 죽게 될 사람은 어느 왕자일 것이라는 둥 흉흉한 소문까지 떠돌았다. 소문은 정확했다. 빈두사라왕의 화장이 끝난 날 수시마를 적극 옹립하려고 했던 왕자 다섯 명이 한꺼번에 사라졌다. 군사가 나선 전광석화 같은 작전이 아니고서는 불가능한 일이었다. 빠딸리뿟따 성안에는 막연한 소문이 아니라 공포의 살기가 감돌았다.

마침내 아소까왕은 대왕만이 쓸 수 있는 붉은 보석으로 장식한 흰 모자를 썼다. 아소까왕은 옆구리에 동생 비가따소까가 선물한 단검을 차고 정궁으로 나아갔다. 대신들이 정궁에 모이자 아소까왕은 새로운 수상 임명식을 가졌다.

"라다굽따 제관을 수상으로 임명하오!"

예상과 달리 성품이 온화한 라다굽따를 수상으로 지명했다. 순간 비범한 책략가 칼라따까의 얼굴이 흙빛으로 변했다. 그러나 아소까왕은 칼라따까를 배려하는 것도 잊지 않았다.

"나를 위해 헌신했던 칼라따까 수상을 누구나 한번 가기를 원하는 옛 까시국 부왕으로 임명하오!"

외침의 염려가 전혀 없는 데다 강가강이 활처럼 휘감아 흐르고, 색색의 비단과 진기한 교역물이 넘쳐나는 옛 까시국 부왕으로 칼라따까를 지명했다. 칼라따까의 남은 여생을 편히 보장하겠다는 배려었다.

칼라따까 대신 환송연

왕궁 연회장 문들이 오랜만에 열렸다. 연회장 내부의 모습은 몰라볼 만큼 완전히 새로웠다. 창문의 모든 커튼들은 코끼리 상아 같은 흰색의 비단 천으로 바뀌어 펄럭거렸다. 빈두사라왕 때 사용했던 사자머리와 다리가 양각된 이집트 가구와 탁자들이 모두 치워지고, 아소까왕의 취향을 따른 것들이 놓여 있었다. 아소까왕은 이집트나 땅바빵니 같은 외국산보다는 잠부디빠에서 단순하게 만든 민무늬 가구나 식탁을 선호했다. 왕궁 연회장에 들어선 사람들은 아소까왕의 시대가 열리고 있다는 것을 새삼 실감했다. 연회장의 내부 수리 감독은 칼라따까의 최측근이자 대신인 마하데와라가 맡았다. 그는 칼라따까의 심복이라고 불리는 오래된 측근이었다.

연회는 옛 까시국으로 떠나는 칼라따까를 위한 환송연이었다. 아소까왕의 지시로 라다굽따가 연회를 주관했고 친위대장이 직접 경비를 책임지고 맡았다. 칼라따까는 아소까가 왕위를 잇는 데 누구보다도 결정적인 역할을 한 대신이었다. 또한 친위대장은 칼라따까의 신임을 받아 대장의 지위까지 오른 인물로 그의 심복 중의 심복이었다. 이 두 사람이 없었다면, 라다굽따

혼자의 힘만으로는 아소까가 왕권을 쟁취하는 것은 불가능했을 터였다. 왕궁 접견실에서 라다굽따와 칼라따까가 연회를 기다리며 담소했다.

"저를 위해 환송연을 열어주시니 고맙소."

"대왕님께서 특별히 지시하셨소. 이번에 연회장 내부를 다 바꾸었소. 선왕의 흔적을 말끔하게 지워버렸지요."

"대왕님께서 연회를 지시하셨다니 감개무량하오."

"떠나는 수상님을 어찌 잊겠소? 너무도 당연한 연회지요."

"꿈을 이루고 떠나니 여한이 없소만 그래도 큰 걱정이 하나 있소."

"대왕님께서 옛 까시국 부왕으로 임명한 것은 여생을 편안하게 보내시라는 뜻이 아니겠소? 그러니 걱정은 내려놓고 앞으로는 인생을 즐기시구려."

"그런데 말이오…."

칼라따까가 갑자기 어두운 표정을 지었다. 무언가 안심할 수 없다는 듯 미간을 찌푸리며 도리질을 했다. 라다굽따는 아소까가 왕위에 올랐으니 아무 일이 없을 것이라고 생각했지만 칼라따까의 생각은 달랐다. 라다굽따가 물었다.

"무슨 일이 생겼소?"

"수시마를 옹립했던 왕자들이 나를 비웃었다고 하오. 교활한 위인이 사라지게 됐으니 이제 자신들이 나설 때가 됐다며 소문을 퍼뜨리고 다닌다는 말을 들었소. 예전에 내가 데리고 있던 말먹이꾼이 전해주었소."

"왕자들이 아소까왕을 지지하지는 못할망정 불복하겠다는 말이군요."

"불행한 일이오. 수시마 부왕을 앞장서서 옹립하려고 했던 왕자 다섯 명을 제거했는데도 이러니 어찌 걱정하지 않겠소?"

라다굽따는 문득 할 말을 잃고 말았다. 수상의 지위에 올랐을 때만 해도 부귀영화의 락슈미 여신이 자신의 손을 잡아주는 구나 하고 행복했는데, 자신의 앞날을 어둡게 하는 파괴의 시바 신이 가로막고 있기 때문이었다. 그때 아소까왕이 접견실로 들어왔다. 아소까왕은 자리에 앉지 않고 바로 연회장으로 가자고 말했다.

"지금 갑시다. 내가 조금 늦었소. 다르마 대비님이 갑자기 오셔서 늦었소."

"연회를 마련해 주시니 감사할 따름입니다."

"나는 수상을 잊지 않을 것이오."

라다굽따와 칼라따까가 아소까왕 좌우에 서서 안내했다. 연회장에는 1백여 명의 사람들이 미리 와서 착석하고 있었다. 왕실 귀족과 관리들이 연회복과 모자를 쓰고 아소까왕을 맞이했다. 아소까왕이 입장하자 박수가 소나기처럼 쏟아졌다. 왕궁 악대의 연주가 분위기를 고조시켰다. 아소까왕이 착석하자 그제야 연주가 멈추었다. 아소까왕이 연회장을 흡족하게 둘러보면서 일어났다. 연회장 분위기가 자신의 취향대로 새롭게 바뀌었기 때문이었다. 아버지 빈두사라왕이 외국의 진귀한 수입품들을 좋아했던 반면에 아소까는 자국의 것들을 장려하고 애호했던 것이다. 아소까가 짧게 한마디 했다.

"오늘은 칼라따까 원로대신을 위해 마련된 자리이니 마음껏 만찬을 즐기길 바라오. 칼라따까 원로대신은 선왕에 이어 나까지 2대를 위해 헌신하고 희생한 분이오. 나는 마우리야왕국을 대표해서 칼라따까 원로대신에게 존경을 표하오. 감사를 드리오. 우리 모두 역시 칼라따까 원로대신에게 존경과 감사의 박수를 쳐주는 게 어떻겠소?"

박수를 받은 칼라따까가 일어나 하객들에게 고맙다는 인사를 했다. 그런 뒤 건배를 제의했다.

"하늘의 신들이 찬탄하는 마우리야왕과 마우리야왕국의 영광을 위하여!"

왕궁 무희들이 무대로 나와 왕궁 악대의 연주에 맞추어 춤을 추기 시작했다. 아소까왕이 칼라따까에게 양해를 구했다.

"대신이여, 나는 이쯤에서 일어나야겠소. 어머니께서 와 계시오."

"저에게 잠깐이라도 시간을 주시겠습니까? 긴히 드릴 말씀이 있습니다."

"어렵지 않소. 무대 뒤에 내 방이 있소."

무대 뒤쪽에는 왕을 위한 비밀의 방이 마련되어 있었다. 연회 때 왕이 옷을 갈아입거나 급한 용무가 생겼을 때 보고를 받는 공간이었다. 칼라따까는 비밀의 방이 있는 줄은 알았지만 직접 들어가 보기는 처음이었다. 아소까왕이 의자에 앉자마자 바로 물었다.

"내게 할 말이 무엇이오?"

"왕정을 펴시는 데 일단 우환을 제거했지만 아직 위험이 남아 있다고 생각합니다."

"그들도 왕자들이오?"

"예, 세상이 바뀐 줄 모르는 분들입니다."

"무시해 버리겠소."

"잔불이 무섭습니다. 왕궁에는 그분들을 추종하는 귀족이나 하인들이 많습니다. 잔불은 언제든 큰불이 될 수 있습니다."

"알았소. 그대의 충정을 잊지 않겠소."

"그들은 제가 떠나는 것을 두고 교활한 위인이 사라지게 됐다고 합니다."

"걱정하지 마시오. 나는 절대로 그들을 가만 놔두지 않을 것이오. 잔불이 큰불이 될 수 있다는 그대의 충언을 명심하겠소."

아소까왕은 어금니를 물었다가 놓았다. 다섯 명의 왕자들을 제거한 것으로 왕실의 질서가 잡히리라고 판단했는데 그게 아니었기 때문이다. 아소까왕이 방 밖으로 나가려다가 물었다.

"이 일을 어찌하면 좋겠소?"

"왕권에 불복하고 있는 것이 확실하다면 그것은 역모죄에 해당합니다. 사실이라면 극형으로 다스리셔야 합니다. 교활한 위인들이 있는 한 왕실은 늘 안온하지 못할 것입니다."

"알겠소. 편히 떠나시오. 나는 고름 덩어리 같은 왕자들을 반드시 도려내고 말겠소."

아소까왕은 칼라따까의 말을 듣고 분노했다. 칼라따까가 위로했다.

"친위대장에게 오늘 연회에 참석한 왕자들부터 소리소문없이 납치해 제거하라고 지시하겠습니다."

"왕명이오. 그렇게 하시오."

아소까왕은 독이 올라 망설이지 않고 허락했다. 아소까왕이 비밀의 방을 나가자 칼라따까도 연회장으로 돌아와 친위대장을 불렀다.

"대장, 잠시 내 옆에 앉으시오."

"예."

라다굽따 수상은 연회장을 돌면서 술잔을 주고받고 있었다. 칼라따까는 친위대장이 자리에 앉자마자 턱으로 왕자들을 가리키며 말했다.

"연회장에 있는 왕자들이 몇 명이나 되오?"

"열한 명입니다."

"연회가 파하면 그들을 미행해 납치해서 우물 감옥에 던져 버리시오. 친위대 중에서 믿을 수 있는 군사만 차출해야 하오."

"우물 감옥 옥리들이 방해하면 어떻게 합니까?"

"왕명이라고 하시오. 그래도 방해하면 그 자리에서 목을 베어버리시오.”

“알겠습니다.”

칼라따까가 일을 치를 때는 언제나 단호하고 수단과 방법을 가리지 않았다. 친위대장은 인정사정없이 일도양단하듯 일을 처리하는 칼라따까의 처신에 어떨 때는 두려움마저 느꼈다. 그러나 그의 계책은 빈틈없이 용의주도했기 때문에 실제로 실패한 적이 거의 없었다. 라다굽따가 불쾌한 얼굴이 되어 칼라따까 자리로 오자 친위대장은 일어났다.

그 시간에 아소까왕은 어머니 다르마 대비를 왕궁 다실에서 만났다. 아상디밋따 왕비도 동석했다. 꾸날라를 친아들처럼 키웠던 아상디밋따 왕비는 다르마 대비가 비가따소까를 낳은 뒤 산후조리할 때도 마음을 다해 도왔던 자애로운 여인이었다. 궁녀가 짜이를 내왔다. 다르마 대비가 짜이 잔을 잡지도 않은 채 아상디밋따 왕비를 다실 밖으로 내보낸 뒤 말했다.

“도대체 왜 이러십니까?”

“어머니, 무슨 일로 역정을 내십니까?”

“왕자 다섯 명이 사라졌습니다! 왕궁이 흉흉합니다. 수시마 편에 선 왕자들이라고는 하지만 이제 왕이 되셨으니 과거는 불문에 부치고 자비를 베푸는 성군이 돼야 하지 않겠습니까? 왕궁의 모든 왕족들에게 존경을 받아야 하지 않겠습니까?”

다르마 대비의 눈에는 벌써 눈물이 그렁그렁했다.

"어머니께서는 오해하고 계십니다. 그자들은 저를 제거하려고 선동했습니다. 수시마 형님과 저 사이를 이간질했던 자들입니다. 수시마 형님께서 왕이 됐더라면 저는 그자들 손에 죽었을 것입니다. 이번 일은 그자들이 아니면 제가 죽어야 할 운명인 것입니다."

"나는 아들이 왕이 되어 한순간 행복했습니다. 그러나 지금은 예전의 아들이 아닌 것 같아 가슴이 아프고 불행합니다."

"어머니, 저는 마우리야왕국을 다스리는 왕입니다. 자비심만으로는 통치를 할 수 없습니다. 역모를 꾀한 자나 왕권을 능멸한 교활한 자는 단호하게 다스려야 합니다. 이것이 왕의 운명입니다."

"왕의 운명은 정해진 것이 아닙니다. 자신이 선택하고 결정하면 그것이 운명입니다. 공포보다는 자비롭게 통치하시기를 바랍니다. 그리하면 전륜성왕이 되어 영원히 이름이 남을 것입니다."

다르마 대비가 눈물을 흘리며 호소했다. 그러자 아소까왕은 더 이상 대꾸를 않고 일어서서 나가버렸다. 아상디밋따가 들어와 다르마 대비를 위로했다.

"대비님, 왕께서는 누구보다도 외로우실 겁니다. 왕실의 모든 왕자들이 지금도 수시마 부왕님을 그리워하고 왕의 권위를 인정하지 않으니까요."

"왕이 자비로워지기를 기도할 뿐 내가 할 수 있는 일은 아무

것도 없구나."

"대비님, 저도 기도할게요. 함께."

"라다굽따 수상을 만날 수 있을까?"

"지금 연회 중입니다."

"왕을 설득할 수 있는 사람은 수상밖에 없어. 그러니 사람을 연회장으로 보내 라다굽따 수상을 만나게 해줘."

아상디밋따 왕비는 궁녀를 연회장으로 보내 다르마 대비의 뜻을 전했다. 그러자 라다굽따가 환송연이 끝나기 전에 왕궁 다실로 왔다.

"대비님, 부르셨습니까?"

"조금 전에 왕을 만났습니다. 그런데 왕은 하루가 다르게 변하고 있습니다. 걱정입니다. 어찌하면 좋겠습니까?"

라다굽따는 아소까왕에 대한 고민을 솔직하게 말했다.

"대비님, 폐하의 판단은 옳습니다. 지금은 화합하는 시기가 아니라 왕권을 강화하는 시기이기 때문입니다. 다만 급하게 바꾸기보다는 점진적으로 백성들의 이해를 구하면서 다스리는 것이 신의 뜻이라고 생각합니다."

"하룻밤 사이에 왕자들이 사라지고 없으니 왕의 동생 비가따소까조차 왕궁이 무섭다고 합니다. 선왕 때는 이런 일이 없었습니다."

"대비님 마음을 충분히 이해합니다."

"방금도 왕을 만류했지만 소용없었어요."

"내일 폐하께 소신의 생각을 조심스럽게 말씀드려 보겠습니다."

"수상께서 자비로운 왕이 될 수 있도록 도와주세요."

라다굽따 수상은 무거운 마음으로 왕궁 다실을 나와 연회장으로 갔다. 연회장의 분위기는 흥이 절정에 달해 있었다. 왕자 몇 사람은 무대로 뛰어올라 무희들과 함께 춤을 추었고, 술에 취한 관리들이 크게 웃으며 떠들었다. 칼라따까의 얼굴은 시간이 갈수록 무표정해졌고 친위대 군사들은 연회장 밖 숲속에서 연회장을 노려보고 있었다. 라다굽따는 연회장의 분위기에 다소 기분을 전환하여 칼라따까에게 술을 권했다. 칼라따까가 라다굽따의 얼굴을 잠시 응시하더니 술을 마셨다. 칼라따까는 라다굽따가 아소까왕을 보좌하기에는 너무 온순하여 지금은 수상으로서 적임자가 아니라고 생각했다.

살해당하는 신하들

아소까가 왕위에 오른 지 3년. 아소까왕은 밤늦게 수상 라다굽 따를 별궁으로 불렀다. 정궁에서는 신하들이 옆에 있으므로 은 밀한 이야기를 주고받을 수 없기 때문에 별궁으로 라다굽따를 부른 것이었다. 별궁 정문에 있던 친위대장이 라다굽따를 발견 하고는 잰걸음으로 다가왔다. 친위대장도 아소까가 왕위에 오 를 때 칼라따까나 라다굽따 못지않게 공을 세운 인물이었다. 따 라서 친위대장은 아소까왕의 신임이 두터웠다. 친위대장이 말 했다.

"수상님, 밤중에 무슨 일이십니까?"

"왕께서 나를 찾는다기에 급히 왔소."

"아마도 신하들 때문일 것입니다. 왕자들을 다 제거하고 나 니 이제는 알게 모르게 왕자들과 내통해 왔던 신하들이 문제입 니다."

"나도 눈치는 챘소. 세상이 바뀌었으니 시간이 지나면 해소 될 수 있지 않을까 싶소."

"왕궁이 싫으면 스스로 떠나야 합니다. 그런데도 그동안 누 렸던 온갖 혜택에 길들여져 떠나지 못하고 있는 것입니다."

317

"그런 위인이 있기는 하오."

왕권이 바뀐 지 3년이 지났는데 신하들 대부분이 빈두사라왕 시절을 잊지 못하고 있는 것은 사실이었다. 수십 명의 왕자들에게 줄을 대서 출세를 했고, 그들을 통해서 빈두사라왕의 환심을 샀던 것이다. 그런데 왕자들과 등을 진 아소까가 왕위를 잇자 그러한 혜택이 사라져 버렸으므로 그들은 전전긍긍하지 않을 수 없었다.

"수상님, 새 술의 향기와 맛을 보려면 새 항아리에 담아야 하지 않겠습니까?"

"나도 바꾸어야 한다는 데는 공감하오. 그러나 원한은 원한을 낳는다고 했소. 원한을 사지 않고 서서히 바꿔가는 방법을 찾아봅시다."

친위대장은 라다굽따를 좋아하면서도 결코 의지하지는 않았다. 그는 칼라따까의 사람이었고, 그래서 지금의 지위까지 오른 위인이었다. 수십 명의 왕자들이 그의 날랜 군사들에게 붙잡히어 소리소문없이 죽었으므로 아소까의 왕권이 확고해졌다고 믿는 무장이었다. 친위대장은 철저하게 칼의 힘을 믿는 신봉자였다.

아소까왕이 라다굽따를 맞았다. 별궁 다실에는 꾸날라가 앉아서 짜이를 마시고 있었다. 아소까왕이 말했다.

"요즘은 꾸날라가 나를 위로한다오."

"이 악기는 아버지께서 구해 주신 공후입니다."

꾸날라가 의자 옆에 놓아두었던 공후를 집어 들더니 가슴에 품으면서 말했다.

"꾸날라야, 수상님이 오셨으니 이제 왕자 별궁으로 돌아가거라."

"예, 친위대 조장이 저를 기다리고 있을 겁니다."

"조장이 데려다준다고 하니 안심이 되는구나."

꾸날라가 별궁 다실에서 나가고 나자 아소까왕이 말했다.

"마음이 울적할 때마다 꾸날라를 불러 공후 연주 소리를 듣는다오."

"배은망덕한 신하들 때문에 그러하십니까?"

"그렇소. 어찌하면 좋겠소."

"저의 소견을 말씀드리겠습니다. 신하들을 지방 관리로 파견하면 어떻겠습니까? 옛 아완띠국이나 앙가국, 꾸루국 등의 관리들이 현지 호족들이어서 부왕을 이용해 횡포가 자못 심하다는 보고를 받고 있습니다. 그러니 신하들을 지방 관리로 보내 지역주민들의 불만을 해소하면 좋을 것 같습니다."

"내 말을 듣는 시늉만 하는 신하들이 지방에 가서 잘한다는 보장이 있소? 그러니 기회를 보아 정리하는 것이 왕국을 위해 도움이 될 것 같소."

"어떻게 정리하신다는 것인지요?"

라다굽따는 아소까왕의 눈에서 살기를 느끼고는 몸을 떨었다. 네 군데의 벽에 기름불이 켜진 별궁 다실은 아소까왕의 표정이 보일 만큼 환했다. 창 반대쪽 벽면의 기름불 불꽃이 흔들렸다. 혹서기에는 항상 창을 열어두기 때문에 강가강의 강바람이 시나브로 불어왔다. 라다굽따는 얼굴에 닿는 바람결을 느꼈다. 그날따라 바람결이 예리한 칼날처럼 서늘했다. 아소까왕은 한참만에 입을 열었다.

"나도 생각하는 바가 있지만 수상께서 먼저 계책을 내놓아 보시오."

"아둔한 제가 감히…. 계책이 허술했다가는 일을 그르칠 수가 있습니다."

"하하하."

아소까왕이 라다굽따의 완곡한 거절에 호탕하게 웃었다. 그런 뒤 술을 한잔하면서 말했다.

"칼라따까 수상이 그립소. 칼라따까 수상이라면 계책을 말했을 것이오."

"저도 그렇게 생각합니다. 능력이 모자란 저를 수상에 임명하시던 날 저는 기쁘기보다는 걱정이 앞섰습니다."

"그 이유를 알고 싶소?"

"말씀해 주신다면 더 잘 받들어 모시겠습니다."

"다 지나간 일이니 술이나 한잔 드시오."

라다굽따는 자신 앞에 놓인 술잔을 들었다. 낮에는 주로 짜이가 나오지만 밤에는 술이 나왔다. 술상을 놓고 간 침실 궁녀는 다시 나타나지 않았다. 은밀한 이야기를 주고받을 것이므로 아소까왕이 침실 궁녀의 출입을 엄금한 듯했다. 라다굽따가 술잔을 들었다가 놓자 아소까왕이 말했다.

"내가 칼라따까를 수상으로 연임시키지 않고 옛 까시국 부왕으로 보낸 이유가 있소."

"남은 여생을 편히 보내라고 배려하신 것이 아닙니까?"

"물론이오. 그런데 그런 이유만으로 보내지는 않았소. 칼라따까는 나를 왕으로 만든 위인이오. 때문에 머릿속으로는 나보다 자신이 위에 있다고 생각할지 모르오. 그러나 왕 위에는 신이 아닌 이상 그 누구도 있을 수가 없는 법이오."

"아, 지당하신 말씀입니다."

라다굽따는 등골을 타고 흐르는 서늘한 전율을 느꼈다. 아소까왕이 자신의 꿈을 이루기 위해 칼라따까를 그때그때 이용했다는 생각이 들어서였다.

"신하들을 정리할 나의 계책은 내일 회의에서 보게 될 것이오. 신하들을 정궁에 빠짐없이 모이도록 하시오."

"예, 확인하고 점검하겠습니다."

밖은 동굴 속처럼 컴컴했다. 라다굽따는 잠시 방향을 잃었다. 밝은 곳에서 어두운 곳으로 나온 탓이었다. 한 발짝도 움직이지 못하는 라다굽따에게 친위대장이 다가와 옆에 있는 친위군사에게 지시했다.

"수상님 댁까지 잘 모시게."

친위대장은 왕궁에 피바람이 몰아칠 것 같은 예감이 들었다. 아소까왕이 내일부터 정궁의 경비를 강화하라고 명했기 때문이었다. 전시가 아닌데도 그렇게 명한 것은 아주 이례적인 일이었다. 그래서 친위대장은 친위대 군사들에게 밤 자정부로 비상을 발령했다. 정궁의 경계근무 강화를 위한 비상이었다. 비상이 걸리면 철저한 검문검색이 이뤄졌다. 성민들의 왕궁 출입이 성문에서부터 금지되었고, 수상 이하 모든 신하들이 친위대 조장에게 몸수색을 당했다. 아침 일찍 정궁에 들면서 몸수색을 당한 신하들이 황당한 표정으로 수군거렸다.

"간밤에 무슨 일이 일어난 것이오?"

"확인해 봐야 하겠소."

"아무래도 무슨 사고가 발생한 것 같소."

"나도 그런 생각이 드오."

아소까왕이 입장하기 전에 라다굽따와 친위대장이 정궁 회랑에서 잠시 이야기를 나누었다.

"수상님, 새벽에 왕명을 받았습니다."

"무슨 명을 받았소?"

"아침 회의에서 왕명을 거역하는 신하들을 밖으로 끌고 나가 목을 베라고 하셨습니다."

친위대장의 말에 라다굽따는 잠시 할 말을 잃었다. 회랑 기둥에 도마뱀 한 마리가 기어가고 있었다. 그제야 라다굽따가 겨우 짧게 한마디 했다.

"알겠소. 입실합시다."

친위대장이 아소까왕에게 불려가 끔찍한 지시를 받은 것은 사실이었다. 아소까왕이 자신의 명을 거역하는 신하의 목을 먼저 치면 친위대장의 군사들도 곧바로 신하들을 왕궁 정원으로 끌고 나간 뒤 가차 없이 목을 베라는 잔혹한 왕명이었다. 이윽고 정궁에 아소까왕이 입장했다. 아소까왕 좌우로 신하들이 도열했다. 좌측에는 라다굽따 수상과 문신들이, 우측에는 친위대장과 무신들이 서열에 따라 줄을 섰다. 아소까왕이 좌우로 서 있는 신하들을 둘러보면서 말했다.

"신하들 중에 나를 능멸하는 마음을 가진 이들이 있다는 소문을 들었소. 과연 그러한가?"

"대왕님이시여, 어느 누가 그러하겠습니까? 악의적인 소문일 뿐입니다."

라다굽따 옆에 있는 젊은 제관이 말했다. 그러자 아소까왕이 말했다.

"그렇다면 그대들이 나에게 얼마나 충성을 하는지 시험해 보겠소."

"대왕님이시여, 말씀하십시오."

"정궁을 나가면 왕궁 정원이 있소. 정원에는 꽃나무와 황금 야자수들이 있소. 오늘부터 정원 안에 가시나무를 심고 꽃나무와 황금야자수를 꺾어 울타리를 만드시오."

모든 신하들이 고개를 갸웃거렸다. 라다굽따는 아소까왕이 왕명거역죄로 처단하기 위해 일부러 말이 안 되는 지시를 했다고 판단해 입을 다물고만 있었다. 제관이 또 아소까왕 앞으로 나서서 말했다.

"대왕님이시여, 울타리는 가시나무가 되어야 합니다. 그래야 꽃나무와 황금야자수를 보호할 수 있습니다."

정궁 안은 일순간 정적이 흘렀다. 신하들은 긴장감에 숨이 막혔다. 아소까왕이 단호하게 말했다.

"그대들은 내가 시키는 대로 하라. 왕명을 거역하지 마라."

문관들이 도열한 중간쯤에서 한 신하가 말했다.

"대왕님이시여, 그러한 왕명은 올바르지 않습니다. 다시 한번 재고해 주시기를 간청합니다."

아소까왕의 목소리가 커졌다. 분노하고 있다는 증거였다.

"세 번째 명한다. 꽃나무와 황금야자수를 꺾어 가시나무를 보호하도록 하라."

이번에는 경비대장이 아소까왕 앞으로 나와서 말했다.

"아무도 왕명을 따르지 않을 것입니다. 왕명이 잘못되었기 때문입니다."

"왕명거역죄를 저지르고도 알지 못하는구나. 나는 그대의 목을 벨 수밖에 없다."

아소까왕이 자리에서 일어나 경비대장에게 다가가더니 옆구리에서 칼을 뽑아 휘둘렀다. 그러자 친위대 군사들이 일시에 안으로 들어와 신하들을 붙잡아 갔다. 끝내 왕궁 정원 여기저기에 신하들의 붉은 피가 흩뿌려졌다. 아소까왕은 그래도 분이 풀리지 않는지 꾸날라를 불렀다. 꾸날라의 공후 연주 소리를 들으며 화를 삭였다. 꾸날라는 왕궁 정원에서 무슨 일이 벌어지고 있는지도 모른 채 공후를 연주했다. 아소까왕은 공후 연주 소리를 듣고 나서야 신의 목소리를 듣는 것처럼 위로를 받았다.

"꾸날라야, 너는 참으로 연주를 잘하는구나."

"여러 악기 중에 저는 이 작은 공후가 가장 마음에 듭니다."

"왕궁 악대장이 고른 공후란다. 마음에 들어 하니 나도 좋구나. 나는 너와 함께 있을 때가 가장 행복하구나."

"아버지, 소원이 하나 있습니다. 저는 왕궁이 맞지 않습니다. 딱사쉴라로 돌아가고 싶습니다."

"가고 싶다면 내년쯤 보내주마. 나도 열일곱 살에 딱사쉴라로 갔었단다. 딱사쉴라로 가서는 외롭지 않게 결혼도 해야지."

"좋은 처녀를 만난다면 하겠습니다."

꾸날라는 왕궁에서 끊이지 않고 벌어진 피비린내 나는 살해사건에 진작부터 질려 있었다. 꾸날라의 성정에는 도저히 맞지 않는 왕궁 생활이었다. 꾸날라는 성민들이 순박한 변방의 딱사쉴라로 돌아가고 싶어 했다.

아
소
까
대
왕
2

2023년 3월 21일 초판 1쇄 발행

지은이 정찬주
발행인 박상근(至弘) • 편집인 류지호 • 상무이사 김상기 • 편집이사 양동민
책임편집 양민호 • 편집 김재호, 김소영, 최호승, 하다해 • 디자인 쿠담디자인
제작 김명환 • 마케팅 김대현, 이선호 • 관리 윤정안 • 콘텐츠국 유권준, 정승채
펴낸 곳 불광출판사 (03169) 서울시 종로구 사직로10길 17 인왕빌딩 301호
　　　　대표전화 02) 420-3200 편집부 02) 420-3300 팩시밀리 02) 420-3400
　　　　출판등록 제300-2009-130호(1979. 10. 10.)

ISBN 979-11-92997-01-8 (04810) 세트
ISBN 979-11-92997-03-2 (04810)

값 18,000원